CW00501072

UN BAISER À LA RUSSE

Gaspard Kœnig est né en 1982. Il a publié son premier roman, *Octave avait vingt ans*, en 2004 (prix Jean Freustié.)

Paru dans Le Livre de Poche :

OCTAVE AVAIT VINGT ANS

GASPARD KŒNIG

Un baiser à la russe

ROMAN

GRASSET

ISBN : 978-2-253-11951-7 – 1re publication LGF

Prologue

Le jour baissait déjà sur la plaine de S***. Les dunes de neige faisaient des vagues au-dessus des saules et des callunes, tandis que le blizzard grattait un peu d'écume à la surface. Des bouleaux isolés servaient de balises. Les renards bleus revenaient de la chasse et filaient dans cette petite houle, leurs queues balayant l'air comme de gros plumeaux. La plaine moutonnait sur leur passage, montrait ses dentelles un court instant, et se refermait sans bruit. Ils rentraient d'un pas sûr dans leurs tanières, retrouver leurs habitudes de vieux dynastes. Les autres bêtes s'étaient enfuies vers les côtes depuis longtemps, et la plaine restait seule avec son ressac, à se bercer des couleurs du couchant.

Cette journée avait été agitée dans la toundra. Tout avait commencé avec une lointaine rumeur, un roulement de tambour venu de l'est. Pendant des heures, la cohorte blindée s'était rapprochée. Puis quelques voix d'hommes, amplifiées par les haut-parleurs, avaient retenti dans la plaine, et bientôt tout un tapage de coups de feu, d'ordres hurlés, de véhicules qui dérapaient, s'arrêtaient, repartaient en patinant. Des soldats sautèrent hors des camionnettes, coururent un peu partout, et enfin prirent position. En quelques heures, la neige avait tourné en grumeaux noirs. La petite forêt d'épinettes et de trembles poussée dans un creux, à l'abri du vent, était tapissée de bâches et de treillis.

La nuit venant, le remue-ménage s'était calmé. Les silhouettes disséminées dans la plaine se détachaient à présent avec netteté sur un ciel sans nuages. Elles avançaient pesamment. Le blizzard avait presque cessé. Il semblait que le paysage entier avait bu sa soupe et se laissait engourdir par le froid. Seul un harfang des neiges hululait de temps à autre. Les accents russes se confondaient avec le bruit plus lointain des moteurs. Enveloppés dans d'épais surtouts blancs ou couverts de cabans d'officiers, sanglés dans toutes sortes de cordons et de ceinturons à boucles brillantes, les soldats semblaient vêtus à la mode de l'Empire, avec galons passementés, brandebourgs à la boutonnière, fourragères à l'épaule, casques frappés de l'aigle impériale, képis à cordons, mitres de grenadiers ; et des toques de fourrure enroulées comme des gros chats, et de lourds pompons à la ceinture, et des plis, des replis, des surplis de velours brodé ! Les ombres leur plantaient sur la tête de magnifiques plumets. À la lumière de la lune, les fusils luisaient comme des sabres, avec des dragonnes de givre autour de la gâchette. À l'entour des tanks, les soldats buvaient de la mauvaise eau-de-vie. Ils fumaient à grandes bouffées et s'entouraient de brumes comme des chevaux après l'assaut. Ils pissaient dans la neige avec un bruit de mitraille.

À l'écart du bois avait été allumé un grand feu, auquel personne ne venait se chauffer. Il brûlait au vent en balançant doucement ses flammes. Ivres de sérieux, serrant leur secret dans leurs doigts gourds, les hommes préféraient d'instinct s'emmitoufler, encore et encore, s'enturbanner presque pour le plaisir, à l'orientale, et recouvrir leurs pensées d'une chape de couvertures grises. Ces conspirateurs avaient des allures de conspirateurs. Leur figure de complot, ils l'avaient trouvée toute prête, elle était dans leur sang, habituée à leurs vieilles histoires, et ils l'avaient enfilée comme l'habit d'un parent décédé. Une seule chose comptait pour eux, le *putsch*, mot sacré que l'on ressasse sans répit, à voix basse, et qui scande toutes les ascèses, comme le Nom de Jésus dans la prière orthodoxe. « Qu'il soit soudé à votre souffle et à votre vie entière... »

Un chien s'approcha du feu, sans doute un *laïka* d'une ferme voisine. Il était maigre et laid, son pelage déteint par les ans avait pris la couleur de la boue. Il ne cherchait qu'à profiter un peu de la chaleur du feu, et scrutait anxieusement les masses d'ombre qui l'entouraient. Qu'aperçut-il soudain ? La lueur métallique d'un fusil, une de ces épaisses silhouettes de sorcier en houppelande, ou simplement la lune si lointaine et appétissante comme une écuelle de pâtée ? Fut-ce un cri de joie ? Il hurla à la mort. Sur le dallage de neige retentit une longue note tenue, plaintive comme celle des orgues d'église. Voilà qui en faisait un chien, un chien parmi les chiens, et plus seulement un chien battu, un chien errant aux oreilles baissées.

Rapidement, du côté du bois, quelqu'un lui cria dessus. « Zatknis' ! *Ta gueule !* » Les hommes se fichaient bien des états d'âme du chien bossu, du chien malade qui se prenait pour une cantatrice, et même dansait un peu avec ses pattes de devant. Oh ! comme ils aimaient la paix des conjurés, comme ils se délectaient des rumeurs de la conjuration ; les cliquetis des ceinturons et des culasses de fusil, le crissement des bottes dans la neige, le heurt des couverts en fer, le frottement des gros tissus, et aussi ces mélodies intimes que l'on compose en faisant claquer la salive contre le palais... Tous ces bruits possédaient un avenir, ils préparaient un coup, ils attendaient un ordre. Et ils ménageaient quelques moments de douceur, de jouissance, qui coupaient la solitude. Il fallait se recueillir pour les entendre et les comprendre, exercer son oreille comme une bête des bois.

« Zatknis' ! »

L'autre continuait sa chanson, le poil sec, la tête en l'air, en grande tenue.

« Ya khotshu ubit' tibya ! *Je vais te tuer !* »

On entendit les trois clacs du fusil qu'on arme, ce bruit si discret, si familier, en points de suspension. Le chien ne tressauta pas. Il reprit simplement son attitude d'humilité, couché dans la neige aux pieds de son maître. Le feu ne le réchauffait plus, mais laissait voir, au détour d'une flamme, une tache brune striée de rouge. On pouvait à nouveau s'entendre respirer.

À la lisière du bois se détacha une masse sombre, indistincte, qui se divisa peu à peu en quatre grandes silhouettes. Elles avancèrent en rangs serrés vers le feu. Les hommes de troupe s'étaient redressés et les observaient avec une certaine dévotion. Le feu faisait luire à présent les galons étoilés des quatre militaires. Ils marchaient avec embarras, comme si une bête leur courait entre les jambes. L'un d'eux avait porté la main à sa ceinture, près du pistolet. Visiblement ils n'aimaient pas cette promenade à découvert, mais ils s'y résignaient. Ils ne se gênaient pas pour rouler des épaules et s'étaient crocheté les moustaches à l'ancienne.

Une voix aiguë se fit entendre au milieu du quinconce. « Stop ! Otoïdite ! *Écartez-vous !* » Ils s'arrêtèrent, sans desserrer leur formation. Ils attendaient le signal de celui qui ouvrait la marche, le plus grand de tous, le plus solennel, dont la barbe se déroulait en écharpe jusqu'à mi-poitrine. Ses yeux se retiraient sous un baldaquin de longs cils gris. C'était un beau vieillard à l'air haineux. « Eto mojet byt' opasnym. *Ce n'est peut-être pas prudent* », murmura-t-il pour lui-même, sans se retourner. La petite voix reprit, un ton au-dessus. « Get out of my way, bloody idiots ! » Alors le vieux général fit un pas de côté, les trois autres reculèrent, et sortant d'entre toutes ces bottes de cuir comme de derrière des barreaux, éclairé en plein par le feu, apparut un petit garçon en costume de ville, emmailloté dans une longue cape de fourrure, un petit garçon de six ans avec une plaine de Sibérie pour terrain de jeu. Il s'avança au plus près des braises, se posta bien droit, les bras tendus le long du corps, le menton redressé, dans une attitude de cérémonie. Il demeura immobile en laissant le vent s'amuser avec les plis de la fourrure et leurs reflets d'argent. Il ne se réchauffait pas, il se faisait cuire. Son visage rougi, surmonté de mèches blondes et d'une chapka noire, se tendait devant les flammes ainsi que devant un miroir. Il ne rêvait pas, *il regardait quelque chose*, comme s'il avait perdu un petit trésor, un vieux souvenir qui se consumerait lentement ; comme s'il lui venait déjà des regrets. Il affichait un air dur et boudeur. L'enfant resta longtemps ainsi, dans la lumière, à poser calmement sur fond blanc. Puis ses traits s'adoucirent un peu avec la chaleur, à la manière d'une cire qui fond. Il sourit presque. Et il soupira. En secret, le dos à l'armée, le nez collé aux flammes, avec derrière lui les quatre cerbères qui piétinaient en scrutant stupidement cette claire nuit d'hiver, il soupira !

L'enfant se retourna brutalement, en faisant volter sa cape. Il s'apprêtait à rejoindre son escouade quand il aperçut le cadavre du chien. Le sang coulait lentement dans la neige et se ramifiait en petits sillons, formant un quadrillage régulier, de plus en plus ténu et imperceptible. L'enfant contempla cette belle géométrie, ce rouge si brillant, ces formes si pures qui disparaissaient peu à peu, sans rupture. Il me faudrait un damier de ce genre, pensa-t-il. Et à titre d'essai, il se mit à tracer les cent cases du jeu de dames avec le sang qui jaillissait encore de la blessure. Pour se donner de l'espace, il chassa d'un coup de pied le cadavre, qui se trouva à demi jeté dans les flammes. Les joues de l'enfant avaient repris leur pâleur habituelle. Il s'appliquait à dessiner ses belles lignes rouges du bout de ses doigts gantés de pécari. Les quatre gradés l'observaient avec impatience. La troupe s'interrogeait. Elle laissa entendre un léger murmure, amplifié par le vent. Enfin quand la centième case fut bouclée, quand tout fut prêt pour l'affrontement des Dames, l'enfant se leva, marcha vers les hommes et laissa le quinconce se refermer sur lui, et la forêt se refermer sur le quinconce. Le silence régna de nouveau. Plus rien ne remua. Le feu finit par s'éteindre et tout rentra dans le noir. Rien ne s'était passé en somme, sinon qu'une fine odeur de viande rôtie parfumait la nuit.

Clara habitait un de ces quartiers des grandes villes occidentales qui ressemblent à un village ; ou plutôt, elle serait parvenue à faire de n'importe quelle métropole une bourgade, à force d'en sillonner les rues et de saluer les passants. La jeune fille avait résolu, pour son seizième anniversaire, de s'offrir son premier plaisir, et cherchait depuis quinze jours un homme qui y pourvoie. Elle furetait en toute confiance dans la ville, avec la même gourmandise qu'une femme qui fait les magasins et décide une folie. Elle profitait de sa beauté avec insouciance, passait devant les miroirs comme une chatte, en feignant de ne pas se reconnaître. Dommage, elle y aurait vu un visage d'une rare tendresse, tout en courbes, travaillé avec une précision de calligraphe, depuis les ailes du nez jusqu'à ses petites oreilles d'Ariane aux replis labyrinthiques. Un trait de plume un peu rapide arrondissait les pommettes et se prolongeait jusqu'à la commissure des yeux, en laissant au passage, comme une tache d'encre, un grain de beauté. Le jeu des pleins et des déliés imprimait à la bouche une forme de croissant qui pouvait passer pour un sourire. Ses cheveux noirs et bouclés dessinaient des arabesques. On pouvait rêver sur ce visage comme devant un nuage et y reconnaître des crosses d'évêque, des cimeterres ottomans, des quartiers de lune, des fossiles marins ou des paysages de Chine impériale.

Clara trouva vite son bonheur. Il n'y eut besoin que de sourire et de tendre les bras. Elle prit même plaisir à être femme, y compris au moment où il fallut se quitter. Ce fut son premier cœur brisé.

Clara ! c'était une fille qui se frottait un peu à vous, puis disparaissait dans ses chères impasses avec un bond de côté. Avec son visage resplendissant, ses gestes amples, sa voix aiguë de *commedia* italienne, elle farfouillait partout, dans les malles, les villes, les gens. Elle se déplaçait aux trois allures : l'amble pour les grandes sorties, le petit trot quand on lui réclamait du naturel, et, de temps à autre, des pas chassés si gracieux qu'ils méritaient assez le titre de galop. Elle faisait sa promenade la tête au vent, saluant les commerçants, mettant pied à terre sur les marches des églises et contemplant longuement les amours des pigeons sur lesquels elle avait réglé son art du bécotage, à petits coups secs, qui surprenait toujours. Comment pouvait-elle, éduquée dans la plus parfaite urbanité, côtoyant chez elle des gens du monde, habillée par sa mère dans des boutiques choisies, arborer un tel air de campagne, plus criant de vérité que toutes les campagnes ?

Il faut laisser cette réponse partie au mystère de la personnalité, partie à la forme de ses seins. Son corps entier semblait leur être consacré et, du coup, avait renoncé pour lui-même à une grande part de féminité. Clara avait des mollets un peu épais et des cuisses de cavalière. Elle ne s'était jamais souciée de sa taille et gardait la tête plantée si droite sur les épaules qu'on finissait par être gêné de cette rigidité. Elle tenait ainsi un parfait équilibre, solidement fixée au sol par ses pattes d'animal sauvage, et tendue de la tête aux pieds par le jeu exagéré de la cambrure. Tout juste ce qu'il fallait pour supporter cette poitrine formidable (au sens d'une créature *formidable*), qui évoquait moins une chair de femme qu'un objet précieux, plus encore : un objet de culte, qu'on promène au grand air quand il le faut, mais qui reste toujours plein de sous-entendus. On n'avait jamais fini d'interpréter les seins de Clara, de se demander ce qu'ils *voulaient dire*. Ils inspiraient une grande crainte : celle de paraître idiot. Alors, pour ne pas rester dans l'embarras, pour conjurer le mauvais sort, les hommes les suivaient en procession ; une paire d'encensoirs tout ronds qui se balançaient, brillant d'une couleur brune de métal flambé, avec deux petites braises rougeoyantes, répandant alentour un parfum de peau au soleil. Ces seins n'avaient rien de voluptueux. On pouvait bien avoir envie d'y fourrer la tête, mais juste pour voir, par bigoterie. Fort rapprochés l'un de l'autre, sans laisser grand-place à la vallée où coulent les chagrins des femmes, ils semblaient en perpétuelle croissance, tirant la peau au maximum, près de se déchirer. D'autant que la jeune fille se passait volontiers de soutien-gorge. Elle livrait ses mystères sans façon, avec une sorte de franchise bon enfant. « Voilà, c'est là, c'est un fait, inutile de nous voiler la face », semblait-elle proclamer. Les moins éduqués prenaient peur et lui cherchaient des mots. Elle les leur rendait avec bonne grâce, en se moquant. Elle considérait un voyou comme une autre déclinaison de la virilité.

Clara faisait des puzzles. Ce qui avait d'abord été un simple jeu devint une habitude puis une obsession. Depuis l'âge de cinq ans, elle n'avait guère passé une journée sans toucher un puzzle, encouragée par son père, un avocat sans relief qui avait renoncé à rendre sa vie intéressante et cherchait l'étrange dans celle des autres. Il avait placé en sa fille de grands espoirs et encourageait du mieux qu'il pouvait ses tendances naturelles. À chaque anniversaire, il lui offrait un puzzle dont le nombre de pièces correspondait au centuple de son âge. Clara dut patiemment attendre de grandir pour passer aux puzzles de grande dimension. Assez indifférente aux autres jeux de son âge, elle se consacrait avec ferveur à ces bouts de carton et pouvait y rester accrochée des nuits entières, à revenir en arrière, s'acharner, repartir, frémir d'espoir déçu ; à s'égarer dans des fausses pistes et trouver des embranchements miraculeux. Elle s'enferrait dans l'image jusqu'à la nausée et recommençait ses vieux puzzles avec un plaisir égal. À huit ans, elle était tombée en admiration devant la *Petite fille au bol bleu* de Bouguereau, 1 200 pièces. Elle dut patienter quatre longues années avant de pouvoir enfin le posséder, ce qui lui conféra une valeur inestimable. Clara contemplait sans se lasser cette gamine épuisée, cramponnée tant bien que mal à un accoudoir, regardant le monde avec de gros yeux pensifs. Et dans le bol à fleurs, quoi ? la soupe du soir, les larmes des innocents, ou seulement une aumône ? Elle se posait parfois la question, tandis qu'elle assemblait patiemment les couleurs bien reconnaissables de la porcelaine, mais cela ne la tourmentait pas outre mesure. Une fois les mille deux cents pièces disposées, Clara croisait le regard de la Petite fille, juste un instant, le temps pour ces deux ingénues de partager leur belle âme vide et douce, et hop ! en un revers de main, tout rentrait dans la boîte. Ce puzzle, elle l'avait tellement monté, démonté, remonté, qu'elle en reconnaissait les pièces au toucher, et une fois, pour rire, l'assembla les yeux mi-clos. Quand elle les ouvrit à la fin, ce fut comme une apparition, comme un miroir qui vous surprend, sans prévenir, au coin d'un escalier. Clara ne passait pas une semaine sans ressusciter sa petite compagne, ce qui correspond à peu près au rythme où l'on va à confesse, et à autant d'absolutions.

Cette occupation quotidienne devint de plus en plus prenante. Clara se fit offrir une loupe à lentille rayonnante en verre extra-blanc, ainsi qu'une *table à puzzle*, en velours noir et à rabats molletonnés, pour le transport et le rangement des pièces. Un tapis en scratch lui évitait les problèmes d'instabilité et les pertes de temps. Courbée sur son petit bureau, Clara faisait son apprentissage avec application, se fixant des règles strictes et des quotas journaliers (variant de dix à cent pièces) qu'elle respectait. Pour les nouveaux puzzles, elle préférait même ne pas en voir l'image, et cachait la boîte, car rien ne lui plaisait davantage que la surprise de la dernière pièce, quand ce qui n'était que fragment, devinette, révélait tout à coup une montagne, un lord anglais ou un bouquet de violettes. Tant qu'il y a un trou quelque part, rien n'est dit ; on peut découvrir un pistolet, un précipice, un sourire en coin. Elle en retint un certain goût du coup de théâtre. Clara agençait les pièces plutôt selon leur couleur que leur forme ; elle aimait voir prendre l'image comme un plâtre, avec des truellées de rouge, de vert, de jaune, sans savoir où cela la menait. Quant à ceux qui, pressés d'en finir, commençaient par le cadre, elle les appelait « les affreux remplisseurs » ; hélas ! le monde en était – littéralement – *plein*. L'épreuve du puzzle constituait une étape cruciale dans ses amitiés et ses amours. Il peut sembler déconcertant, quand on pénètre enfin dans la chambre d'une jeune fille, de se voir proposer une partie en mille pièces. Les esprits fins s'en amusaient, les plus intelligents s'en agaçaient ; tous s'y soumettaient. L'expression *jeu de patience* prenait tout son sens sur le lit de Clara. Et au petit matin, une fois le paysage alpestre découvert jusqu'au moindre brin d'herbe, on renversait tout, le puzzle et la fille. Voilà le deuxième grand moment du jeu : démolir, défaire et refaire, sans se lasser. Clara ne mettait jamais sous verre ses réussites. Son modèle depuis ses dix ans, c'était Pénélope, mais *avec* les soupirants.

Clara prenait tous les puzzles qu'on lui proposait, les carrés, les ronds, les bizarres, reproduisant de vieilles scènes de mœurs aussi bien que les chefs-d'œuvre de l'expressionnisme abstrait ; tous sauf les monochromes, les puzzles noirs, les puzzles blancs, les puzzles rouges, également détestables. Rien de plus dénaturé, pour un amateur, que ce genre de casse-tête ; il fallait réfléchir, déjouer tous leurs pièges, et à la fin, crier victoire comme un vulgaire joueur d'échecs. Fut-ce par réaction ? Clara se mit à fabriquer ses puzzles elle-même, sur papier toilé. Avec une technique rudimentaire, elle parvenait à de jolis résultats. Elle se mettait de la peinture sur les doigts avec volupté et éclaboussait sans retenue ses chemises et ses cahiers. Exploitant pour une fois ses facilités artistiques, elle copiait au hasard les images des cartes postales, des livres de cuisine ou des magazines féminins. Parfois elle les combinait, ce qui pouvait donner des résultats insolites. Elle essaya par la suite de tailler des pièces originales, en forme de voûte gothique, de chapeau ou de boucle d'oreille. Elle prit aussi la manie de portraiturer ses amoureux au cours d'interminables séances de pose, puis de les découper avec application, en traçant au cutter de grandes lignes irrégulières, selon qu'elle préférait le nez, la bouche ou la commissure des yeux. Le travail fini, son plus grand plaisir consistait à éparpiller joyeusement le tout en petits bouts de carton. Elle forma ainsi son jugement sur la beauté masculine, qui lui interdisait les coups de foudre autrement que par morceaux. Elle rangeait tous les puzzles de ce genre dans la même grande boîte, pudiquement intitulée *garçons*. Un jour, par maladresse, elle la renversa par terre ; elle eut alors la grande joie de voir ses *garçons* tous ensemble, bien mélangés, souriant par petits bouts. Elle passa toute la nuit à les reconstituer, intervertissant parfois un lobe d'oreille, une aile de nez ou une paupière. Mais les découpes de Clara se révélèrent assez fines pour qu'alors les pièces ne s'emboîtent pas, et que les *garçons* rejettent les greffes de leurs rivaux. Telles furent les limites de son syncrétisme amoureux : une même idée de l'homme éparpillée dans sa chambre, mais un visage à la fois.

La pratique du puzzle développa chez Clara une certaine force de caractère, car elle devait constamment soutenir le regard narquois de son frère. De deux ans son aîné, Antonin considérait le jeu favori de sa sœur avec mépris. Jamais leur mère, avocate comme son mari, mais plus brillante que lui et indifférente, elle, aux bizarreries de l'existence, ne parvint à leur découvrir le moindre trait commun. Petit garçon déjà, les exubérances et les mélancolies de son fils, son incessant besoin de parler, sa fuite hors des bras maternels, tout l'opposait à sa joyeuse cadette. La poitrine contre laquelle on parvenait à le piéger de temps en temps lui faisait l'effet d'un bâillon, et plus tard il ne léchera jamais les seins d'une femme sans avoir la désagréable sensation qu'on cherchait à le faire taire. Rien n'était plus troublant que son dédain spontané des histoires pour enfants. Parfois l'avocat tentait de leur lire un conte, sur un ton assez semblable à celui que requiert le code civil, intransigeant sur les virgules et les liaisons, mais oublieux des points, des pauses et des silences. La dernière phrase se faisait toujours avaler dans un soupir conclusif tandis que le livre se refermait en claquant. Les héros se mariaient mais l'on n'entendait jamais bien s'ils avaient, oui ou non, beaucoup d'enfants. Ces lectures constituaient pour toute la famille des moments très éprouvants. L'homme de loi se trouvait sans cesse interrompu dans son récit. Antonin l'incrédule mettait en doute chaque coup de baguette et s'agaçait de la multiplication arbitraire des personnages secondaires. Il se proposait sur-le-champ de remanier l'histoire en vue d'un gain de rationalité, sans sortilèges ni fées inutiles. Même parmi les êtres imaginaires, il avait horreur du bluff et du désœuvrement. Il s'était ainsi attelé à une version épurée des *Sept nains* où il n'en restait qu'un. Quant à Clara, elle se mettait à trembler, à crier, à supplier les méchants quand les choses tournaient mal, et elle s'enfuyait parfois en larmes avant la fin du conte, dont elle n'avait pas compris, contrairement à tous les enfants, qu'elle serait heureuse. Avec sa manie de ne jamais prévoir et de laisser courir ses sentiments, quoi d'étonnant ? Et puis, troublée par les remarques de son frère, elle demandait après chaque paragraphe si c'était « pour de vrai ». Elle prit ainsi l'habitude de douter des étapes de sa vie, et de s'étonner toujours de grandir comme les autres. Entre son fils qui contestait, qui s'énervait, qui exigeait des bonnes raisons, et sa fille qui à bout de forces courait se réfugier auprès de sa mère, il était donc assez rare que l'avocat parvienne à maintenir le calme durant la narration. Il lui arrivait de devoir lever la séance. Il en sortait épuisé, agacé, mais profondément heureux.

Au grand dépit de sa sœur, Antonin appliquait un traitement identique aux puzzles, s'impatientant, forçant les pièces qui ne s'emboîtaient pas, cherchant tout de suite les bords, que Clara prenait bien soin de cacher, et demandant invariablement quelle était la règle du jeu. On le voyait parfois courir nu dans l'appartement, en poussant des petits cris de chiot ; cela faisait rougir sa sœur, à qui il expliquait ensuite la différence des sexes avec beaucoup de minutie. Il ne se trouvait jamais à court d'arguments. Il passait une moitié de son temps à faire n'importe quoi, et l'autre à en donner les raisons. Cet enfant se forçait aux bêtises par souci rhétorique, pour avoir l'occasion d'une belle *dispute*. Son père l'écoutait avec intérêt, sa mère devenait folle. « Tu n'es vraiment pas sage », disait-elle à son fils. « C'est par excès de philosophie », répondait invariablement le père en agitant l'épluche-légumes. Elle ne savait plus quoi faire. Quant à Clara, elle s'était habituée sans mal à cette petite ritournelle de mots et d'expressions étranges, de plus en plus étranges au fil des ans, dont elle ne cherchait pas le sens, mais dont elle se laissait imprégner comme d'une langue étrangère. À la table des enfants, Antonin gesticulait, faisait des phrases, des phrases qui s'allongeaient, s'interrompaient, repartaient en arrière, pleines de soubresauts, puis soudain immobiles, comme mortes. Clara aimait passionnément cette manière incroyable de *tuer* le temps et d'aller à la chasse les mains nues. Antonin, lui, n'aimait parler qu'avec sa sœur, parce qu'elle était belle et ne posait jamais de question. Elle se laissait bercer sans rien exiger en retour. Elle n'était pas intéressée.

Antonin à huit ans (essayant de ne jamais placer ses pieds à l'intersection de deux pavés) : « Lorsque je marche, je me demande si le nombre de mes pas est enregistré quelque part, ou si personne ne le connaîtra jamais. » À dix (après le décès de son grand-père) : « Quand tu meurs, tu ne le sais pas ; voilà ce qu'il y a de pire dans la mort : la désinformation. » À douze (anticipant les apories de la théologie rationnelle) : « Mettons que Dieu soit infini, il ne trouvera jamais de miroir à sa taille, et j'ai du mal à croire en un vieillard décoiffé. » À quatorze (premier éveil sexuel, début du spleen adolescent) : « Si l'homme fait des enfants avec ça, c'est que la vie est un déchet. » À seize (fantasmes érotiques et lectures de philosophie) : « La question n'est pas de savoir pourquoi il y a deux sexes plutôt qu'un, comme dans le mythe de Protagoras, mais pourquoi il n'y en a pas trois. » À dix-neuf (fin prêt à révolutionner la pensée occidentale) : « On ne peut accepter la manière perfide dont Heidegger supprime le mouvement dans la négativité. » Une telle conversation avait fixé pour longtemps les liens entre le frère et la sœur, mieux que les jeux qui finissent par s'épuiser, ou que les disputes qui n'en finissent jamais. Pendant ses études de philosophie, Antonin appela Clara au sortir de chaque dissertation, de chaque examen, pour lui raconter sa copie. Elle décrochait le téléphone comme elle se serait mis un coquillage contre l'oreille, juste pour écouter un murmure familier. Cela remplaçait pour elle les histoires d'enfant qu'il lui avait gâchées. Elle se contentait de quelques soupirs imprécis où la métaphysique trouvait très bien son compte. Elle n'avait aucune admiration pour son frère, et lui se fichait de la vie de sa sœur. C'était une fratrie idéale.

À l'époque des 1 500-1 700 pièces (paysages de mer, tapis persans, tableaux de Klimt ou de Bruegel), Clara eut pour tout l'impression d'une grande facilité. Elle composait avec dextérité ces puzzles d'une taille déjà imposante et allait en classe avec une application réduite. Elle était bonne élève par insouciance. Quant à orienter Clara, quelle idée ! Autant empêcher un tournesol de tourner avec le soleil. Et pour obtenir quoi ? une fleur séchée ? Quand on voyait son nom sur une copie ou dans une liste de classe, il paraissait évident que quelque chose sonnait faux. Sur les photos, elle arborait le sourire forcé d'un athlète en plein effort. Les joues gonflées, les paupières mi-closes, elle ressemblait à un chat qui s'étire au réveil, un chat un peu clownesque, mi-peluche mi-pantin. À l'approche de la vieillesse, elle porterait sur les côtés de la bouche de jolies rides en écailles de poisson. Dans les albums de famille où les gens, quoi qu'ils fassent, semblent toujours si convenables, si bien rangés, elle donnait encore l'impression de sortir d'une boîte à ressort. Elle faisait ce qu'on doit faire à seize ans, mais comme en passant, avec cette inattention raisonnée plutôt réservée à l'âge mûr. Elle brouillait les pistes. Ne serait-ce que cette manie de crier « Coucou ! », quel culot ! Elle sortait de son univers comme d'une horloge suisse, et puis s'y renfermait d'un coup sec. Les garçons étaient tentés, mais à la manière d'un rêve, sans trop savoir si le joyeux coucou connaissait les baisers, les vrais avec la langue ; et quand bien même l'oiseau grimpeur en eût convaincu quelques-uns, il planait toujours sur lui un certain soupçon d'angélisme. Clara jouissait d'une popularité assez vague qui la dispensait de se choisir des amis. On la respectait, on l'invitait, on la faisait danser ; mais elle n'était pas des nôtres. On l'aimait même, d'une passion trop évidente, trop courue d'avance, pour devenir vraiment folle.

Clara n'était certes pas oisive, si cela implique du vague à l'âme ; elle s'activait tout le jour, entre ses amours, ses flâneries, et les mille passions qu'elle se trouvait sans cesse. Inutile de lui demander comment se passaient ses cours de piano, elle était désormais inscrite en harmonica ; elle se mettait soudain à collectionner les vieux horaires de chemin de fer et se livrait avec acharnement à l'étude statistique du trafic ferroviaire ; elle dansait bien sûr, le tango, la polka et le be-bop ; elle apprenait l'italien pour lire *La Divine Comédie*, car elle aimait les comédies ; elle restait trois séances de suite devant un film qui lui avait plu ; elle herborisait dans des parcs municipaux tout pelés avec sous le bras de savants manuels de botanique ; elle tournicotait dans les bibliothèques, les bouges et les conférences d'entomologie. Elle travaillait dur, et il lui semblait chaque fois avoir épuisé l'intérêt de son nouvel art ; de même avec les garçons, elle aimait dur, et devait fréquemment renouveler son matériau. Quel corps de métier, quelle académie des beaux-arts, quel amoureux pouvait le lui reprocher ? Le monde ne méritait-il pas ses foucades ? Si l'on admet que chacun est initialement doté de la même quantité de bonheur et de malheur à offrir, et que tout se joue dans la manière de la répartir, il faut reconnaître que Clara tenait une balance particulièrement déséquilibrée : d'un côté une infinité de joies minuscules, de l'autre une poignée d'existences franchement gâchées.

Clara fréquentait plus volontiers les jeunes gens et les vieillards. Elle aimait les commencements et les fins, tandis que la longue traversée d'un bout à l'autre lui semblait d'un prodigieux ennui. Elle allait souvent visiter chez lui un vieux libraire. Elle l'appelait Quatrième, parce qu'elle lui trouvait une ressemblance avec un dos de livre jauni. Ils parlaient littérature. Quatrième essayait d'être à la hauteur. Assez souvent, dans sa bouche, un auteur prenait les couleurs d'un feu de forêt. Quatrième en connaissait toutes les variantes et ne se trouvait jamais à court de métaphores. « Ça prend ? » demandait-il toujours à Clara quand elle commençait un nouveau livre. Il savait de quoi il parlait : guetteur de feu durant sa jeunesse, il avait lu par ennui une bonne quantité de littérature classique et contemporaine derrière sa baie vitrée, tout en observant sans relâche une vaste forêt de hêtres pubescents et de conifères. Année après année, dans cette haute Provence dont il était le gardien, s'étendait devant lui un espace sans fin, où alternaient les verts foncés et clairs comme des reflets de soleil sur l'eau. Le tremblement de l'air chaud mettait en mouvement cette grosse mer où le vent soufflait, où moutonnaient les feuillages les plus élevés, tandis que se succédaient dans l'âme du guetteur, seul sur son radeau en rondins de bois, les batailles des rois de Shakespeare, les monstres de Melville et les déserts de Buzzati. À chaque page, il s'attendait à voir flamber la nature devant lui, avec d'abord de la crainte, puis de l'espoir, et enfin de la haine pour cette étendue verte qui rosissait à peine au coucher du soleil. Peut-être n'aimait-il les livres que pour leur combustion rapide. Après vingt ans de cette vie saisonnière, lassé de n'avoir jamais décroché le téléphone d'alerte, il s'était réfugié à Paris en y ouvrant une librairie. Le goût des Lettres était définitivement lié chez lui à un angoissant sentiment d'urgence ; à chaque paragraphe, il relevait la tête, affolé, comme s'il n'avait pas tout à fait renoncé à ses rêves d'incendiaire. Il constata avec dépit que ses piles de livres se comportaient aussi lâchement que sa forêt d'autrefois. Rien n'arrivait jamais de ce qu'ils promettaient. Tout était calme dans les rayonnages ; que du vent, encore ! Il reprenait à la caisse son rôle de vigie malheureuse. Il laissa s'écouler encore vingt ans, pleins d'une mélancolie sans issue, durant lesquels son visage prit peu à peu l'apparence d'une feuille sèche. Devenu veuf, il se retira du métier, écrivit une monographie sur l'immolation par le feu, et contre toute attente, rencontra Clara au sortir d'une conférence. Elle se prit d'affection pour lui, et il comprit vite quelle chance le destin, pour une fois, lui offrait.

« Ça prend ? » Ça prenait, mais lentement et en fumant beaucoup. Clara lisait peu, et avec une concentration extrême. Elle s'attardait sur chaque mot. De là venait sans doute qu'elle n'ait jamais poussé très loin son intelligence des êtres, tout en assimilant un vocabulaire d'une précision et d'une richesse rares, combiné à des tournures précieuses, voire désuètes. Elle se mit à parler en style soutenu et n'en perdit jamais l'habitude. Son entêtement tranquille triompha même de l'influence des gens de sa génération. Il semblait déjà étonnant, à son âge, de s'approprier un archaïsme, mais plus encore d'en créer un, car personne n'avait sans doute jamais utilisé cet idiome raffiné dont les correspondances de la Belle Époque fourniraient l'approximation la plus exacte. Cela engendrait parfois, quand elle essayait de tenir une discussion sérieuse, des confusions mallarméennes où personne ne se retrouvait.

Clara voulait comprendre le sens *profond* de chaque

phrase ; elle les repassait dans sa tête, les tordait avec ardeur, comme elle faisait avec le linge, de sorte qu'une fois bien essorées, elles tombaient toutes droites sur le fil, et il ne restait plus qu'à se cacher derrière. Elle ne détestait pas ces plaisirs de ménagère. Elle considérait une dernière fois la phrase, ses mots propres et bien rangés, avec soulagement et fierté. « Et voilà, c'est fait ! » pensait-elle. Parfois elle se laissait entraîner, délaissant son grand nettoyage. Elle fuguait avec ses livres, comme s'ils cherchaient à la séduire ; elle les taquinait, elle se refusait, elle avait des états d'âme et des amours fous. L'auteur était un homme parmi les autres, c'est-à-dire un soupirant. Après la lecture de *Salammbô*, Clara pouvait dire : « Flaubert m'a déçue » comme s'il l'avait trompée avec la vierge aux serpents. Elle n'y mettait aucune affectation : elle boudait. Quant aux exercices scolaires qu'on lui imposait, Clara s'ingéniait toujours à en détourner les consignes, car ils revenaient pour elle à étaler une liaison au grand jour. Les contresens à demi conscients qu'elle faisait sur les textes remplaçaient les mille petits mensonges d'une courtisane.

Les jugements de Clara ne faisaient pas grand sens, mais Quatrième les écoutait avec délectation. Ainsi, à propos d'un ouvrage de Nabokov, elle lui expliquait très sérieusement : « J'ai senti monter l'insuffisance des choses, jusqu'au moment où elle gagnait son auteur, et le forçait à instituer une relation perverse entre lui et ses personnages. » Ce n'était pas faux, ce n'était pas pédant, ce n'était pas intelligible, mais elle y mettait tout son cœur. Elle s'empourprait, haletait, et se penchait vers Quatrième en posant sa main sur la sienne. Le vieil homme ne cherchait pas à s'esquiver. Il bafouillait comme il s'était toujours imaginé qu'il bafouillerait en décrochant le téléphone d'alerte. Il avait des flammes dans les yeux.

Un jour, Clara cessa brutalement ses visites à Quatrième. Elle partit comme elle était venue. Elle aimait fractionner son existence par morceaux réguliers, coupés net, qui s'emboîtaient tant bien que mal les uns dans les autres ; comme ses puzzles, d'abord incohérents, lacunaires, mais dont se découvrait à la fin le motif principal. Ainsi lorsqu'elle changeait d'amant, d'ami, d'habitat ou de garde-robe, elle s'efforçait de renouveler également tout le reste. Quatrième se vit sacrifier en même temps que le petit blond, les foulards de couleur et les chemisiers de crêpe.

Son premier 1 800 pièces, qui représentait l'église de la Résurrection de Saint-Pétersbourg, avec ses bulbes aux formes trompeuses et ses innombrables couleurs, marqua pour Clara une période plus difficile qu'elle surmonta avec sa fougue habituelle. Il n'empêche que la vieille Russie s'en trouva déjà, dans son esprit, liée aux pires ennuis. Alors qu'elle attaquait la façade ouest de l'église, elle apprit par un ami de ses parents, conservateur de musée, que sa *Petite fille au bol bleu*, dont elle défaisait et refaisait le motif depuis six ans maintenant, appartenait à une collection privée et allait être vendu chez *Christie's* à New York. C'était pour elle une occasion unique de voir le tableau original, et seulement quelques minutes, avant qu'il ne regagne un autre salon, pour y rester suspendu, qui sait ? peut-être une vie entière, et s'épuiser à faire les yeux doux à l'un de ces affreux remplisseurs. Quelques minutes, le temps parfait pour un regard d'adieu.

Clara eut une certaine peine à convaincre ses parents de l'opportunité de ce cadeau de Noël, et qu'elle n'avait pas besoin d'un nouveau vélo, préférant le vieux qui grinçait, mais elle y parvint, et reçut dans du papier doré, entouré d'un ruban mal noué où l'on sentait un peu de regret, l'aller-retour pour la *Petite fille au bol bleu*. Elle partit, seule, traversa l'Atlantique et atteignit sans aucune émotion ce qui représente pour d'autres le centre du monde. Au premier coup d'œil, Manhattan lui déplut, et elle ne lui en accorda pas de second. Elle n'aimait pas cette manière de se peigner à rebrousse-poil, n'importe comment, qui laissait les immeubles hirsutes se coller en touffes inégales. Les rues sentaient le chien mouillé et les gens y sautaient comme des puces. Un froid terrible empêchait la neige de tomber. Du *Lower East Side* à *Soho*, du *West Village* à *Chelsea*, et tout au long de la Sixième Avenue, Clara vit s'aligner devant elle des constructions de fortune, à peine habillées par la dentelle de couleur des escaliers extérieurs. Manifestement, on ne se souciait pas de la façade. Au sommet des immeubles, les vieux réservoirs d'eau s'étaient posés sur leurs quatre pattes maigres, les hélicoptères tournaient dans le ciel comme des mouches, les voitures tantôt jaunes, tantôt noires avançaient péniblement en se poussant tête contre cul. Ville d'insectes ! Clara aperçut l'horizon, directement installé au ras de la route ; une masse blanc cassé, que cimentaient les brumes océaniques, et vers laquelle on fonçait en zigzaguant. Elle ne se sentait guère à l'aise. Elle entendait parler un anglais approximatif, une langue bricolée que les habitants ajustaient entre eux, au petit bonheur. Une île, donc, où l'on se débrouille tant bien que mal, loin de la civilisation. Clara passa les numéros de rue à la façon de rangées de théâtre, toutes pareilles, où seul compte le voisin qu'on aura. Elle trouva enfin son siège, quelque part *Midtown*, et n'en bougea plus. Elle attendit dans sa chambre d'hôtel, avec résignation, que passe le décalage horaire. Elle ne parvint même pas à se laver, avec cette pomme de douche accrochée au mur qui faisait du rinçage un exercice de souplesse. Puis elle se mit en devoir de débrancher le détecteur de monoxyde de carbone, qui clignotait aussi impunément que les enseignes extérieures. Elle retira les batteries et les plaça dans la table de chevet, à côté de la Bible. Ces deux éléments de trouble bien remisés au fond de leur tiroir, elle put enfin s'endormir l'âme en paix.

Le lendemain matin, Clara arriva très en avance au *Rockefeller Center*. Ces maudits chiffres qui quadrillaient la ville l'empêchaient même de se perdre. Elle détourna les yeux du gigantesque sapin multicolore et prit le temps de jouer avec son angoisse, en lisant et relisant le nom du Bouguereau sur le polycopié du jour, numéro 324. Enfin, à l'heure pile plus une minute, elle franchit la porte à tourniquet de *Christie's*, passa devant la réception, et se rendit dans la petite salle d'enchères du premier étage. Une cinquantaine de messieurs en complet et une poignée de dames s'y trouvaient déjà, dans une atmosphère très joyeuse. Ils avaient l'air de préparer une bonne blague. Le représentant de la *National Gallery* de Londres sortit de sa poche intérieure une boîte de bonbons à l'anis, qu'il distribua autour de lui par poignées entières, comme on donne du grain aux poules. La salle se remplit d'une légère odeur sucrée, semblable à celle des vieux livres. L'assistance se partagea nettement entre ceux qui croquaient le bonbon (les vrais acheteurs, gérant des portefeuilles étatiques ou des fondations privées), ceux qui le laissaient fondre (les derniers tenants du barnaboothisme, les faux esthètes qui passaient par là sur le chemin de *Bergdorf Goodman*, faute de s'amuser encore chez *Tiffany's*), et les quelques malheureux trop effacés pour avoir réclamé leur part. L'homme au costume de faille moirée avait bien réussi son coup. Les bonbons à l'anis lui économisaient quelques milliers de dollars de bluff. Clara s'assit innocemment au quatrième rang. Enfin l'adjudicateur s'installa derrière son pupitre, renifla un peu, et prit son marteau en souriant. Il le fit tranquillement rebondir dans sa paume, avec le même geste que pour vider une pipe. On était en famille.

La vente commença sans cérémonie, presque à la sauvette. Chacun allait à ses affaires et tout se déroula à une vitesse stupéfiante, comme une scène déjà bien répétée. Clara avait cru que l'heureux acquéreur venait chercher son tableau et le prenait sous le bras ; alors que là, elle ne comprenait même pas qui achetait quoi. Rien ne bougeait, et pourtant les chiffres montaient, le marteau retombait et les œuvres défilaient à vive allure. Clara se sentait perdue au milieu de ces bruits de papier et de métal frappé, ces chuchotis venus de nulle part, et ces lumières orangées de feu de bois qui mettaient en confiance, qui étourdissaient. Elle avait chaud mais n'osait pas retirer son pull. Elle s'était calée tout au fond de son siège et gardait la tête droite. La vente était consacrée en grande partie à des tableaux du XIXe siècle, et Clara voyait passer devant ses yeux toutes sortes de figures orientales, des frontons de temples ensablés, des serpents à la Moreau, des mages au visage de petit boutiquier parisien. Les hôtesses en tailleur noir s'agitaient de part et d'autre. Parfois, leurs chignons projetaient sur les peintures des ombres inquiétantes. Clara luttant contre le sommeil imaginait sa Petite fille mêlée à tous ces dromadaires. Peut-être rêva-t-elle à moitié les vastes paysages de l'expédition d'Égypte.

Le numéro 324 fut finalement annoncé. Une belle pièce, lancée à deux cent cinquante mille dollars. Les prix montaient, dix mille par dix mille. Pour l'une des ventes les plus importantes de l'après-midi, le silence se faisait peu à peu, tirant Clara de son engourdissement. Elle mangeait des yeux le numéro 324, sans trop y croire. « Three thirty... » Pourtant c'était bien elle, avec les boucles d'oreilles rouges qui tenaient sur deux pièces, le serre-tête noir si trompeur, que l'on essayait parfois de placer dans l'ombre du coude, et ses cheveux couleur paille, impossibles à confondre avec le jaune plus vif de la jupe. Au centre du tableau s'ouvrait le bel iris vert, que le fabricant n'avait pas eu le cœur de couper, et qui se plaçait si facilement... Les gerçures du temps semblaient se calquer sur les découpes du jeu. « Three eighty... » Voilà mon puzzle grandeur nature, se dit Clara. Elle n'avait qu'une envie, d'aller le déchiqueter. Si on l'avait laissée faire, elle aurait mis le Bouguereau en morceaux, en mille cinq cents morceaux découpés avec soin. La Petite fille regardait la salle de son même air résigné, presque curieux de son malheur, tandis que la vente ralentissait. À quatre cent mille dollars, ces messieurs prenaient leur temps. Sur les côtés, des hôtesses informaient par téléphone les clients qui n'avaient pas pu se déplacer. Les lâches, pensait Clara, ils ont honte. Pauvre petite call-girl... Enfin, à quatre cent soixante mille dollars, le calme tomba dans la salle du premier étage. Même la Petite fille semblait tendue. Certains baissaient la tête. L'adjudicateur tenait cette fois son marteau à pleine main, comme une dague. Il promena son regard à droite et à gauche pour vérifier que tout était fini. Il leva sa main droite, où l'on voyait briller le métal. « Four sixty... » En regardant bien l'expression de la Petite fille, Clara comprit alors, juste à temps, quelque chose d'essentiel : cette Petite fille, elle retenait sa respiration ! D'où venait cette angoisse, entretenue pendant des heures et des heures, tout le temps des séances de pose ? Quel prix à payer pour conserver ce regard si naïf, si pur ?

Le silence était devenu total, suspendu au marteau qui allait retomber. La faille moirée leva le bras en rougissant, comme gêné. Quelques barnaboothistes grognèrent. On murmura. Le marteau finit sa course lentement, presque sans un bruit. Et c'est ainsi que le chef-d'œuvre de Bouguereau fut vendu pour cinq cent mille dollars à la *National Gallery*, ce qui, somme toute, suffisait au bonheur de Clara. Elle sortit de la salle de vente le cœur léger, avec dans la bouche un arrière-goût d'anis plutôt revigorant. Elle monta quelques rues, s'assit sur le bord d'un petit lac, et regarda le soleil tomber derrière les grands joncs des gratte-ciel.

De retour à Paris, Clara reprit tranquillement son église russe. Mais à peine eut-elle commencé à poser la voûte du portail, aux environs des premières neiges, qu'Antonin partit du logement familial, du jour au lendemain, pour mener seul sa vie d'étudiant. Clara en éprouva un immense chagrin. L'appartement lui parut moins vide que terriblement muet. Les objets se tenaient silencieux et en devenaient laids ; les petits problèmes demeuraient petits. Clara se mit à chantonner, dans une sorte de faux italien assez bien contrefait, mais personne n'était dupe. Il fallut en plus que l'ascenseur tombe en panne. On en discuta comme d'un problème de copropriété. Quelle tristesse ! plus personne pour se demander si la panne n'était pas apparue avec la machine, et si l'impuissance de l'homme ne commençait pas avec les progrès de la technique. (Antonin dans sa période Rousseau/Leroi-Gourhan : « quoi de plus humiliant pour un descendant du zinjanthrope que de cliquer devant un ordinateur bogué ? ») Or Clara avait beau chercher, elle ne voyait rien d'autre qu'une porte condamnée à l'étage. Elle descendit la mort dans l'âme les quatre-vingt-trois marches de l'immeuble (son frère avait compté). Antonin, qui aimait faire des catégories et inventer des mots, avait distingué une fois les tricoteuses, les tourneuses et les pousseuses parmi les femmes confrontées à l'épreuve de l'escalier (l'épreuve numéro trois selon lui, après la manière de rapprocher sa chaise de la table et le geste de héler un taxi), et Clara se flattait d'appartenir à la première espèce.

Elle sourit en y pensant, puis comprenant que désormais elle tricotait seule, elle s'effondra sur la vingt-septième marche, celle qui était un peu de travers, que les ouvriers appelaient *marche dansante*, et qu'Antonin avait rebaptisée avec un certain sadisme « le toboggan de la concierge ». Tout autour d'elle, un crépi jauni montrait l'envers malpropre des immeubles bourgeois. Des traces d'humidité y dessinaient des rosaces assez grossières. Une ampoule cassée assurait une demi-obscurité diffuse, une lumière si pâle qu'elle ne laissait même pas d'ombre. Il faisait froid. Depuis la vingt-septième marche, on voyait, à travers la fenêtre grillagée, ouverte au vent du dehors, des branches nues se découper sur le ciel blanc – un de ces puzzles imposteurs que Clara dédaignait. Mon frère, pensait-elle, dis-moi comment la forme des cristaux de neige prouve le caractère naturel de la géométrie, dis-moi si les feuilles tombent d'elles-mêmes, dis-moi pourquoi le climat change nos mœurs, dis-moi si je peux vivre sans t'entendre, et je te jure que je ne t'embêterai pas, que je ne te répondrai pas, que je ne t'écouterai même pas. Elle s'était sagement assise sur sa marche, les genoux repliés sous le menton et les bras croisés autour de ses jambes. Elle y resta blottie durant plusieurs heures, en songeant avec une mélancolie de garce à ce jeune homme qui ne devait plus l'attendre, en face du square Grégoire-XII. Il faisait de plus en plus sombre. Clara s'entêtait à ne pas bouger. D'habitude, quand elle avait du chagrin, Antonin rigolait, alignait quelques grands noms, improvisait selon son humeur, et à la fin les choses semblaient en ordre. Mais quel ordre pouvait-il bien y avoir sur la vingt-septième, maintenant qu'était parti celui qui comptait les marches ? Clara remonta tristement chez elle, prit un bain, enfila son vieux peignoir, sur lequel des tas de petits oursons se livraient à toutes sortes d'activités réjouissantes, et entra dans le salon d'un air décidé. Les deux avocats furent bien surpris de lui découvrir cette voix froide et ce regard cru, sans pitié. Elle parla bien. Elle voulait vivre avec Antonin. Ils n'avaient qu'à leur donner le trois-pièces de la rue des Trois-Médailles qu'ils louaient depuis dix ans, et l'affaire était réglée. « Tu n'es qu'une petite gamine », dit l'avocate pour se rassurer. Quant à son père, il ne disait rien, il réfléchissait dans son coin en traçant des petits ronds avec l'index, d'un geste de comptable.

– Je suis très heureuse que tu t'entendes si bien avec ton frère, mais enfin vous devez aller chacun votre chemin, tu comprends ?

– Je ne m'entends pas bien avec Antonin.

Effectivement, ils n'avaient pas grand-chose en commun, et vivaient côte à côte sans y prêter attention. Cette prémisse annulée, la conclusion devenait fausse, en un raccourci logique insoupçonné des *Premiers Analytiques* chers à son frère, mais qui n'effrayait pas Clara.

– Ah, tu ne t'entends pas avec ton frère ? hurla l'avocate, que cette révélation achevait, et qui en oubliait le reste. Les oursons se tordaient de rire, l'entouraient en grimaçant, et lui jetaient à la figure leurs ballons, cerceaux, bilboquets et autres joujoux. Ils la narguaient impunément, elle qui avait toujours eu le droit pour elle. L'avocate se mit à pleurer.

– Bon, mais vous nous laissez le loyer du garage ? Vous n'avez pas besoin du garage ?

L'avocat se réjouissait d'avoir résolu son problème mathématique.

– Merci papa ! cria Clara en regardant méchamment sa mère.

– On pourrait mettre des oursons sur les robes des procureurs généraux, ajouta-t-il après un temps de réflexion.

Il souriait à sa femme, fier de mettre, une fois encore, fin à ses soucis.

Clara composa immédiatement le numéro d'Antonin, qui se morfondait entre l'*Amphibologie des concepts de la réflexion* et un coup de téléphone qui ne venait pas. Après chaque phrase, Antonin regardait son portable avec haine. Rien n'y faisait. Il retournait à son texte, dépité et hargneux, comptait les pages, et maudissait sa jeunesse. Il se disait que l'acédie... puis il se retournait encore une fois vers son téléphone et l'insultait copieusement, à voix basse. « Au contraire, les déterminations internes d'une *substantia phaenomenon* dans l'espace ne sont que des rapports... » mais que peut-elle bien fabriquer, cette idiote ?... « Et cette substance elle-même n'est, à vrai dire, qu'un simple ensemble de pures relations... » Salope ! « Un ensemble de pures relations ! » La jalousie ne trouve jamais de repos, même dans un texte de Kant. Antonin regarda la phrase avec dégoût, jusqu'à ce qu'elle devienne floue et batte en retraite ; elle s'enfuit alors vers le haut de la page et se dispersa en groupes de mots superposés. Puis il essaya de reprendre le sens, mot à mot, à l'aveugle, en arrêtant ses yeux sur chaque paquet de lettres, comme s'il fallait les habituer à l'obscurité. Il ne comprenait plus rien et sentait monter une vague nausée. Le téléphone sonna quand il se trouvait à *phaenomenon*. Il se remit vite de sa déception, confia à Clara que la *substantia phaenomenon* lui posait de graves problèmes, et accueillit avec enthousiasme l'idée de pouvoir lui en parler plus longuement pendant les petits déjeuners. C'était une solution très élégante au problème de l'acédie. Il se sentait revivre. Sa petite sœur lui donnait tous les plaisirs de la femme, hormis ceux qui tournent à l'ennui. À ses côtés, il pourrait lire les trois *Critiques* en toute sérénité. Il aimait tant la sentir virevolter alentour, avec ses doigts pleins de peinture et ses plumages de couleur, pépiant doucement de sa jolie voix de tête. Seul parmi les hommes de Clara, Antonin se faisait une fierté d'être dispensé de souffrir. Quand il raccrocha, il sourit crânement à son portable, et il lui apparut soudain évident que la substance n'était qu'un ensemble de pures relations. Bien sûr, se dit-il, puisqu'on ne la considère pas comme un objet de l'entendement pur !

Clara laissa inachevée cette Église de la Résurrection qui lui portait malheur. Pour la première fois de sa vie, elle ne finissait pas un puzzle. Au diable les Russes ! Elle acheta une Chartreuse de 1 800 pièces qui les valait bien. On ne pendit pas la crémaillère dans le trois-pièces, mais elle aima immédiatement la rue en pente, encore pavée par endroits, qui montait doucement jusqu'à une vieille usine en ruine. Tout du long, les façades s'entassaient sans ordre les unes contre les autres. Dans ce quartier excentré, elles pouvaient se permettre toutes les couleurs, à condition qu'elles soient un peu passées : blanc cassé, jaune safran du ciment décrépi, rouge campêche des vieilles briques, gris de fumée et de pots d'échappement. Les immeubles avaient poussé plus ou moins haut, en ménageant entre eux des meurtrières de ciel blanc. À son extrémité basse, là où scintillaient les premières enseignes lumineuses, la rue des Trois-Médailles se jetait dans le gros de la ville. On entendait de loin gronder les moteurs, et cela ne donnait guère envie de s'y aventurer plus avant. Les maisons de la rue étaient pour la plupart couvertes de lierre. Quelques glycines pendaient des balcons, en se balançant comme des algues d'eau douce. Clara n'eut aucun mal à faire de son petit tertre citadin un contrefort des Apennins et à répandre de haut en bas les teintes d'un paysage de la Renaissance. Elle transportait avec elle son décor naturel, et à ses côtés les passants devenaient de petits personnages d'arrière-plan. Le manutentionnaire de l'entreprise de livraison, avec ses colis et ses diables, faisait très bien l'homme à la charrette, tandis que les balayeurs imitaient avec application les gestes des faucheurs. Tout le monde finissait par trouver son rôle. Quand en plus un oiseau parvenait à se percher sur un réverbère, c'était parfait ; ne touchez plus à rien, Clara arrive avec son air rêveur et cachottier de propriétaire ducale. Elle passait à petites foulées, en gardant la nuque bien droite ; immobile de la tête aux seins, juste les dimensions d'un portrait, comme si elle voyageait en landau. Les hommes se retournaient sur son passage et marquaient un temps. Ils prenaient la pose. Puis, à peine Clara partie les choses se remettaient à grisonner. On avait décroché le tableau jusqu'à la prochaine fois.

L'appartement aurait pu sembler sinistre, mais la présence de Clara donnait aux lieux une sorte de luxe tranquille. Elle farfouillait dans les placards, à la recherche de tel ou tel vase, d'une assiette dont elle aimait particulièrement le motif en rosace, avec le même empressement inquiet, la même certitude de l'avoir irrémédiablement perdu, qu'une femme devant son coffret à bijoux. Elle lavait la vaisselle, essuyait les verres et nettoyait l'évier avec le plaisir qu'éprouve un enfant de grande famille à découvrir les cuisines.

L'unique fenêtre de la pièce donnait sur une cour intérieure, construite sur l'ingénieux modèle du panoptique benthamien, comme l'avait remarqué Antonin. La vieille immigrée berbère qui leur faisait face scrutait avec inquiétude le va-et-vient incessant de jeunes gens des deux sexes. Clara l'appelait « la pleureuse » : toujours calme en présence de son mari ou de ses enfants, menant profil bas une existence sans accroc, elle profitait de leur absence pour se jouer un grand deuil à l'orientale. Dès qu'elle avait vu le dernier des siens tourner le coin de la rue, elle courait enfiler ses vieux habits noirs. Ainsi déguisée en Marie-Madeleine d'opéra, elle ouvrait sa fenêtre et poussait des youyous qui résonnaient dans toute la cour. Elle ne se gênait pas le moins du monde. Elle n'en finissait pas d'enterrer sa famille, et même parfois, quand le temps s'y prêtait, un ou deux de ses garçons. La pleureuse se faisait plaisir. Spécialement les premiers mercredis du mois, quand les sirènes d'alerte se déclenchaient, elle s'arrangeait, sous différents prétextes, pour faire sortir tout son monde. Elle harmonisait son cri avec les longs hurlements des haut-parleurs. Les délicats de l'immeuble ne manquaient jamais ce moment. L'instituteur du deuxième profitait de ce jour sans classe pour rester chez lui à attendre midi. Il passait la tête par le cadre d'une petite lucarne et se laissait bercer. Quand la pleureuse avait fini son air, il y avait, dans la manière dont elle refermait ensemble les deux battants de la fenêtre, avec une légère inclinaison de la tête, quelque chose d'une révérence de théâtre.

Clara semblait s'efforcer de tout gâcher. Quand elle

voyait la pleureuse à sa fenêtre, elle lui adressait ses joyeux « Coucou ». Elle sentait bien qu'elle n'était pas dans le ton, et pourtant elle ne pouvait s'en empêcher. La vieille se retirait rapidement, avec un signe de la main que Clara prenait pour un salut, mais qui voulait simplement dire non. Non, elle ne voulait pas de ce faste-là ; le sien suffisait amplement à ses petits besoins. Elle détestait Clara de tout son cœur et guettait, à l'abri derrière ses vitres sales, l'occasion de lui nuire sans risque. Sa longue pratique de l'espionnage urbain ne lui permettait cependant pas de démêler les relations entre Clara et Antonin, qui se voyaient de moins en moins, et s'aimaient de plus en plus.

Clara commençait à travailler « dans le puzzle », comme elle disait ; ses vagues études d'histoire de l'art lui donnaient du goût pour les tableaux dont elle débitait ensuite les reproductions. À l'inverse, la pratique du puzzle lui faisait comprendre mieux que n'importe quel manuel le coup de pinceau d'un maître ou les nuances d'une œuvre, sa disposition interne, ses finesses de détail. Le conflit entre rubénistes et poussinistes, elle le vivait très concrètement, en classant ses minuscules bouts de carton ici par couleurs, là par formes. Pour ne pas confondre les différents verts d'un Pissarro, pour ne rater aucune des perversités de Bosch, pour saisir le mouvement d'une toile de Van Gogh, mieux vaut y réfléchir en mille pièces. Dali si facile à assembler lui parut vite assez grossier, tandis que Klimt lui procurait des plaisirs infinis. Par terre, dans sa chambre, s'étalaient des chefs-d'œuvre en morceaux. Elle développait en même temps sa connaissance de la peinture et la finesse de ses découpes, travaillées au plus proche de leur objet. La découverte de Pollock la détermina à contacter des professionnels. Elle effectua des stages dans quelques fabriques assez cotées, tout en continuant à suivre ses cours à l'université. Elle dissertait le matin sur ce qu'elle détruisait l'après-midi.

Passé la barre des 2 000 pièces, Clara se sentit considérablement grandie. Quinze ans après son premier 500, elle jouait à présent avec le roi des puzzles. Après lui, les modèles supérieurs ne présentaient plus grand intérêt ; ils relevaient du spectaculaire et elle n'y toucha jamais beaucoup. Mais quelle émotion devant cet infernal quatre-mâts et tous ses cordages emmêlés, et ces vagues d'un bleu-gris indiscernable, à devenir folle ! Elle y passa toutes ses nuits pendant plus d'une semaine, sommeillant quelques heures par-ci par-là, comme sur un bateau. Elle tanguait de fatigue. Oh, comme son père avait eu raison de la laisser attendre ! Enfin elle posa la dernière pièce, un stupide morceau de coque, et dormit quinze heures d'affilée. À partir de ce moment, Clara se permit tout, avec en tête ce chiffre incroyable : 2 000 ! Elle était arrivée au sommet.

Pleine d'une confiance nouvelle, elle décida de se consacrer avec plus de sérieux à ses cours de be-bop. Cette danse à moitié oubliée l'enchantait. Elle se laissait porter avec grâce par les rythmes vieillots et enchaînait les acrobaties en tournant d'un partenaire à l'autre. Si les langueurs du tango l'ennuyaient, les sautillements du be-bop résumaient tout à fait sa conception de la séduction. Lorsqu'elle revenait à pied de son cours, deux soirs par semaine, elle faisait souvent un détour par le quartier des ambassades, non loin de la rue des Trois-Médailles, pour le plaisir de voir flotter les drapeaux. Leurs couleurs lui suggéraient des images exotiques. La bannière noir et jaune, suspendue à un bâtiment plus gros que les autres, lui évoqua longtemps une savane africaine, avec des guépards au soleil et d'effrayantes coulées d'ombre. Quand elle était enroulée sur sa hampe comme un chiffon mouillé, toute la prairie se mettait en berne, les grands fauves sommeillaient, rien ne bougeait dans la brousse ; mais quand elle se déployait vigoureusement dans le vent, quel beau mirage de poussière chaude, de galops silencieux et de cris de combat ! Cela donnait à Clara envie de mordre. Elle fut assez déçue en s'approchant de la plaque, sur laquelle elle trouva gravé le nom de la République fédérale allemande, mais elle n'en persista pas moins dans ses rêveries de documentaire animalier.

Un soir, revenant de son cours, Clara passa devant un drapeau qu'elle ne reconnut pas. Elle s'était un peu perdue dans toutes ces rues qui se ressemblaient. Elle ne pouvait guère espérer un passant pour la renseigner. L'automne était venu vite, elle grelottait. Sous cette bannière rouge, blanc et bleu à bandes horizontales sortit alors, roulant au pas, une voiture noire immatriculée CD, qui transportait un petit groupe apparemment très animé. Les vitres relevées ne laissaient filtrer aucune parole. À mesure qu'elle s'approchait, Clara distingua à l'avant, en plus du chauffeur, un homme costaud qui parlait sans se retourner. À l'arrière, une femme en blouse grise, assise à côté d'un vieillard bougonnant dont la barbe remuait sans cesse, faisait de grands gestes et semblait hausser le ton. La femme donna, dans son emportement, un coup du revers de la main sur l'appui-tête du chauffeur. Clara n'entendait que le léger grincement de la suspension, et en prêtant mieux l'oreille, le bruit plus subtil encore du moteur. La voiture tourna lentement devant elle. La femme s'était rejetée au fond de son siège, les bras croisés sur sa blouse. Clara aperçut alors une masse de cheveux blonds aplatis contre la vitre arrière. Ils étaient d'une clarté étonnante. Un enfant, pensa-t-elle avec effroi. La voiture arriva à sa hauteur et Clara put distinguer, entre les mèches, un visage aux traits miniatures, aussi impassible et froid que celui d'un homme. L'enfant n'avait pas plus de dix ans et semblait le seul à garder son calme. Il arborait l'indifférence absolue, difficile à contrefaire, de ceux qui se font conduire. Clara recula et agita la main, comme on fait avec les petits. Il remarqua ce geste et, sans abandonner son expression figée, sans même la regarder, se contenta d'un léger mouvement de poignet. Il lui présenta sa minuscule paume blanche, si blanche dans la pâle lumière intérieure de la Cadillac ! Clara demeura bêtement le bras en l'air. Drôles de manières, à son âge ! Un coup de vent la fit frissonner. La voiture s'éloigna rapidement, avec un bruit d'accélération très doux, et la tête du gosse redevint une petite tache blonde, qui disparut bientôt et continua à dériver seule dans la nuit, comme les feux d'un bateau qui double la pointe. Le nom de ce cap, Clara le saurait une fois rentrée chez elle, en regardant dans son dictionnaire la planche des drapeaux nationaux. En attendant, elle poursuivait son mince chemin côtier, plein de détours et de précipices. Elle ralentit le pas en longeant ces lourdes bâtisses conçues pour résister aux tempêtes, et s'absorba dans ses pensées. Elle n'avait plus envie de danser ce soir.

Pendant tout l'hiver, Clara rentra directement chez elle après son cours de danse, sans faire le moindre crochet. Elle attendit le printemps pour revenir musarder dans le quartier diplomatique. Par les soirées tièdes, elle appréciait plus que tout ces belles rues vides et mélancoliques. Quelques branches échappées au-dessus des murs, des chants d'oiseaux venus de nulle part laissaient deviner de somptueux jardins privés. Clara remarqua peu à peu une odeur particulière qui gagnait l'ensemble du quartier, un parfum sucré, gras, qui lui évoquait confusément des souvenirs. Elle ne se lassait pas de venir la respirer. C'était comme une crème de pâtisserie arabe, un coulis épais qui mettait en appétit et se répandait mollement sur les rebords de fenêtre, les portes cochères, les bancs publics, les voitures stationnées. Chaque fois, Clara se laissait enrober par l'odeur avec délices. Peu de gens semblaient la remarquer, mais de temps en temps un passant s'arrêtait net, comme s'il venait de se rappeler une chose importante, une note à signer, une course à faire ; il mettait le nez en l'air et prenait un air pensif, assez malheureux même. « Hé oui ! Trop tard maintenant ! » semblait-il se dire. Puis il reprenait son chemin tête basse, en apnée.

Un soir où l'odeur lui parut plus forte que d'ordinaire, Clara fut saisie d'un fou rire inexplicable en arrivant devant l'ambassade de Biélorussie. Elle prit le temps de se calmer, puis continua à avancer avec une certaine appréhension, mêlée à une joie étrange. Elle défila devant la République tchèque, l'Argentine, l'Arabie Saoudite et même la Suisse. Elle haletait. Son corps échauffé par le be-bop en redemandait. Elle portait des bottines de cuir, une jupe de saison, et un manteau rouge fort compliqué, avec autant de plis et de surplis qu'un colis postal. Elle passa devant le consulat libanais presque en sautillant. Il n'y avait pas le moindre souffle d'air. Soudain, surprise par une bouffée encore plus sucrée, encore plus enivrante que les autres, elle s'immobilisa. Elle eut l'impression que, juste derrière elle, l'odeur avait pris corps. La source ne devait pas être loin. L'odeur s'approchait, repartait, revenait tout près. Clara attendit sans oser se retourner.

Elle reçut comme une caresse sur l'épaule. Elle ferma les yeux un instant pour laisser passer un frisson. Quand elle les rouvrit se tenait en face d'elle, dans un costume bleu marine, un homme très occupé à desserrer son nœud de cravate. Il lui demanda l'heure en forçant son accent. Elle fit l'étonnée. Non, elle n'avait pas l'heure, à quoi bon puisque la nuit était tombée ? L'homme parut satisfait de cette réponse et défit machinalement les trois boutons de sa veste. À l'évidence, il sortait du travail. Après un temps, il ajouta avec mélancolie que chez lui le soleil allait se lever. « On n'a jamais que l'heure qu'on mérite », dit-il enfin. Clara en demeura interdite. L'homme épousseta négligemment les chatons de printemps qui s'étaient accrochés au revers de sa veste. Elle en rattrapa un et le porta à son nez, ce qui lui fit une adorable moustache vert pâle.

– C’est ça ! s’écria-t-elle. Regardez !

Elle lui présentait cette espèce de grosse chenille duveteuse dans sa paume ouverte.

– Oui, nous étions sous les châtaigniers du jardin, bredouilla-t-il pour s’excuser.

– C’est ça ! répéta-t-elle. Les châtaigniers !

– Oui...

– Oh, mais c’est merveilleux !

Elle le regarda, fascinée comme devant un bel arbre. Il avait l’air si solide, avec sa taille arrondie, ses grosses épaules faites pour les fardeaux, et sa peau couleur de vieux bois. Surtout, quel parfum ! Il fallait avoir derrière soi des siècles de pouvoir tranquille, des siècles passés à *faire de l’ombre*, pour oser le porter ! Elle frôla sa main avec juste un doigt. Rien ne bougea. Elle se sentait bien ici, respirant à pleins poumons, la bouche ouverte, ce délicieux arôme, sans aucune envie de partir.

Elle l’appela son chevalier d’Orient et ne voulut rien savoir d’autre. Quant au diplomate libanais, qui pourtant connaissait bien les plaisirs, il fut comblé par sa nuit. Clara riait quand il s’embrouillait dans les pans de son manteau, Clara lui enlevait son caleçon avec l’agilité et l’étonnement feint du magicien qui découvre un lapin, Clara passait sa main partout et se collait à lui comme un gros bonbon humide. Il la tournait dans sa langue et la faisait glisser contre lui jusqu’à ce qu’elle craque entre ses dents. C’était un régal. Par moments elle écarquillait les yeux, et son visage prenait une expression de surprise, comme si elle faisait l’amour pour la première fois. On pouvait d’ailleurs y croire, elle avait des gestes naïfs et même maladroits.

Elle se laissait aller sans façon. En bonne amatrice de puzzle, elle voulait garder le plus longtemps possible l'homme entre ses jambes, et laisser lentement couler sur eux la crème qui les collait l'un à l'autre. Le chevalier vivait avec force, il était capable de soutenir une conférence de quinze heures, une beuverie, un entretien avec la presse ou une nuit d'amour en laissant filer ses instincts juste ce qu'il faut. Clara aimait les chairs qui laissent de bonnes prises et ne retiennent pas leur sueur. Ça lui laissait un merveilleux sentiment d'abondance. Cette nuit-là, elle eut de l'homme à foison. Ils se donnèrent jusqu'à avoir mal.

En s'éveillant dans ce bel hôtel du quartier diplomatique, Clara ne témoigna qu'un regret, celui de voir arriver sur un plateau, au lieu de ses belles tartines dorées, quantité de petits pains obèses, se poussant du ventre dans un panier trop petit, une salade de fruits prétentiarde aux couleurs de paon et un œuf tout chauve trônant dans son coquetier de porcelaine comme un pape dans sa chaire. Elle laissa sa part, rejeta les couvertures, et s'étira longuement, avec des gestes de chat. Elle montrait une impudeur enfantine qui déconcerta le chevalier. « Le vrai plaisir de soi », murmura-t-il en la regardant. Elle n'y prêta pas plus d'attention qu'à sa phrase de la veille sur l'heure qu'on mérite et alla prendre sa douche en déplorant l'absence de pain de savon. Elle revint en peignoir, rajusta ses cheveux dans la glace, puis envoya voler sans hésiter le reste des draps afin de récupérer ses vêtements fins. Le chevalier se retrouva entièrement nu, très mal à l'aise, et couvert de miettes de croissant. Une larme de confiture pendait même à son sein gauche. Il ne trouvait rien à dire et ne savait pas quoi faire de ses mains, qu'il promenait sans arrêt des flancs à la tête. Clara prit tout son temps pour ajuster ses bas et boutonner son chemisier, puis lui tapota gentiment le ventre. Il sursauta.

– On se revoit ? Tu veux venir me chercher après les cours ? lui demanda-t-elle en arrangeant les pans de son manteau.

Un certain aplomb dans la voix indiquait qu'elle ne s'attendait à rien. Elle fit claquer la boucle de sa ceinture et se retourna vers son chevalier. Il avait baissé la tête et regardait la bague en or de sa main gauche avec perplexité. Il poussa un soupir agacé, se pencha sur le côté, pensif, ramassa brusquement les draps entassés par terre, les mit sur lui en boule, et croisa les bras. Ses orteils dépassaient de manière comique. Elle pouffa.

– Tu as des soucis ?

– Non, non.

– Eh bien alors ? Tu en mets du temps !

– Oui... je... tu vas en cours alors ?

– Oui oui, jusqu'à cinq heures trente aujourd'hui, mais ça finit souvent en retard.

Le chevalier replongea dans sa torpeur. Clara attendait mieux de lui et fut sur le point de décider à sa place, mais il gonfla les joues avec une moue de gamin penaud en balbutiant quelques mots confus. Elle s'attendrit.

– Alors mon ami ? On a des états d'âme ?

Il s'agissait bien d'états d'âme ! Le chevalier d'Orient prit enfin son parti. Il se composa le visage sombre et digne que ses collègues lui enviaient et soutint le regard de la jeune fille. Il renonçait, non sans une certaine frayeur, à sortir son portefeuille.

Les 2 000 pièces marquèrent ainsi pour Clara l'apogée de sa saison des amours. L'appartement devint une véritable pépinière. Le jasmin, c'était celui qui lui avait élégamment proposé son parapluie un soir d'averse ; le fuchsia japonais, un Espagnol frileux et renfermé qui ne cessait de répéter que son pays abritait le seul désert d'Europe ; le yucca, ce pianiste un peu fou, qui lui laissait ses meilleurs souvenirs (et même un léger chagrin, de sorte que Clara ne se piquait jamais sans un petit sourire nostalgique) ; l'inévitable cattleya, l'inévitable poète, volubile, élégiaque, impuissant. Toutes ces plantes exaspéraient Antonin, qui menaçait régulièrement de dépoter le yucca. Quant à Clara, elle arrosait avec beaucoup de soin les trophées de sa sexualité florissante.

La jeune fille s'offrait avec une bonne volonté inlassable et une joie d'aimer inépuisable. Elle n'exigeait rien de ses hommes, sinon qu'ils soient hommes ; pour le reste, elle avait des préférences, qu'elle rangeait dans le domaine du goût et non de la passion. Elle adorait rompre, si possible en fin de matinée et dans une rue pavée. Elle s'en allait sans se retourner, en roulant des hanches, avec devant elle toute l'après-midi pour pleurer. Joyeuse perspective : elle recomposait sa Petite fille, échangeait avec elle un regard entendu, et lorsqu'elle en avait assez profité, rangeait le tout dans sa boîte. Vers le soir, elle avait toujours un petit mouvement de poignet fort gracieux, qu'Antonin connaissait bien, comme pour dire : « Que la fête commence ! » Et elle jetait ses vieilles histoires derrière son épaule, convaincue de faire une bonne action. Clara reprenait et redistribuait ses promesses par souci d'équité, follement prodigue d'elle-même quand il s'agissait de donner, et des autres quand il fallait faire la part du gâchis. Elle ne regrettait qu'une chose, que les chagrins soient si courts. Certains y voyaient de la cruauté, d'autres de la candeur ; quant à Antonin, seul de son avis comme d'ordinaire, il y décelait une subtile marque d'intelligence, une élégante solution aux apories de la Pensée 323 de Pascal. Si l'on n'aime que des qualités « empruntées », autant apurer régulièrement ses comptes. À cette logique, combien perdirent la tête, de tous âges et de tous milieux ? Clara faisait des ravages. Alors pourquoi se mettaient-ils à aimer cette petite beauté vagabonde ? Précisément parce que ce n'était *pas* une femme fatale.

La cohabitation avec Antonin se déroulait à merveille. Il suivait avec distraction les aventures de sa sœur et se réjouissait de ses succès, qui rehaussaient selon lui ses propres privilèges de camarade de chambrée. Ils discutaient liste de courses, cœur humain et épistémologie génétique. Ils s'entouraient de tant de personnages fantomatiques, amants éclipsés, philosophes rejetés, voisins détestés, qu'ils ne ressentaient jamais les pesanteurs du tête-à-tête. Ils leur inventaient des surnoms, des histoires, des légendes. Au fil du temps s'étaient installés entre eux des conventions de tours de vaisselle, des habitudes de ménage, des horaires fixes. Ils avaient tous les jours la surprise de se retrouver à dix-neuf heures trente, sans compter ces impromptus qui les amusaient follement, fuite de robinet, pénurie de yaourts ou coup de téléphone parental. Ils se présentaient leurs amis faute d'oser s'offrir des cadeaux. Clara trouvait la vie fort gaie ; quant à son frère, il n'en attendait rien de plus.

Quand il ne jouait pas au confident, Antonin persévérait dans le renversement de la métaphysique classique. Il avait, hélas ! pris de ses exercices universitaires la manie de douter de tout, et de toujours remanier les principes supposés guider son existence. Il fallait que chaque geste eût sa place dans un système de valeurs. *Chaque* geste : à une époque assez tourmentée, il avait même refusé d'arroser les plantes, ce qui avait procuré à Clara le double plaisir de l'écouter parler de l'instinct de mort et de se réserver le monopole de l'arrosoir. Cette torture réflexive amenait Antonin, au gré de ses rencontres et de ses lectures, à mépriser soudain ce qui avait été sa vie jusque-là, selon un rythme bisannuel. Il s'engageait alors dans ses nouvelles activités avec un dégoût renforcé par la conscience du devoir. Il avait fumé de l'herbe et porté des ponchos de grosse laine, non pas à l'âge habituel, mais bien plus tard, en conclusion d'une réflexion assez élaborée sur les interactions de la matière organique ; il avait joué au méchant de manière très convaincante après la lecture assidue d'un penseur allemand moustachu, au prix d'incroyables efforts pour brider son naturel doux et serviable ; il avait pris la plume pour prouver la suprématie de l'Art (cent cinquante pages d'octosyllabes) ; et il avait ruiné ses parents le jour où il s'était mis en tête, à la manière des grands sophistes, que le pouvoir social primait *de droit* sur celui de la pensée. Il lui fallut donc exhiber sur ses vêtements, à la grande honte de toute la famille, les preuves griffées de la petite fortune du couple d'avocats, et jouer au dandy devant les vitrines des beaux quartiers.

Dans cette période de jeunesse dorée, Antonin se forçait à traîner dans les boîtes de nuit. Il y réussissait fort bien. Il s'était inséré dans un réseau d'amis, avait vite assimilé les tortillements d'usage, et passait la *before* à se répéter la justification théorique qu'il avait élaborée, afin de juguler son dégoût instinctif. Il pouvait ainsi voir dans le gros videur noir autre chose qu'un pauvre tas de graisse : sa lourde paupière dévoilait aux initiés un symbole immémorial, l'Œil du jugement, qui en faisait le noble héritier des passeurs charoniens et autres eunuques de basse mythologie. Quant à la grande salle multicolore où l'on se frotte cul à cul dans une odeur de sueur, de parfums éventés et d'alcool tout-venant, Antonin savait en apprécier la puissance bachique, combinée à une poussive apothéose du Signe. La notion de *place to be* constituait une réponse assez efficace à l'angoisse de la contingence ; c'était une Nécessité prête à l'emploi. Pour quelqu'un que la vie tracasse et que hante l'infinité des possibles, être *là où il faut être* en trois coups de téléphone et un quart d'heure de taxi représente une éthique assez commode, pas tout à fait fausse non plus, et incontestablement plus excitante que les morales compliquées des plus illustres barbus. L'absorption de vodka demeurait nécessaire au jeune penseur pour tenir ses conclusions. Il rangeait au nombre de ses impensés son souci d'originalité et finit, à sa plus grande fierté, par ressembler à peu près aux autres. Un soir, il décida de rompre pour de bon avec un romantisme dont la doxa girardienne ne lui avait que trop prouvé la futilité. Il s'avança vers la fille qui lui parut la plus haineuse et froide, la serra un bon quart d'heure contre ses reins, par-devant, par-derrière, sur le côté, en canard, en lui lançant le regard de palmipède approprié, hurla son nom comme à l'appel, et chassa d'un soupir énervé un sentiment persistant de ridicule. Cette fille lui faisait penser à une femme-soldat, une sorte de colonelle, directive et prête à tout. Remarquant finement la seule chose qu'ils eussent en commun, il lui demanda si elle venait souvent ici. Cette immanence de la situation à elle-même, renonçant aux mirages de la recherche essentialiste, lui confirma qu'il était dans le bon chemin. Une petite demi-heure plus tard, la palpitation d'un morceau de chair étrangère dans sa propre bouche lui fournit la récompense de la pensée juste, le bonheur du sage. C'est donc au bras d'une authentique pétasse, un peu inquiet quant à la manière de poursuivre une conversation intégralement immanente, et encore plus à l'idée de devoir faire acte physique d'immanence avec une inconnue dont le visage s'épaississait à mesure qu'ils avançaient vers la lumière plus quelconque du vestiaire, qu'Antonin rentra dans l'étroit appartement où sa sœur prenait son petit déjeuner.

Clara portait une longue nuisette blanche qui flottait autour de sa taille. Le mince tissu se gonflait au rythme lent de sa respiration, et la journée prenait le large avec sa poitrine en proue. Pour son petit déjeuner, elle avait mis du pain à griller. Elle s'y brûlait les doigts d'impatience puis croquait dans le désordre, un coup en bas, un coup sur le côté, et un coup à l'improviste dans l'autre morceau. Dans cette pièce orientée à l'est, la lumière du matin répandait une sorte de poussière de paille. Clara laissait couler le beurre et le miel sur ses doigts. Elle mangeait à petites bouchées rapides, faisait crépiter les tartines dans sa bouche, et éclaboussait toute la table de miettes calcinées. La perspective de ce long artisanat suffisait chaque matin à lui rendre le réveil agréable. En sortant de sa chambre, elle envoyait claquer la porte contre le mur comme le volet d'une maison italienne.

L'entrée du couple défait, de ces deux figures de nuit cramponnées l'une à l'autre ne troubla nullement Clara, qui leur accorda un sourire aux couleurs de ses tartines.

– Ah bah d'accord ! grogna la colonelle, légèrement inquiète dans cette périphérie de la ville qui lui était inconnue. Fatiguée d'avoir monté un escalier tortueux, très agacée surtout de se retrouver dans ce trois-pièces au crépi sale, elle voulait profiter de la présence de Clara pour planter là le jeune homme trop bien déguisé qu'elle avait embrassé. Ce n'était toujours pas un fils d'émir, et tant qu'à pomper, elle préférait que ce soit du pétrole.

– Non mais attends, c'est ma sœur, murmura Antonin en fixant lâchement son regard sur un coin de la table. Il aurait aimé exposer sur-le-champ à Clara les principes de sa nouvelle philosophie, pour éviter les malentendus, mais les circonstances ne s'y prêtaient guère. Par contre, les deux rivales, comprenant qu'elles ne l'étaient pas, se dévisagèrent durement. La colonelle considérait avec une certaine crainte cette nuisette de grand-mère, qui laissait deviner un corps ferme et vigoureux, d'un bel ocre de terre de Sienne. Clara ne s'en vantait pas, et le cachait généralement sous des pantalons taille haute ou des chemises bouffantes. Ça en faisait une affaire de connaisseurs. Elle-même ne s'y intéressait pas outre mesure ; elle se sentait bien avec et le laissait aller son train. Elle ne regrettait qu'une chose, de ne pas grossir davantage. Elle aimait les femmes à volumes et se serait bien accordé un peu plus de chair. Mais elle avait beau manger à pleine bouche, rien n'y faisait, elle conservait une cambrure de magazine féminin.

La colonelle faisait partie des connaisseurs mais n'appréciait guère qu'on se foute d'elle. Cet air ingénu l'offensait. Rien que ce visage si tendre, si XIXe dans sa manière d'exprimer le naturel, aurait suffi à l'irriter. Mais surtout, la beauté de l'ensemble, l'évidence implacable que Clara était, dans le langage de la colonelle, bien foutue, voire (elle-même eût-elle jamais conscience de cette grande vérité ?) bandante, avec la confiture qui traînait autour de sa bouche et les miettes qui descendaient entre ses seins, brouillait de manière insultante ses repères. Quant à Clara, désagréablement interrompue au beau milieu de son petit déjeuner, elle était déjà écœurée, comme après un mauvais yaourt au goût de bonbon anglais.

– Vous revenez d'où tous les deux ? demanda-t-elle en repoussant le pot de miel.

– Bah à ton avis ?

– On est allés... euh... danser, bredouilla Antonin.

– Ah tu danses, toi ? C'est chouette ! Vous dansez quoi ?

– Un peu de rock, et puis...

– Putain c'est pas vrai ! Mais qu'est-ce que je fous là ? éclata le bonbon anglais en gigotant dans son papier brillant.

Instinctivement, Clara se saisit d'une tranche de pain et du pot de beurre, puis se mit à tartiner avec application, sans lever les yeux de son ouvrage. La colonelle, morte de fatigue, regardait le couteau qui allait et venait sur le beurre avec une sorte de fascination. Antonin salivait. Une fois le beurre bien étalé, Clara considéra attentivement sa tartine, peaufina les bords, et la tendit à l'amie de son frère. Elle voulait faire bon accueil et ne pouvait s'empêcher, en se réglant sur elle-même, de tout expliquer par l'estomac. La colonelle mesura mal la portée de ce geste. La peur de se tacher l'emporta sur toute autre pensée.

– Ah ouais, une tartine, c'est sympa après les pyjamas-parties.

Décidément elle ne se remettait pas de la nuisette. Elle voulut rire, prit son inspiration, mais avant d'émettre le moindre son se figea soudain, à bout de nerfs, le souffle coupé, les lèvres retroussées dans l'attitude d'un chat qui crache. Le silence s'installa. Antonin se demandait comment il pourrait bien lui faire l'amour ; Clara, elle, se sentait gênée, comme souvent dans les conversations avec des gens de son âge, à propos d'un mot, d'un nom propre, d'une référence qu'elle maîtrisait mal ou pas du tout. Elle avait beau s'appliquer, elle ne tombait jamais juste. Elle le savait et redoublait d'efforts. Pyjama-partie... cela ne désignait-il pas les jeux de polochon, qu'elle-même avait pratiqués plus que toute autre, avec un enthousiasme infatigable à crier, à courir, à taper gaiement sur ses petites amies ?

Elle connaissait bien la traduction littérale, mais le sens de la phrase lui demeurait impénétrable. Elle tourna la cuiller dans sa tasse de café, à l'envers des aiguilles d'une montre, ce qui prouvait qu'elle réfléchissait fort. Tous se taisaient pendant que Clara essayait de retarder le temps. Antonin sourit en pensant à autre chose, très certainement au second principe de la thermodynamique et au problème de l'irréversibilité. La colonelle se dandinait comme un boxeur, exaspérée par le crissement de la cuiller.

– Elle est un peu coincée, ta sœur, non ?

Antonin regardait de plus en plus intensément le coin de la table. L'alcool et la fatigue dédoublaient sa vision jusqu'à lui faire voir tout un tas de bois qui tournait lentement autour de lui. Il ne fit pas le moindre geste. Il connaissait sa sœur. Il n'eut d'ailleurs pas à attendre très longtemps.

– Ah mais il suffit ! Elle m'ennuie ! Je vais lui couper les ficelles à ta poupée, Antonin ! et se tournant vers la marionnette menacée : Où donc te crois-tu ?

Elle s'était levée, les bras écartés, la gorge découverte. Sa voix était devenue plus aiguë encore, claironnante, presque mélodieuse. C'était aussi une manière de théâtre, qui la passionnait. Elle jouait à la lingère, en gouaillant comme dans les rues de Milan. Même quand elle se fâchait, Clara vous donnait envie de l'embrasser. Elle aurait fait fureur dans la diplomatie et dans les pièces de Tchekhov.

– Bah toi ch't'ai rien...

– Tu te tais ! Et puis remets d'abord ta bretelle ! Regarde comme tu t'es arrangée, on dirait un Delaunay ! Tu fais de la réclame ou quoi ? T'as besoin de flamber tout ça pour allumer mon frère ? Hein ? Ça gesticule, ça se fait des idées, et puis ça n'est même plus capable de marcher droit. Raccourcis tes talons, ça te remettra les pieds sur terre ! Allez va, va, débarrasse-moi le plancher ! Fous le camp !

La colonelle avait mal au crâne et perdait ses moyens avec ces histoires de tableaux cubistes et de marche à pied. Elle se tourna avec lassitude vers Antonin qui, transporté par la sortie de sa sœur, avait resserré son étreinte, lui dit doucement qu'elle croyait qu'il s'appelait Antoine, et qu'effectivement, Antonin, c'était beaucoup plus joli. Antonin secoua la tête. Il sourit à sa sœur, emmena l'autre dans sa chambre et, en conclusion de cette longue dissertation nocturne, pour résumer, la baisa.

Tandis qu'Antonin se livrait ainsi à diverses investigations philosophiques, Clara peinait sur sa licence d'histoire de l'art. Elle ne supportait pas l'idée de se plier à des contraintes universitaires et les ensevelissait systématiquement sous une foule d'autres problèmes, dont il était difficile de lui attribuer l'entière responsabilité, mais qui réapparaissaient avec une récurrence troublante vers la fin du printemps. À l'approche des examens, elle ne se plaignait jamais, cependant vous pouviez être sûr que se préparait dans l'ombre un déménagement, une appendicite, une rupture ou un vol de vélo. Pour sa licence, elle décida sur un coup de tête d'aller réviser dans un monastère italien. Les langueurs des paysages méditerranéens se trouvaient, selon elle, parfaitement adaptées à l'ennui des exercices spirituels. Les bénédictins ne s'y étaient d'ailleurs pas trompés en s'installant au mont Cassin. Il fallait la sensualité aiguë de saint Benoît pour réserver l'acédie aux terres du Sud, où la tristesse elle-même s'endort, tandis que dans les climats trop rudes, elle tourne à la rage (regardez les fous furieux de Cluny, avec leur célibat !). Clara prit quinze jours pour mettre au point sa retraite. Elle fit le tour des agences de tourisme et des congrégations. Elle se concentra sur l'organisation de ce voyage avec une énergie, une efficacité et même un perfectionnisme qui lui auraient amplement permis de boucler son programme de cours. Elle acheta des sandales, des produits solaires et un manuel d'italien. Hélas ! ce n'est qu'une fois arrivée à l'aéroport de Naples qu'elle s'aperçut de l'oubli du petit tas de livres et de cours soigneusement disposés sur le coin de son bureau. Il ne lui restait donc que *La Perspective comme forme symbolique* de Panofsky et *Les Cocus du vieil art moderne* de Dali, qui avaient tous deux bénéficié du privilège du sac à main. Clara eut un bref moment d'hésitation devant la porte à tambour de l'*uscita*, mais le mouvement diabolique des panneaux de verre, qui faisaient danser le ciel dans leurs prismes bleu vif, décida pour elle et la jeta dans l'air chaud. Il y aurait bien quelque vieille fresque romane à décortiquer dans l'Abbazia del Goleto, l'Abbazia del Goleto de l'Arcidiocesi di Sant' Angelo di Lombardi, se répétait Clara en s'efforçant de rouler les *r*.

La valise en cuir qu'elle avait extorquée à son grand-père pouvait sembler inappropriée pour la Campanie, mais Clara comptait comme toujours sur l'obligeance des automobilistes. Elle comprenait mal pourquoi tout le monde n'empruntait pas un moyen de transport si commode. Elle ne portait qu'une robe blanche, plissée autour du décolleté, qu'elle avait choisie spécialement pour honorer l'Italie ; et celle-ci lui en fut bien reconnaissante, puisqu'en moins de deux heures la brunette arrivait dans la vallée de l'Ofanto, en saluant au passage, avec une complicité enjouée, des auto-stoppeurs lestés et ceinturés comme des soldats de la vieille Rome. Elle se fit arrêter à Sant' Angelo pour acheter les fameux macarons, qu'elle dut finalement accepter en cadeau. Tout se déroulait à l'ordinaire. On la déposa à une cinquantaine de mètres de l'abbaye, en obéissant à ce respect craintif des bâtiments religieux encore de mise ici ou là. Il suffirait d'un bruit de moteur pour que les anges s'envolent comme des pigeons. Clara remercia, descendit, puis attendit un moment que se dissipe le malaise des routes de montagne, et que le paysage devant ses yeux cesse de faire les embardées d'un décor de cinéma. On se trouvait au cœur de l'après-midi et la campagne paressait. Clara reconnut son parfum, comme celui d'une femme que l'on retrouve après bien des années ; la même odeur de farigoule qui monte des champs et que les précieuses du Sud se distillent sur le cou et la gorge. À l'horizon, en attendant les Apennins, la terre faisait le dos rond. Curieusement, pour ce cinquième séjour en Italie, Clara avait l'impression de rentrer chez elle. Il est vrai qu'avec ses cheveux noirs, sa voix de tête et sa démarche sautillante de danseuse de forlane, on se demandait quel miracle l'avait fait naître de l'autre côté des Alpes.

Clara s'avança sur les pavés de la route, entre les premières bâtisses de pierre et une rangée d'arbres très régulièrement espacés, où se sentait déjà la minutie des travaux monastiques. Un dernier virage, et la végétation méditerranéenne entrait définitivement dans les ordres. Des rectangles de buis faisaient jardin à la française. Clara aimait cette manière de prendre soin des choses. Elle préférait les beautés bien peignées, à son image. Elle pénétra sous le grand porche de l'abbaye et arriva devant une sorte de guichet grillagé où le moine de service enregistrait les arrivées et les départs, à mi-chemin entre le confesseur et l'employé de banque. Un religieux qui portait une cicatrice sur la joue la conduisit aux *casali*, un bâtiment situé face aux jardins, un peu à l'écart du couvent, où étaient logés les laïques des deux sexes. Elle s'étonna qu'il ne lui prenne pas son bagage, et s'en réjouit comme d'une preuve indiscutable, plus évidente encore que les bures, les sculptures romanes et les échos de la none, qu'elle marchait ici hors du monde. Elle exultait.

Les chambres des hôtes s'alignaient au premier étage d'une ancienne écurie, de part et d'autre d'un couloir central. Elles étaient séparées par des cloisons de briques assez fines. En bas, les stalles avaient été reconverties en ateliers ; de sorte que rien n'était plus sonore que cette retraite, avec le bruit des scies et des marteaux, les allées et venues des pensionnaires, et le caquètement assez monotone de la basse-cour. Le grand jeu des moines consistait, quand ils prenaient la pause, à faire claquer les anciens anneaux de longe contre la pierre. Les abreuvoirs servaient de rangement pour les outils. Clara s'accommodait de ce vacarme comme elle se passionnait pour tout ce qui vivait autour d'elle. Elle ne redoutait que le silence. À son arrivée dans la chambre, elle défit très soigneusement ses affaires, et extirpa Panofsky d'un fatras de mouchoirs, de produits de beauté et de trousseaux de clés sans étiquette. S'y trouvaient également une toupie, la dernière dissertation d'Antonin, un carnet d'adresses qu'une averse récente avait rendu illisible, et un téléphone portable dont elle avait bien entendu oublié le chargeur. Tant pis ! se dit-elle en voyant l'affreuse bête qui, déjà à bout de souffle, se mettait à couiner. Elle l'acheva en la serrant quelques secondes entre ses doigts, sans pitié pour les deux ou trois garçons qui embaumeraient le petit cadavre avec des messages affectueux, insultants, et enfin, suivant la progression habituelle, désespérés. Elle suspendit ses vêtements dans le placard, mais il lui resta dans les mains une robe en tulle couleur crème pour laquelle elle ne trouvait plus de cintre. Pas question de la plier, naturellement. Clara regarda tout autour d'elle : la pièce était nue, et le dossier de l'unique chaise déjà accaparé par son châle de soirée. La situation lui sembla inextricable. À moins que... Elle fit les cent pas dans la chambre, l'air très embarrassé, hésitante, en tenant la robe du bout des doigts. Elle vérifia encore une fois dans le placard. Enfin elle se décida et, en rougissant légèrement, accrocha les bretelles aux branches du crucifix qui surplombait le lit.

Ce problème une fois résolu, elle jugea préférable de réserver *La Perspective comme forme symbolique* pour les complies et sortit vadrouiller. Elle alla traquer la robe blanche derrière le moindre cep, pour avoir le plaisir de crier *buon giorno* aux convers, visita le *convento femminile* et l'église San Luca attenante, mais n'eut pas le droit de pénétrer le *convento maschile*, qui revêtit immédiatement un prestige supérieur.

Elle marcha à travers champs, sans suivre aucune direction précise, et atteignit par hasard la *Conza della Campania*, d'où l'on pouvait admirer les monts environnants. Par endroits, ils commençaient à friser, avec les hêtres et les yeuses qui verdissaient ; à d'autres, ils restaient assez dégarnis, et les vignes plantées en ouillère se plaquaient sur les pentes comme des cheveux bien lissés sur un crâne chauve. Clara s'assit dans l'herbe, à l'ombre, et regarda. Elle ne pensait à rien. Elle mangeait ses gâteaux d'amande amollis par leur longue balade au soleil. Son corps se laissait guider par les plus infimes variations de l'air, des couleurs et des sons. Elle prenait plaisir à goûter un à un les différents parfums des macarons, et aussi à les combiner, à faire des mélanges. Café pour la poussière âcre de la terre, framboise pour sa robe, pistache... Ses doigts en étaient tout bariolés. Vanille pour les nuages... Elle avait de quoi s'amuser. Même les moucherons ne la dérangeaient pas.

Le soir venu, seule dans sa chambre, quand il lui fallut comprendre le rapport entre *perspectiva naturalis* et *perspectiva artificialis* chez Léonard de Vinci, Clara commença à compter les briques du mur et conclut que ce motif pourrait donner un fort bon puzzle. À force de regarder les briques, d'ailleurs, elle finit par les entendre. Elles craquaient bizarrement, en faisant des petits bruits de pluie, mais très irréguliers. Clara envoya voler Panofsky sur les tommettes du carrelage, éteignit la lumière et écouta plus attentivement. C'est sans doute les briques qui sèchent, se dit-elle. Elle s'endormit satisfaite de cette explication, se promettant d'en parler plus tard à son frère. Cette nuit-là,

Clara rêva de grands murs rouges que Léonard de Vinci abattait méchamment et qui s'effondraient sur elle. Elle avait chaud. Quand elle se réveilla, nue sur ce grand lit, les couvertures rejetées par terre, elle prit peur en apercevant au-dessus d'elle la robe en tulle qui pendait au crucifix. Dehors s'élevaient les premières rumeurs de l'*Ufficio delle letture*. Par la fenêtre, elle vit de grandes flaques noires dont les jardins s'ébrouaient à peine. Le bruit des briques avait cessé. Elles sont bien sèches désormais, pensa-t-elle. Encore engourdie par son cauchemar, elle peinait elle aussi à sortir de la nuit. Elle lutta pour ne pas retomber dans ce mauvais sommeil, se leva, consulta sa petite fiche sur la vie du monastère, et se prépara pour assister aux laudes.

Une fois sortie des *casali*, elle se dirigea vers l'église, que l'on devinait à une ombre plus épaisse. Seul le campanile du *convento maschile* se dressait assez haut pour accueillir les premiers rayons de l'aube, et il brillait d'une lumière orange presque aveuglante, comme un phare à feu fixe guidant les bateaux perdus. La campagne se taisait de manière menaçante. Il y avait si peu de vent que même les feuilles du tremble restaient immobiles. L'air était moite. Clara rejoignit les bâtiments de pierre, auxquels la pénombre inventait des recoins inquiétants. L'abbaye n'avait été restaurée qu'une trentaine d'années auparavant, et par endroits, un mur écroulé, une sépulture aux inscriptions effacées ou une Vierge sans tête donnaient aux lieux un air d'abandon. Clara s'orienta sans trop de mal. En pénétrant sous le portique principal, elle vit soudain grouiller une foule de religieuses encapuchonnées, qui se pressaient avec une énergie invraisemblable dans ce petit matin si lent. Pas une voix n'émergeait de ce tourbillon blanchâtre. On n'entendait que le froissement des robes et le claquement des sandales sur les dalles. Personne ne prêtait attention à Clara. Elle reçut des voiles de toile amidonnée en pleine figure et se fit bousculer par une sœur plus décidée que les autres. Elle se sentit bête comme quelqu'un qui a mis le pied dans une fourmilière. Renonçant à aller écouter dans de telles conditions des psaumes de louanges, elle chercha à rebrousser chemin, mais il lui fallut se débattre à contre-courant. Elle étouffait et respirait autour d'elle une insupportable odeur de transpiration et de linge moisi. Elle crut un moment se laisser engloutir. Les cornettes lui cinglaient le visage et les grosses croix de bois lui rentraient dans les côtes. Enfin, elle parvint à se dégager, retrouva la galerie transversale par où elle était venue, et courut jusqu'à sa chambre y attendre le jour en sécurité. Là, tandis qu'elle reprenait son souffle, elle s'aperçut qu'elle tremblait. Elle décrocha la robe de tulle et la jeta en boule dans le placard. Que s'était-il passé avec toute cette moinerie ? Elle s'allongea de nouveau sur son lit et eut de drôles de pensées. Puis elle entendit à nouveau les petits craquements de brique, décida avec humeur qu'ils ne la concernaient pas, et se rendormit par bouderie.

Clara attendit la volée de cloches de l'angélus pour se réveiller, et recommença son lever comme si de rien n'était. Passé cette mésaventure des laudes, les jours se succédèrent sans encombre. Panofsky s'avérait d'une grande utilité pour écraser les mouches le soir, et la gravure de Dürer qui en ornait la couverture s'étoilait progressivement de sang. Entre ses pages se constituait un véritable herbier, qui aurait facilement permis de retracer, chapitre après chapitre, les pérégrinations de Clara en Campanie. La reproduction noir et blanc de *Ulysse aux enfers*, importante frise du deuxième style pompéien, se colorait en bleu, marron et jaune, aux couleurs du crocus, du *farotto* et du pissenlit. À force de brûler au soleil et de traîner grand ouvert sur les bancs de pierre, le volume était corné comme si on l'avait relu dix fois. Au bout d'une semaine, Clara arriva péniblement à la description de la mosaïque d'Abraham de la basilique San Vitale de Ravenne, fort passionnante, mais qui, hélas ! ne dépassait pas le VIe siècle. À partir de la Renaissance, tout devrait aller plus vite, se dit-elle.

Une après-midi, elle s'était assise sur un rondin de bois avec la ferme intention de ne pas en bouger avant la fin du chapitre. Du coup, elle pouvait prendre son temps. Elle était occupée à calculer, à l'aide d'une laborieuse règle de trois, le pourcentage du livre qu'elle avait déjà lu, quand elle entendit à côté d'elle des petits coups semblables à ceux qui rythmaient ses soirées. Elle se retourna, ravie de résoudre un mystère plus troublant que celui du plan de projection, et vit un homme de dos, assis en tailleur dans l'herbe, qui pianotait sur une petite planche de bois empruntée à l'atelier des moines. Il semblait réfléchir profondément. Elle voulut suivre le mouvement de ses doigts, mais ils allaient très vite et, bizarrement, en ayant l'air de savoir où. Sans hésiter une seconde, Clara rendit ses petits coups à l'homme de dos, en lui en donnant trois sur l'épaule.

– Ciao ! Cosa sta facendo ?

Elle avait pris son meilleur accent italien, en laissant traîner sa voix sur tous les *a* (elle avait beaucoup écouté les opéras). Il se leva à demi.

– Vous êtes française ? Salut ! Je m'appelle Luciano Frateschi.

Clara se trouva épouvantablement vexée. Depuis une semaine elle se prenait pour une Italienne, et ce Frateschi qui jouait au malin ne méritait pas de connaître les délicatesses d'un cœur d'adoption. Si Clara a jamais haï quelqu'un, ce ne put être que l'espace d'un instant, par exemple celui-ci. Elle ne répondit rien.

– Ce que je fais ? Du piano. Vous ne voyez pas ?

Et il se remit à tambouriner sur la planche. Clara gardait les lèvres pincées mais laissait rouler ses deux yeux bleus du côté du clavier de bois.

– Tutti il giorno ? demanda-t-elle d'un petit ton hautain. Frateschi se retourna complètement cette fois, avec un certain agacement. Clara s'efforçait de donner à son visage l'expression pénétrée de l'offense. Il eut cet admirable réflexe de grande personne, de ne pas en rire.

– Tutto il giorno, oui mademoiselle.

Le fat ! Évidemment, c'était sa langue !

– Hum ! Et vous ne craignez pas les échardes ?

Luciano Frateschi venait d'une grande famille de musiciens italiens. Sa mère était cantatrice et son père, mort il y a peu, chef d'orchestre. Fils unique, il avait grandi en compagnie d'un *Bösendorfer* de concert, sur le pied gauche duquel sa mère faisait, deux fois par an, une encoche pour marquer les progrès de son cher enfant dans le sens de la hauteur. Luciano apprit rapidement à lire la musique. Le sommet de son crâne atteignait à peine le clavier qu'il jouait déjà le premier mouvement de la *Sonate en ut majeur* K. 545 de Mozart – la « sonate facile ». Quand ses yeux arrivèrent au niveau des lettres d'or, qu'il pouvait à peine déchiffrer, il s'attaquait déjà aux œuvres d'un autre B. Ces deux noms germaniques se mêlèrent dans son esprit, l'incitant à croire que la partition et l'instrument portaient la même signature et lui étaient en quelque sorte dédicacés. La queue du piano servait de bar américain où sa mère déposait les repas. À peine arrivé à la dernière encoche, au niveau du couvercle, Luciano connut le succès des enfants prodiges, mais son naturel flegmatique et ses beaux yeux noirs lui en évitèrent les tares ; quand son âge lui imposa d'arrêter les tournées de vieilles dames, il reprit sans sourciller, et même avec une certaine fierté de jeune homme, des études plus sérieuses. Il fut envoyé au Conservatoire de Paris où il apprit, entre autres choses, à donner des baisers. Alors qu'il s'exprimait dans un italien très châtié, il finit par parler un français d'oreiller, un jargon aux tournures très féminines. Homme du monde en italien, voyou en français, il maniait les différents genres avec aisance et, le plus souvent, sans s'en apercevoir. Avant son premier concert salle Pleyel, le directeur fut assez surpris de s'entendre répondre avec un charmant accent italien, alors qu'il s'informait de l'état de ses nerfs : « Purée ! Je pisse dans ma culotte. »

Frateschi entamait donc une carrière prometteuse quand, à vingt-quatre ans, il se crispa le poignet droit. Son agent fut contraint d'annuler tous ses engagements, et c'était afin d'achever sa rééducation qu'on l'avait envoyé au Goleto, dont l'abbé se trouvait lointainement lié à la famille de sa mère. Il avait pour consigne de « jouer sur table », c'est-à-dire de travailler ses morceaux à vide, sans faire subir à sa main la pression des touches. Si Clara avait mieux su écouter les petits coups, elle aurait entendu s'élever au-dessus de la campagne italienne la première ballade de Chopin, la troisième suite anglaise de Bach, l'allegro du deuxième concerto de Rachmaninov, et de temps en temps, en manière d'interlude, quelques rythmes de blues.

Bien entendu Clara ne fut pas dupe d'une telle histoire, que la modestie de Frateschi rendait d'autant plus invraisemblable. Mais elle n'avait pas besoin d'y croire pour l'apprécier. Elle ne cherchait jamais à démêler les êtres, mi par paresse, mi par haine de la délation. Elle préférait les laisser filer avec le vent du moment. Frateschi présentait bien et sa chemise avait une couleur tendre.

– Vous lisez quel bouquin ?

Prononcé par un Italien, *bouquin* prenait la saveur d'un vieux patois oublié. Les mots vieillissent dans la bouche d'un étranger, ce qui les rend meilleurs. Clara montra en rougissant la couverture, comme si elle lisait en cachette un livre d'adulte. Elle n'était pas très sûre de pouvoir s'en vanter, mais Frateschi parut impressionné. Il jeta un coup d'œil discret sur sa poitrine et demeura interdit, l'air un peu idiot. Elle bredouilla alors quelques mots sur la perspective en se tortillant les cheveux. « Mais je ne veux pas vous ennuyer », finit-elle par dire. Elle s'extasia avec davantage de conviction sur le dernier office et la récolte du miel. Frateschi renchérit tant qu'il put, mais il avait perdu de son aplomb. Quand ils eurent épuisé les coups de cloche et les abeilles, la conversation se ralentit inexorablement. Ils découvrirent ensemble la beauté des montagnes et respirèrent à pleins poumons. Hélas ! les sommets se détachaient comme sur une mauvaise carte postale et le ciel était d'un bleu réglementaire ; rien à dire. Frateschi faisait des gammes et Clara imposait à Panofsky ses exercices d'étirement quotidiens. Soudain, elle eut cette bonne idée de l'interroger sur le *Convento maschile* et l'église del Vaccaro, avec sa coupole centrale dont on faisait tant d'histoires, et sous laquelle l'archevêque lui-même avait, disait-on, coutume d'aller s'agenouiller. Frateschi comprit l'intérêt que cette jeune historienne de l'art pouvait porter aux merveilles architecturales du Goleto. Il lui détailla minutieusement l'intérieur de l'église, en lui parlant de plein cintre et de croisée d'ogive. Clara n'en demandait pas tant et regardait ailleurs, tandis qu'il se perdait désespérément dans ses bas-reliefs. Il toucha enfin le cœur de Clara en lui apprenant l'existence d'un passage souterrain entre les deux églises. Il tenait ce renseignement de l'abbé lui-même. S'il lui plaisait d'aller se rendre compte elle-même, l'entrée se situait au fond de la crypte.

– Un passage souterrain ? Un vrai passage souterrain ? s'exclama-t-elle.

– Mais oui, je vous jure. D'ailleurs plein de couvents franciscains...
– Et vous y êtes allé, vous ? l'interrompit-elle.
– Ah non, certainement pas. Je déteste ça.

Ils convinrent de s'y retrouver en fin d'après-midi. Voilà qui enchantait Clara. Justement, elle n'avait rien prévu pour l'heure du thé. Elle s'excusa et quitta son rondin pour aller se préparer, puisque tout chez elle exigeait une préparation.

Ils se rejoignirent comme convenu et, une fois de plus, Clara vint chercher son baiser, ne serait-ce que pour profiter de l'endroit. Le *passagio rinvenuto* transpirait de la chaleur de la journée et des gouttelettes brûlantes coulaient sur les murs, tandis que le sol de terre battue conservait une certaine fraîcheur. Il faisait sombre et tout semblait détrempé, l'air, leurs vêtements, leur peau. En s'embrassant, ils glissaient l'un contre l'autre. L'eau faisait en suintant des bruits de bouche, démultipliés par l'écho. Clara agrippa Luciano entre ses jambes. Les cloches sonnèrent les vêpres des deux côtés du souterrain. L'office allait bientôt commencer. Ils s'exaspéraient. Le dos de Clara s'écorchait contre les pierres. Lui d'ordinaire si doux colla la tête de Clara contre sa poitrine humide. Il sentit une langue musclée et nerveuse ramper de bas en haut et lui fouiller les aisselles. Il frissonna. Clara ouvrit les boutons de sa chemise puis passa la main entre ses cuisses. Là-haut, on chantait l'Introït. Les voix des moines et celles des sœurs se mêlaient dans le souterrain. Luciano contempla le visage qui descendait sur son ventre. L'orgue de Vaccaro joua une longue basse.

Luciano avait sa main posée sur le cou de Clara et ne put se retenir d'y plaquer une harmonie majeure. Il enfonça quatre doigts entre l'oreille et l'épaule. Clara poussa un soupir prolongé, qui s'éteignit doucement. Il la prit debout, à grands coups, dans le brouhaha d'un Sanctus et d'un Kyrie entrecroisés (le *convento femminile* avait pris du retard dans sa messe). Ils se laissèrent tomber par terre, juste à temps pour le Magnificat. Les cloches sonnèrent à nouveau. Ils reprenaient leur respiration. Clara ne voyait presque plus rien. Étendue seins nus sur le sol froid et poussiéreux du souterrain, transpirante, les joues barbouillées par l'amour, et souriant aux anges, quel esprit un peu dégourdi n'aurait pas trouvé là l'immaculée qu'ils réclamaient si fort à l'étage supérieur, avec leur Cantique de Marie ? Tout se tut enfin. Ils ne bougèrent pas pendant un long moment. Seul Frateschi écoutait le thème d'un petit nocturne qu'il jouait de la main droite sur les côtes de Clara, et qui convenait bien à la mélancolie des lieux. Parfois il le faisait en *bis*, quand le plus dur était fait. Après la dernière note, il se leva. Ils étaient épuisés, légèrement écœurés, et n'avaient pas envie de dire le moindre mot. Clara rajusta ses habits. Ils échangèrent un bref regard et repartirent chacun vers leurs couvents respectifs.

La deuxième semaine de Clara au Goleto fut nettement moins studieuse. Panofsky n'eut même plus l'honneur de l'accompagner en promenade et son cadavre décharné, ensanglanté, resta dans sa chambre à prendre la poussière. Luciano et elle se rencontraient loin de l'abbaye. Clara faisait un excellent clavier, le poignet droit de Luciano se décontractait à merveille.

Elle revenait frottée d'humus et de terre, et allait se débarbouiller à la fontaine dite « des acacias », devant les moines indifférents. Les deux amants évitaient de se voir dans leurs chambres des *casali*, mais désormais Clara frappait elle aussi contre le mur, à contretemps. Ils continuaient parfois leurs séances de morse tard dans la nuit.

Clara prolongea son séjour de quelques nuits, mais elle dut finalement partir pour ses examens. Estimant sa rééducation achevée, Luciano se proposa de la conduire à l'aéroport de Naples avant de regagner Milan. Le jour du départ, ce fut le même moine à la cicatrice qui vint chercher Clara et la raccompagna au portail. Il s'arrangeait toujours, en marchant à côté d'elle, pour lui présenter son profil balafré. Cette fois il lui porta sa valise. Il semblait pressé et elle était obligée de trottiner à ses côtés. Elle avait si peu l'habitude de se faire chasser qu'elle ne le remarqua même pas. Elle était occupée à chercher des mots d'adieu en italien. Dans les jardins, les convers interrompirent leurs activités pour regarder la tentation s'éloigner en criant à tue-tête « Arrivederci ! Addio ! Grazie, grazie ! » Ils ne craignaient pas le péché, puisqu'ils se trouvaient du bon côté. Mais un reste d'intelligence paysanne les avait bien convaincus qu'il y avait *quelque chose là-dessous*, une forme d'Antéchrist en jupons et talons plats. Les moines avaient bien raison de se méfier, mais ils faisaient fausse route : car *là-dessous*, mon Dieu... il n'y avait que les rondeurs d'une fille au mieux de sa jeunesse, et rien d'autre. Absolument rien d'autre. Si les moines avaient été plus jansénistes, voilà qui aurait dû les hanter. Cette grâce venue de nulle part, ce vide tellement séduisant... Mais il était dit que personne, en fin de compte, ne se souciait trop de l'âme de Clara. Luciano ouvrit le coffre de sa voiture et y fourra la lingerie fine du petit diable. Avant de s'installer au volant, et tandis que Clara ajustait soigneusement sa ceinture, il vit le moine cracher par terre. Il s'étonna de ces manières chez des gens qui lisent le latin et tourna la clef de contact en haussant les épaules. Le moine restait tranquillement sur le pas de sa porte, à prendre le vent en robe blanche. Luciano passa la première et sortit du lieu saint à vitesse réduite.

Clara s'attrista de voir disparaître dans le rétroviseur la *torre Febbronia*, à l'angle nord-est de l'abbaye ; une lourde masse carrée qui à présent s'enfonçait inexorablement dans la colline, avec, au gré d'un virage, quelques petits sursauts désespérés. Luciano n'avait jamais connu une semaine si heureuse et se demandait avec appréhension ce qu'il pouvait bien y avoir *après*. Cette *torre Febbronia* ne lui disait rien qui vaille. Il se sentait déjà jaloux ; jaloux de cette tour qu'ils n'étaient jamais allés voir ensemble, puisqu'elle dominait le cloître du couvent des femmes, jaloux du chagrin de Clara, sur lequel il ne possédait pas plus de droits que les pierres romanes, les acacias et les grillons du soir. Dans la mesure où il ne représentait pour elle qu'un élément du paysage, il redoutait de ne pas survivre à son déracinement. L'aimerait-elle autant à Milan et à Paris ? Luciano conduisait tout doucement. Il s'attardait dans les lacets de la route. À son côté, Clara soupirait de moins en moins. Elle profita de la ligne droite de la plaine pour attaquer la révolution albertinienne.

Luciano accéléra pour se calmer. Engourdie par la vitesse, elle s'endormit avec le livre posé entre ses cuisses.

Luciano tint tout de même deux ans. Il s'efforça d'être pour Clara un amant idéal, un homme comme elle aurait pu en rêver, si elle avait rêvé. Sa beauté le surprenait toujours. Il prenait l'avion pour venir la voir et, dans ses déclarations, ses gestes, ses cadeaux, évitait toute grandiloquence. Frateschi possédait des *doigtés* de concertiste, qu'il avait trouvés à la force du poignet, et qui lui autorisaient, au beau milieu d'une montée en octaves ou d'une embrassade, des finesses que les autres ne possédaient pas. Entre deux morceaux, il reprenait ses travaux d'imagination pour trouver quelque chose de « chouette ». Il vivait pour arracher ce mot à Clara et ne s'était jamais autant creusé la tête. Il fallait la séduire sans qu'elle le sache ; donc pas de galas, de colliers de perles ni de voyages-surprises. Si elle le remerciait de manière appuyée, il regrettait d'être allé trop loin. Il eut l'idée de lui écrire des contes, qu'il lui racontait presque tous les soirs. Ils finissaient souvent sur un répondeur téléphonique, mais au moins elle les écoutait. Luciano filait les histoires les unes avec les autres, en les assortissant à chaque fois d'une morale appropriée aux circonstances. Cela lui demandait des efforts de création soutenus qui constituaient le but de ses journées, une fois terminées ses neuf heures de piano. Quand elle le quitta, il regarda avec une légère amertume les quelque deux cents feuilles de notes qu'il avait accumulées. S'il lui apportait un disque rare, un enregistrement introuvable de Richter, il avait la patience d'écouter ses commentaires, l'intelligence d'en pardonner la candeur, et la lâcheté amoureuse de les approuver. Certainement, Richter était trop brouillon, certainement, mon amour, mon ange. *Mio angelo ! Mio angelo !* comme il répétait à plaisir. Non seulement la sonorité en était agréable, mais il se trouvait une certaine justesse dans ce petit nom. Luciano avait mis les choses au point avec clairvoyance. Clara lui permettait d'étancher sans risque pour son art ses sentiments les plus simples. Les avis qu'elle exprimait se situaient dans une autre sphère, sans plus. Ils valaient très exactement ce que vaut une femme aimée, tout et rien, mais en aucun cas ils ne pouvaient empiéter sur le travail. On sait que les anges, avec leurs pauvres trompettes sans pistons, n'ont pas l'oreille très musicale. Il n'en reste pas moins qu'on ne discute pas leurs paroles.

Quant à Clara, comprenait-elle seulement qu'elle sortait avec un grand pianiste ? Encore eût-il fallu pour cela qu'elle sût distinguer le grand et le petit, car la pratique du puzzle lui avait appris à tout mettre en pièces d'un centimètre de côté. Hélas ! Luciano l'aimait aussi pour cette indifférence. Quand il lui apprit, en passant, qu'il venait de remporter le prix de la reine Élisabeth, et que sa célébrité faisait les entrefilets des magazines féminins, elle le félicita gentiment mais en devint chagrine. Il lui déplaisait que le nom de Luciano Frateschi pût s'étaler ainsi en public. À compter de ce jour, il se garda d'informer Clara de sa carrière. Il inventait des mensonges pour se rendre à ses interviews et, quand il revenait de New York, parlait de tout sauf du *Carnegie Hall*. Quelle différence avec les crétines de Milan ! se disait-il, en pensant aux magnifiques Italiennes qui commençaient à le courtiser, dans sa ville où il était devenu un héros. Et puisque Clara n'était pas jalouse, Luciano lui fut fidèle.

Ils ne se disputaient jamais. Luciano se faisait une règle de céder en tout et sur tout ; il suivait les caprices de Clara aussi scrupuleusement que les indications d'une partition. Il avait *décidé* que tout chez elle tombait juste. Face à certaines beautés, l'interprète doit tenir son cœur et observer la cadence. Luciano marchait au rythme de Clara. Il allait jusqu'à respecter ses silences. Il connut les tortures modernes du téléphone portable, le délice des jaloux, avec son mode « silencieux », son répondeur à déclenchement aléatoire, ses problèmes de batterie suspects, ses textos qui arrivent en retard, son mouchard des « appels en absence », et la tentation d'autant plus effrayante de la touche « rappel », toujours à portée de main. Luciano pouvait rester sans nouvelles pendant plusieurs jours, dans un état de panique qui ne lui laissait aucun répit. Il parvenait à jouer comme si de rien n'était mais tremblait en tournant les pages. Ses imaginations le reprenaient au moindre point d'orgue et ne le lâchaient pas de la nuit. Il avait enregistré sur son propre téléphone une sonnerie particulière pour Clara, les premières mesures de l'*allegro ma non troppo* de l'*Appassionata*, de sorte qu'elle se faisait toujours annoncer par treize coups bien frappés en *fa* mineur, suivis d'une joyeuse fusée de doubles-croches. On la voyait parfaitement entrer en fanfare et puis rouler du cul en gambadant. Luciano attendait ce bruit avec ferveur. Quand enfin il entendait rebondir le *ré* bémol de la septième diminuée, avec un mauvais son métallique, il se ruait sur la petite boîte grise et, généralement, lui coupait le sifflet bien avant le *do*. Beethoven l'avait souvent ému, mais jamais à ce point. C'était à chaque fois un miracle. Quand il se trouvait avec Clara, il s'astreignait à bien jouer sa partie, et quand il en était séparé, se morfondait dans l'incertitude et le dégoût de soi. Rien de plus épuisant. Par bonheur, cette tension soutenue ne nuisait pas à son travail, mais s'y prolongeait efficacement. Ses crampes avaient totalement disparu et sa concentration s'améliorait. Comme il était sans cesse préoccupé, il ne rêvassait plus. Une journée lui suffisait désormais pour apprendre une sonate par cœur. Il avait le vague sentiment que le temps passé avec Clara devant un puzzle ou seul sur une messagerie de téléphone n'était pas perdu pour son art. Cette secrète goujaterie le vengerait, si besoin était, de ses mauvaises manières.

Clara ignorait tout cela. « Oh ! mais je n'attends rien d'autre d'un homme, je suis bien contente avec lui », répondait-elle très simplement à Antonin qui commençait à trouver le temps long. Cet éloignement forcé, ces adieux et ces retrouvailles sans cesse réitérés comblaient son goût pour la rupture. En un sens, elle aimait Luciano sans faille, quoiqu'elle n'y mît pas le ton, celui des larmes et des serments idiots ; ce qui est peut-être la meilleure façon d'aimer, *allegro ma non troppo*, même si elle ne convient à personne.

Luciano Frateschi, que l'on comparait déjà à Ciccolini, n'avait rien d'un génie attardé. Il faisait bonne figure dans la société milanaise, où l'on vantait son talent, sa beauté et même (les gens confondent tout) son dandysme. Il s'efforçait de ressembler à ce personnage impeccable que la ville encensait, de coller à sa biographie d'élu des dieux, pour ne pas faire mentir les journaux locaux. Ce jeune homme auquel tout réussissait n'osait pas être moins heureux que ceux dont il était envié et courait les soirées avec allégresse. Luciano cachait son amour pour Clara comme une blessure honteuse et affectait le cynisme triomphant qu'on lui réclamait. À tous les ratés qui faisaient sa fortune, il devait d'en avoir une bonne. Il souffrait de parler si légèrement de sa *copine française*, d'autant qu'il doutait toujours qu'elle le fût encore. Il faisait l'insolent, jouait au séducteur, envoyait quelques valses, et profitait des basses tenues pour tâter, dans sa poche gauche, l'appareil qui se refusait à l'interrompre. Plus il flambait dans le monde, moins il pouvait oublier celle qui n'y appartenait pas. Quand enfin il arrivait rue des Trois-Médailles, il redevenait lui-même. Le bel Italien n'avait jamais autant joui sur une femme. Il l'embrassait comme un assoiffé et avait de son corps une connaissance d'aveugle. Il la prenait droit dans les yeux, en guettant le moment où il sentait venir son âme. Après l'amour, son plus grand délice était de sangloter sur l'épaule de Clara et de tendre sa joue comme un verre à liqueur, pour qu'elle lui boive les larmes à petits coups. Il pleurait par coquetterie, pour se prouver que malgré sa barbe noire, sa mallette pleine de contrats et de partitions, et son désir fou de la posséder, presque jamais assouvi, il n'avait pas entièrement envie d'être un homme. Il y en a qui séduisent des femmes pour se faire applaudir, il y en a qui se font applaudir pour séduire une femme, et puis il y avait Frateschi, qui cachait à la sienne que Milan battait des mains pour lui.

Durant ses brefs séjours rue des Trois-Médailles, il arriva que Luciano croise Antonin dans la salle à manger. Depuis que sa sœur était rentrée du Goleto, celui-ci s'intéressait de très près aux règles de l'harmonie musicale. Il attendait chaque fois Luciano de pied ferme. Et c'est avec une condescendance où se mêlait un intérêt réel qu'il lui demandait son opinion sur Philolaos de Crotone, Boèce et le néopythagorisme. Luciano, généralement empêtré dans ses boutons de chemise et pressé de regagner la chambre à coucher, essaya dans les premiers temps d'esquiver, mais au bout de quelques phrases Clara pointait son nez et venait s'asseoir discrètement pour écouter son frère. Frateschi se trouvait sommé d'expliquer les lois de la transposition à la dominante, et l'autre se chargeait d'en déduire la naturalité des nombres. Leur première rencontre fixa les règles. Antonin surgit de sa chambre avec de fermes intentions.

– Bonjour, vous... bienvenu dans... tu es le copain de ma sœur ? Tu viens de Milan ? Tu parles français ? Tu es pianiste ?

– Bah... commença Luciano en se recoiffant.

– Alors attends, attends, si ça te dérange pas, j'ai plein de questions à te poser. Oui, parce que je suis philosophe. Enfin tu sais, j'imagine. Ça te dérange pas ?

Luciano fit un vague mouvement de tête.

– Alors. Donc. Alors donc selon toi, quand tu joues une mélodie...

– Ah oui, son frère... murmura Luciano.

– Pardon ? Donc quand tu joues une mélodie...

– Quelle mélodie ?

Voilà bien une question de sophiste.

– Mais je ne sais pas moi, n'importe laquelle, Bach par exemple.

Antonin était beau joueur. Du Bach, si ça pouvait l'arranger...

– C'est qu'il y a plusieurs voix.

Frateschi se sentait gêné de poser tant de problèmes. Il jeta un coup d'œil vers la porte de la chambre. Clara venait d'en sortir et elle le regardait avec un certain agacement.

– Eh bien oui, une mélodie sur plusieurs voix ! Bref. Est-ce que tu te représentes quelque chose, ne serait-ce qu'un *feeling* (Antonin se référait spontanément à la terminologie humienne) ; est-ce que tu réfléchis à la phrase comme à une tirade où il faudrait mettre le ton – des mots, en quelque sorte une langue étrangère ; ou est-ce que tu te sens guidé par quelque chose de nécessaire ? Et quoi, alors ?

En présence de Clara, Luciano n'osa pas avouer qu'il ne pensait à rien. Il était très intimidé par Antonin, qui non seulement possédait le même genre de livres que Clara, mais en plus les lisait. Il se rappela le conseil de l'un de ses maîtres, qui l'avait tant marqué : « Il ne faut pas produire le son, mais le libérer. » Ça ne faisait pas très sérieux. Il bafouilla un peu sur la nécessité du principe harmonique en lorgnant du côté de Clara. Tranquillisé, Antonin s'accorda un long développement autour de l'*Essai sur l'origine des langues* et de son commentaire derridien. La petite sœur riait de soulagement. Comme la vie lui semblait douillette ! Luciano de plus en plus mal à l'aise faisait des trilles sur ses cuisses. Il tenta un demi-sourire où l'on puisse à peu près tout lire, mais que personne ne remarqua. Enfin Antonin conclut assez élégamment, *ritenendo*, par le problème du style. Clara se leva, lança un regard admiratif à son frère, et se serra violemment contre Luciano qui ne comprenait plus bien ce qu'on voulait de lui. Il avait beau réfléchir, il était trop amoureux pour admettre que l'on ne *voulait rien* de lui, même si on le voulait lui.

Luciano s'habitua tant bien que mal à ces conditions de séjour éprouvantes. Puisque tel était le prix à payer pour voir Clara, il lut des essais de théorie musicale et en discuta avec Antonin jusque fort tard dans la nuit, alors qu'elle s'était endormie depuis longtemps déjà. Ils finirent même par s'apprécier.

Un jour, Frateschi eut l'occasion d'éviter ces séances de maïeutique. Il fut invité très officiellement à venir jouer à Paris, « une ville brune au ciel bleu, fringuée à l'ancienne », ajoutait-il à l'intention de Clara, en croyant faire plaisir. Il devait arriver une semaine avant le concert, pour répéter à son aise. Son agent lui avait réservé une chambre au *Plaza Athénée*, à deux pas de la salle de concert. Luciano n'avait rien contre la rue des Trois-Médailles, mais les marronniers de l'avenue Montaigne étaient en fleur et les gazouillements de la cour-jardin du Plaza changeaient agréablement des youyous de la pleureuse. De plus, il ne détestait pas la décoration du hall. Ces endroits plaisent vraiment à tout le monde, sauf à Clara. Luciano dut se donner bien du mal pour la convaincre de venir partager sa chambre, suite 303, avec le *Bechstein* demi-queue, intégralement insonorisée. Elle céda après la description minutieuse des huit bouquets géants de l'entrée et de la vigne vierge qui pendait à la fenêtre. Luciano se félicitait de réunir ainsi autour de lui toutes les conditions du bonheur. Il passa la première demi-heure à comprendre le fonctionnement de la serrure magnétique. Puis Clara arriva en bataillant avec le groom pour porter sa valise. Luciano s'arrangea pour donner un pourboire sans qu'elle le voie. Elle poussa un soupir résigné, puis prit possession de la chambre comme si elle emménageait un coin de grange pour la vie, en arrangeant le peu de choses qui avaient le malheur de lui tomber sous la main – des verres, des oreillers, des paniers de sucreries, des bouquets, des produits de toilette, des tableaux qu'elle décrochait, raccrochait et retournait inlassablement. Elle ôta ses escarpins, retrouva son naturel, et se plaignit de l'épaisseur de la moquette. Les chocolats finirent dans les verres à dents et les toiles d'art contemporain se retrouvèrent la tête à l'envers. On la sentait déterminée à répéter inlassablement cette révolution à chaque service de chambre. Luciano travaillait distraitement sa main gauche, et observait avec fascination le remue-ménage de Clara autour de la penderie. Les cintres de bois faisaient un bruit de claquettes et elle esquissait des pas de danse en déballant ses affaires. Les tissus voltigeaient. Luciano se régalait du spectacle. Enfin,

enfin ! elle s'écria « chouette ! » en découvrant du bain moussant.

Toute la journée elle prit des bains, lut, gribouilla l'esquisse de son prochain puzzle, écouta distraitement les morceaux que jouait son amant, et s'ennuya. Luciano s'extasiait devant ses moues de petite fille triste et se précipitait sur elle à tout moment. Elle se laissait caresser en se frottant contre lui. Vers la fin de l'après-midi, elle partit se promener dans les salons de l'hôtel, saluant les vieilles dames comme elle faisait chez elle à sa fenêtre. Elle s'était habillée tout en blanc, avec un pantalon bouffant qui datait de ses années de lycée et un grand châle de cachemire. Même ici, elle faisait salon, séduisait les liftiers, et ne sortait de l'ascenseur qu'après avoir trouvé un compagnon de couloir. Elle arpenta le Plaza de son pas de marcheuse, puis s'assit au bar, épuisée, et commanda un chocolat chaud. Elle le but d'une traite, avec le mouvement de tête d'une femme qui se maquille, les yeux exagérément ouverts. Quand elle reposa sa tasse, de petites stries brunes lui dessinaient un début de moustache. Son voisin le lui fit remarquer, elle rit sans penser à s'essuyer, et se retrouva vite à discuter politique étrangère avec le consul général de Pologne.

De retour dans la chambre, Clara annonça à Luciano que l'on dînerait ce soir avec son ami polonais et son épouse.

– Et il fait quoi ton nouveau pote ? demanda gentiment Luciano.

– Il est diplomate.

– Mademoiselle prend des goûts de luxe, dit-il en

l'embrassant dans le cou. Si seulement ça se pouvait, ajouta-t-il en lui-même.

– Peut-être qu'Antonin pourrait aussi nous rejoindre ? proposa-t-elle après un silence.

– Eh bien... mais pourquoi pas... on pourrait le...

– Le quoi ?

– Non. En fait non.

Clara n'ajouta rien et Luciano ahuri de sa propre audace se défoula sur la première étude de Chopin.

À l'heure du repas, ils descendirent main dans la main. Il la serrait contre lui, un peu trop fort. Il éprouvait une fierté que ne lui aurait pas donnée la salle Gaveau. Arrivés à table, ils saluèrent le consul polonais, sa femme Leokadia (la seule à ne pas parler français), et l'agent de Frateschi, accompagné d'un écrivain du cru qu'il présenta avec emphase, en égrenant sa bibliographie comme s'il donnait la recette d'une spécialité locale. Clara s'installa avec prudence dans un fauteuil d'inspiration Louis XV. On fit comme si tout était normal. Un serveur vint prendre la première commande.

– Si vous prenez un apéritif, permettez-moi de vous conseiller le *Rouge Plaza*, claironna l'agent. C'est un cocktail avec du champagne et devinez quoi ? du géranium ! Absolument...

– Quelle idée ! s'indigna Clara.

– Tu veux un jus mon amour ?

– Whisky ! on the rocks ! interrompit Leokadia qui avait deviné de quoi il retournait.

– Quel bonheur de se retrouver chez Ducasse ! s'exclama l'écrivain. J'y allais tellement à une époque ! Vous êtes polonais ? et consul en plus ? Parce que j'adore la Pologne. J'adore. Et avec un prénom tel que le vôtre, Madame... ajouta-t-il malicieusement en se tournant vers Leokadia. Mon père connaissait très bien Gombrowicz ; il faisait constamment l'aller et retour à Vence, où Witold avait trouvé refuge, et je l'accompagnais parfois. Je crois que... cette âme du Nord... avec l'humour, la passion, la férocité des Latins ! Et pour le cul, pas plus latin que lui ! (il rit et jeta un regard à Clara) Nous sommes tous un peu polonais, finalement. Avant de me lancer dans *La Grande Parade* – et ce n'est pas un hasard si ça n'a pas plu aux Français –, j'ai passé tout l'hiver 96 enfermé dans une maison des Tatras à sourire au Rysy.

– À qui ? (intervention enjouée de Clara, qui soupçonnait une histoire de femmes)

– Aux Français. C'était un livre, comment dirais-je, très baroque, très shakespearien en un sens – pensez donc au prince du Danemark... Ça n'a pas plu aux Français qui vivent dans leur petit...

– Non, je parlais de Riki, c'est une de vos amies ?

– Le Rysy est le plus haut sommet de notre pays, précisa avec fierté le consul.

– Oui, et il fait la risette ! Ah ! la Pologne, Mazeppa, Mazeppa ! Vous l'avez joué ? demanda-t-il à Frateschi avec une bienveillance appuyée. L'homme de lettres commençait déjà à se sentir mal à l'aise. Clara prit un air mauvais. Elle croisa le regard de Leokadia, qui semblait suivre l'essentiel en observant ici une mimique de dépit, là une intonation pleine d'assurance, ailleurs un geste de la main. Après tout, il n'y a pas trente-six façons de conduire un dîner. Elle était vêtue fort simplement, mais dépliait de temps en temps un éventail en ivoire. Ses gros seins blancs exhibaient un grain de beauté qui en son temps avait dû beaucoup plaire. Clara, qui caressait nerveusement les dents de la fourchette à dessert, les observa avec un respect exagéré, en rougissant. Quelque chose lui échappait dans le maintien de cette grande femme blonde. Elle appuya fermement sur les fourchons, et demeura quelques moments à réfléchir, le manche en l'air. Elle méditait encore sa repartie. Leokadia fit claquer son éventail et Clara se tut pour de bon. Elle se retira dans ses pensées. L'argenterie imprimait des sillons réguliers sur son doigt. La fourchette tourna sur elle-même et tinta contre le verre à bordeaux. Clara poussa un petit cri de frayeur, s'excusa et se tourna vers Luciano en évitant du regard le décolleté de Leokadia.

– Ouais, mais je croyais qu'il était ukrainien, répondit doucement Frateschi.

– Château-margaux pour ceux qui prennent de la biche ?

– Mais je vois que vous êtes un connaisseur, dit le consul.

– Oh ! vous savez, mon métier, c'est un peu de veiller à l'accompagnement.

– Très drôle ! conclut l'auteur de *La Grande Parade*, qui se sentait le droit, avec vingt mille exemplaires vendus, d'arbitrer les mots d'esprit.

La conversation oscilla plus calmement entre l'industrie textile de Czestochowa et l'utilité de la méthode Hanon pour l'apprentissage du piano. On servit le plat principal. Clara mangeait sa viande rouge avec appétit sans dire grand-chose.

– Et qu'est-ce que vous faites ici, d'ailleurs ? demanda-t-elle soudain au consul.

– Je suis consul en France, Mademoiselle.

– Oui, mais par exemple, en ce moment ?

– En ce moment ? Eh bien, figurez-vous que je règle... une sombre histoire de droits de succession... répondit-il avec ironie.

– Quelqu'un de votre famille ? de votre famille polonaise ?

– Il s'agirait plutôt de notre grande famille russe... avec, comme d'habitude, un sale gosse qui veut tout...

Elle se remit à découper sa viande sans pousser plus avant. Le consul en profita pour reprendre sa conversation avec l'écrivain. Mais dans sa précipitation, Clara laissa rouler un petit pois dans son corsage. Tout le monde le vit et tout le monde se tut. L'agent fronçait les sourcils. Ce genre de situations débordait le cadre de ses compétences. Leokadia regarda la jeune fille avec curiosité. Le consul avala trop vite son morceau de biche et déglutit de manière assez sonore. Clara posa alors ses couverts, se redressa, et s'adressa d'une voix parfaitement assurée à Luciano, qu'on avait placé en face d'elle, et qui vécut là le moment le plus heureux de sa vie d'homme fait.

– Mon ami, celui-ci sera pour vous.

Mon ami ! Elle avait toujours appelé ainsi ses amants, par un innocent parti pris de ringardise. Elle les vouvoyait parfois, non par jeu, mais parce que certains moments s'y prêtent. Cela fit son effet. Leokadia balaya du regard les visages qui l'entouraient, retint un sourire, et ramena son éventail devant ses yeux. Sa poitrine se souleva plus haut et plus rapidement, laissant entendre sa forte respiration. Clara prit la liberté de rompre le silence.

– Et alors ? Vous vous dégonflez devant une biche ?

– Ouais, allons-y, parce que c'est trop bon.

Ils étaient conquis. Quant au petit pois, il continuait à faire son chemin, ce qui n'échappait à personne. Clara le sentit rouler du côté des reins et lui facilita le passage en rentrant le ventre, sans écouter l'écrivain qui bavassait tout seul sur l'*œil de biche*. Quand le plat principal fut terminé, elle se mit en devoir d'aider le serveur à débarrasser les assiettes, malgré ses protestations. Elle n'aimait pas qu'on la prenne pour une bonne à rien ; elle avait deux mains dont elle adorait se servir. L'écrivain se disait avec consternation qu'il n'avait pas fini de découvrir le monde, l'agent souriait alentour, comme si on lui devait une bonne farce, le consul feignait de s'agacer, Luciano bandait, et Leokadia s'éventait nerveusement.

Le maître d'hôtel apporta un gâteau glacé en forme de piano à queue que l'agent avait commandé. Il le déposa devant Luciano qui, un peu ivre, plongea joyeusement ses doigts dans la glace. Il joua les premières mesures de l'*Appassionata*, qui devait clore le concert, puis agita en l'air ses mains marbrées de vanille et de chocolat. Derrière lui, sous un plafond étincelant de feuilles d'or, les serveurs attendaient patiemment. Leurs pelles et leurs couteaux d'argent reflétaient les lumières du grand lustre, dessinant autour de Luciano une auréole dérisoire. Tout le monde rit, sauf Clara, qui le trouva sale. Les serveurs se mirent en devoir de découper soigneusement ce qu'il en restait, mais le gâteau fut laissé presque inentamé. Quel gâchis idiot, pensa-t-elle. Enfin on se sépara. En remontant dans la 303, Clara sentit une main poisseuse désagréablement collée à la sienne. Elle qui ne buvait pas, elle reçut un baiser fort long en bouche, et Luciano lui fit un amour d'après-dîner, forcené, long et maladroit. Ce n'était pas tout à fait sa conception de la virilité.

Le lendemain matin, tandis que Luciano prenait sa douche, Clara fut réveillée par l'arrivée tintinnabulante du petit déjeuner. Le garçon d'étage lui fit un peu de conversation. Ils discutèrent brièvement de l'art du jus d'orange et du dosage de la pulpe. Comme elle lui demandait où l'hôtel se fournissait en fruits, il lui répondit avec beaucoup de sérieux qu'il les choisissait lui-même au marché. Puis il redisposa bien inutilement les couverts sur le plateau. Clara était impressionnée. « Ah bon ! Vous tout seul ! » s'exclama-t-elle. Il se garda de la détromper et ajouta même, après avoir jeté un rapide coup d'œil autour de lui, que son père faisait partie des pomologues les plus renommés du pays. Elle fut touchée de cette confidence. Pomologue ! « Arboriculteur, si vous préférez, Madame », précisa-t-il avec une légère condescendance. Clara se sentit vexée. Il ne fallait pas que ce jeune pomologue se fie aux rideaux de brocart et à la table de nuit en ivoire, elle se trouvait là par hasard. Elle allait lui rabattre son caquet. Elle l'entretint alors avec feu des mérites respectifs de la bigarade et de la navel. Le garçon faisait assez rustique, avec son nœud papillon aussi serré que les deux petites feuilles de la queue d'une pomme. Clara était enveloppée dans ses draps comme une orange dans son papier. Luciano sortit de la salle de bains et arriva en plein verger.

– Monsieur est fruitier... commença Clara.

– Pas fruitier, j'ai l'air d'un arbre ? Pomologue !

Ils rirent tous les deux, et Luciano, qui ces temps-ci ne doutait de rien, se joignit à eux. « À demain matin, Monsieur Pomologue », claironna-t-elle alors qu'il refermait la porte. Luciano passa sa main dans les cheveux de Clara et la regarda en souriant. Il mangea ses croissants et but son jus. « Il est dégueulasse. Les grands hôtels ne sont plus ce qu'ils étaient », plaisanta-t-il.

– Des pommes, des pommes... Y avait pas des pommiers au Goleto ? Tu te souviens, *mio angelo* ?

– Oui je me souviens. Non il n'y avait pas de pommes.

Luciano eut un air surpris mais au fond il s'en fichait. Il repoussa le plateau, se leva, et se mit au piano. Par gourmandise, et peut-être aussi pour se faire valoir, il rejoua la *Danse macabre* de Saint-Saëns, qui lui valait un grand succès depuis qu'il avait retrouvé à l'oreille la transposition d'Horowitz, avec son foisonnement de tierces et de fioritures. Clara se résigna à écouter le morceau jusqu'au bout. Elle n'aimait pas Liszt.

Frateschi se croyait avec raison au sommet de son art. Il saisissait son instrument à bras-le-corps, en serrant fort les doigts, mais sans le brusquer, comme un danseur avec sa danseuse. Il le guidait doucement ; il le sentait céder à son toucher, et le caressait de bas en haut pour le caler contre lui. Il faisait l'homme. En bon cavalier, il avait le sentiment de rester immobile, et que le piano tout entier glissait autour de lui. Il n'*attaquait* plus qui que ce soit ; ils avaient fait la paix. Ils se comprenaient tout de suite, comme de vieux partenaires. Luciano sentait le piano frémir et vibrer à sa volonté, avec bonne grâce. Il laissait venir les sons sans y penser. Il lui suffisait de se consacrer pleinement à chaque note, sans essayer de la forcer, comme lorsqu'on s'endort avec de la musique. Les grands pianistes savent tenir ce moment subtil du demi-sommeil pendant des heures entières – un sommeil agité, fatigant, plein de convulsions, bien plus subtil que la pauvre concentration de l'état de veille. Luciano, absorbé par sa musique, voyait confusément Clara bouger, sans parvenir à fixer son image ; elle allait et venait comme une figure de rêve, en s'éclipsant par moments, en se livrant à toutes sortes d'occupations mystérieuses. La seule chose qui importait, la seule réalité un tant soit peu vivace, c'était l'*ambiance*, plus que merveilleuse : confortable. Luciano vivait à son piano, dans la suite 303, ces moments exceptionnels où l'on ne pense pas à l'heure d'après. Or, s'il y a bien une chose qu'on ne peut pas faire à deux, c'est rêver. Malgré tout son égoïsme de dormeur, il sentait vaguement que quelque chose clochait, mais gardait les yeux mi-clos sur son clavier.

Le concert approchait. Frateschi montrait une grande rigueur dans son travail. Il aménageait son temps en s'aidant d'un chronomètre et de feuilles de *planning* entièrement cryptées, composées avec une joie maniaque. Il répartissait méthodiquement des symboles chiffrés dans de petites cases tracées à la plume et mettait un point d'honneur à ne pas révéler son procédé, y compris à Clara que ce secret agaçait. Même le temps passé à rédiger le planning était inscrit sous le symbole T Pl, ce qui aurait fort contrarié Antonin, occupé ces derniers temps à comprendre la théorie des ensembles et le paradoxe de Cantor. Cette organisation minutieuse permettait à Luciano de se consacrer une bonne partie de la journée à Clara. Les deux lettres CL étaient placées dans une colonne diagonale qui avait barre sur les autres. Luciano n'avait plus aucun souci de lui-même, ce qui peut être magnifique de nuit, quoique regrettable de jour. Il se promenait avec Clara, il lui parlait de tout, des maîtres du Conservatoire, des misères d'une cantatrice milanaise quand elle devient veuve, de ses vacances dans les palais décrépits de Trieste, des *Lieder* de Schubert, de Napoléon ; et à défaut il inventait des histoires. Il lui commandait ses plats préférés (un filet de bœuf et votre glace la plus haute pour Mademoiselle), il l'attendait des heures parce qu'elle prenait des heures pour tout faire, par surcroît d'activité plutôt que par fainéantise. Il la léchait jusqu'à la faire jouir. Bref il jouait à la poupée. Quand, l'avant-veille du récital, il lâcha la dernière pédale du dernier morceau de la dernière case du planning, et qu'il revit les choses s'ordonner autour de lui, comme s'il rajustait des lunettes, il eut la surprise de trouver Clara en train de repasser ses caleçons. Qui pourrait lui reprocher d'avoir pris cela pour une marque de tendresse ? Il alla l'embrasser dans le cou et lui murmura toutes sortes de gentillesses. Elle lui répondit que c'était normal. Si seulement Luciano avait pu *assister* à cette scène ! Mais c'était lui le concertiste, lui l'amant, et il n'avait pas l'habitude d'être dans le public. Il n'avait manifestement pas atteint le degré suprême de l'art, qui consiste, dit-on, à écouter le son *dans la salle*.

Le lendemain, Frateschi partit très tôt pour essayer le piano du concert et répéter une dernière fois son programme. Il fit rapidement l'amour à Clara, qui se laissa faire sans sortir de son demi-sommeil. Luciano aimait prendre son corps au réveil, tout chaud de la nuit, les yeux clos, presque immobile. C'était pour lui une manière de dire bonjour. Frateschi s'en alla le cœur reposé et trouva un grand plaisir à parler métier avec l'accordeur et le technicien de la prise de son. Il se sentait très à l'aise devant la salle déserte du Théâtre des Champs-Élysées. Il fut satisfait de son jeu, et surtout de la sérénité qui s'en dégageait. Il avait l'impression d'être parvenu à un point de maîtrise tel que l'inspiration lui serait devenue dommageable. Quand il se leva, il tapota gentiment le flanc du Steinway, tira les pans de sa veste et marcha à grands pas vers les coulisses, en faisant claquer ses chaussures de cuir sur l'estrade en bois. Il n'avait jamais été aussi italien.

En sortant, il flâna un peu le long du fleuve, et rentra à l'hôtel en début d'après-midi. Clara pliait soigneusement ses vêtements sur le lit. Légèrement inquiet, il lui dit que rien ne pressait. Elle tourna la tête, l'embrassa, et son air calme le rassura. Elle continuait néanmoins à faire sa valise.

– J'ai rencontré quelqu'un d'autre. Je suis allée faire le marché avec M. Pomologue ce matin, poursuivit-elle. On s'est tellement amusés !

Luciano ne se le fit pas redire. Il ne protesta pas. Que voyait-il en face de lui ? Toujours la même petite fille, avec ses histoires de marché et de camarades de jeu. Comment concevoir alors qu'elle retrouve ses prérogatives de femme ? Luciano était bien embarrassé. « Ce naze », eut-il la faiblesse de penser un court instant. Puis, hélas ! son honnêteté reprit le dessus et il perdit la haine qui aurait pu le sauver. Quelle femme ! Luciano tout penaud dans sa suite 303 ne se sentait pas à la hauteur de ces gens que Clara lui préférait. Il lui donnait raison. Il n'était qu'un artiste, un pleurnichard, et Clara méritait de prendre un homme, un vrai, qui ne fût pas d'exception. Il pleurait d'ailleurs, et elle aussi, tout de même, parce qu'elle l'avait aimé plus longtemps que les autres.

– Ah ! et tu sais quoi ? Je me suis acheté une jupe d'été toute bleue ! s'exclama-t-elle en reniflant.

– Mon amour ! Oui, du bleu, c'est super, t'en mets pas souvent. Je me rappelle ce châle au Goleto... Elle est comment ?

– Voyons voyons, comment te la décrire ? Fort simple, assez serrée, mais surtout, si joliment coupée ! Elle tombe sur mes hanches sans un pli.

– Tu me la montr...

Luciano tomba anéanti sur son tabouret en cuir molletonné. Ses coudes s'abattirent violemment sur le clavier en faisant un bruit épouvantable. Clara sursauta.

– Tu me trouves cruelle ?

Elle ne pouvait guère l'être davantage. Les yeux mouillés, le chemisier à moitié déboutonné, elle ressemblait à une gamine. Il jeta sur sa poitrine un coup d'œil résigné.

– Et le code au fait, pour le planning ?

– B comme Bach... enfin... c'était pas très compliqué.

Luciano la prit dans ses bras et l'embrassa longuement.

Luciano Frateschi essaya de se mettre au piano mais ses doigts restèrent à la surface des touches. Il n'osait pas faire de bruit et s'entêtait avec obstination à ne pas penser à lui-même. Il se souvint de la *torre Febbronia* disparaissant dans son rétroviseur. Il sortit dans la rue et remarqua sur la chaussée une tache d'essence qui l'accabla. Il rentra dans la suite 303 où il se croyait à l'abri, mais buta contre le parfum de benjoin qui traînait près du lit. L'image de Clara en plein soleil lui revint, avec cette violente odeur d'aliboufier, ses cheveux emmêlés, son corps... Il ne voulut pas aller au bar de peur de rencontrer M. Pomologue. Il ne voyait que des ennemis autour de lui. Le public le dégoûtait d'avance. Il aperçut un programme qui traînait sur le bureau, avec son portrait en noir et blanc sur la couverture. « Il était beau gosse pourtant », dit-il mécaniquement, à voix haute. Il fondit en larmes de plus belle. Il s'aimait tant lui-même qu'il ressentait une détresse de mère. Alors Luciano Frateschi fit, pour la première fois peut-être, *comme les autres* : il vida le minibar.

En entrant dans la 303, trois heures avant l'ouverture du rideau, l'agent regretta de ne pas avoir poursuivi ses études de littérature classique. Il ramassa les fioles, débarbouilla son pianiste prodige et lui ficha quelques claques pour le plaisir. Il le poussa dans les escaliers en le traitant de tous les noms. L'essentiel était de lui fouetter les sangs. Dans le hall du Plaza, le duo fit sensation. Tout le monde s'écarta en murmurant. Luciano eut juste le temps d'entendre un vieil homme dire à sa femme : « Tais-toi idiote, eux au moins ont compris à quoi servent les palaces. » Il se sentit projeté dans la porte à tambour et se retrouva sans savoir comment dans les vestiaires du Théâtre. Il enfila tant bien que mal sa queue-de-pie, prit encore une ou deux baffes et s'assit sagement sur un tabouret, la tête vide, tandis que l'agent lui faisait manger à toute force les sandwichs du bar.

Au moment d'entrer sur scène, Luciano n'avait plus envie de rien. Il salua poliment, ajusta son siège par habitude, et joua à son meilleur niveau, sans se forcer. Le public écouta avec docilité la *Chaconne* de Bach-Busoni, les *Variations sérieuses* de Mendelssohn et la *Danse macabre*, dont personne ne remarqua les finesses. Luciano fut raisonnablement applaudi et revint en coulisses pour l'entracte. Là, appuyé contre des câbles de machinerie, il ressentit tout à coup une terrible gueule de bois. Il se laissa engourdir par les coups qui lui martelaient la tête, en y prenant un certain plaisir. À la reprise, il se dirigea vers son piano à petits pas. Il s'assit et ferma les yeux le temps d'un renvoi. Quand il les rouvrit, juste avant de poser la première note, il lui vint un sentiment de jalousie très inattendu. Il haussa les épaules et commença avec dégoût son Beethoven ; le projecteur lui faisait mal aux yeux et il s'efforçait de jouer *piano*, car la musique lui cassait les oreilles. Il laissa la pédale de gauche enfoncée durant tout le morceau. Par bonheur, cette sonorité ouatée convenait fort bien à l'*Andante favori*. Luciano eut droit à des applaudissements très nourris, sans pitié pour son mal de crâne.

Quand la salle fut redevenue silencieuse, il poussa un soupir d'ennui en regardant le clavier, demeura immobile un moment, puis se résigna non sans mal à poser ses doigts sur le *do* qui ouvre l'*Appassionata*. Il s'aperçut avec découragement que son poignet droit se crispait à nouveau et dut diminuer son *tempo* dès la première descente. Il se sentait las et de plus en plus nauséeux. Il improvisa malgré tout quelques nouveaux doigtés pour alléger le travail du poignet, quitte à sacrifier la vélocité. Arrivé à la cadence du premier mouvement, il ralentit tellement les arpèges qu'ils prirent une sorte de profondeur nouvelle. Chaque note se détachait pesamment, et toutes ensemble elles s'égrenaient de haut en bas du clavier, vers les graves, avec une régularité appuyée. Luciano se redressa sur son siège et tendit l'oreille pendant les quatre mesures *ritardando*, pédale tenue. Il n'avait jamais entendu les harmonies se mêler ainsi. Quel tintamarre effrayant ! Quel abîme ! Il se laissa le point d'orgue pour méditer, puis se jeta furieusement dans la coda. Les accords répétés s'accommodaient mieux de son début de crampe. Au mépris de ce qu'on lui avait toujours enseigné, il tapait sur son piano sans retenue. Le son sortait dur, mais Luciano ne désirait rien d'autre à cet instant. Sa gueule de bois, sa tendinite, son désespoir lui donnèrent soudain une rage folle. Il frappait comme un enfant en colère, en levant haut le coude, et les larmes aux yeux. Les dernières mesures, plus calmes, l'épuisèrent complètement. Il finit le premier mouvement le cœur battant.

Quelques bravos retentirent. Luciano en profita pour souffler. « Les cons, grommela-t-il, ils se croient au spectacle. » Il ne leur accorda pas un signe de tête et reprit plus tranquillement la suite de l'*Appassionata*. Il allait mieux. Le deuxième mouvement acheva de le détendre, et au troisième, son poignet le gênait déjà moins. Il comprit ce que signifiait véritablement *allegro ma non troppo*. Il avait la gorge sèche et les idées claires. Contrairement à ses habitudes, il se réserva pour le *presto* final, où il mit toute son âme. Il souriait même un peu. Quand le rideau tomba, en lui montrant le rouge éteint des envers de décors, il se sentit grandi. Luciano salua tant qu'on le rappela, mais se dispensa de *bis*.

Cette nuit-là, dans le train pour Milan, seul dans sa cabine T2, Luciano rêva. Clara se promenait dans une orangeraie de la campagne italienne, semblable à celle qu'il avait connue petit dans le domaine de ses grands-parents. Elle tâtait les fruits pour les choisir. Le soleil frappait fort. Elle enleva ses vêtements et s'avança entièrement nue entre les feuilles luisantes et parfumées. Les seins de Clara se cognaient aux oranges, certaines éclataient et coulaient sur son corps, en lui donnant une couleur de feu. Elle sentait l'écorce et le jus, enivrante comme du curaçao. Clara empoigna une orange, bien fort, attendit qu'elle grossisse dans sa main et y donna un violent coup de dent. Elle mordit jusqu'à se mettre de l'acide plein les gencives, comme les bêtes qui ont un coup de folie. Puis elle rit au ciel, en écartant les bras, avec cette voix si claire qu'on aurait voulu la boire. Il était midi et il n'y avait pas d'ombre ; seulement cette chevelure noire où l'on aurait aimé s'abriter. Quand Luciano se réveilla, il sentit son poignet droit entièrement bloqué.

Jusqu'à vingt-six ans, Clara continua à trotter sans repos et à rire à tout-va. Durant cette période où pour les autres tout se décide, elle ne changea en rien, sauf qu'elle se mit en tête de se choisir un homme pour la vie. Dix ans très exactement après ses débuts en amour, elle recommença le même manège pour se trouver un mari. C'était une affaire d'importance, pour laquelle elle prenait son temps. Elle sentait que son corps voulait grossir un peu, faire la bulle, floconner sur le bout des seins. Le désir de faire un enfant lui était venu comme à d'autres celui d'aller courir le matin, pour rester en bonne santé. Sa propre chair ne lui suffisait plus. Quand elle regardait dans la cour si le linge de la vieille ne s'était pas envolé, avec un espoir jamais avoué et toujours déçu, sa manière de mettre les mains sur les hanches puis, au fil des ans, de croiser les bras sur son ventre, et enfin de les ramener autour de la poitrine lui donnait insensiblement une allure de femme. Clara n'avait jamais consulté les horoscopes ni les « tableaux de vie », ces grandes planches illustrées du XIXe siècle qui vous présentent la *Vie de la Femme* en seize cases et en couleurs. Elle trouvait toute seule les étapes à passer. Lassée de rompre sans raison, elle se cherchait désormais un gros matou rond et lisse qui vieillisse bien. Elle déclara solennellement à ses parents qu'il fallait la considérer comme « fille à marier ». Son père toussa et sa mère lui demanda le plus gentiment du monde ce qu'elle avait donc été jusque-là. Clara leva les yeux au ciel, ce qui enchanta son père. L'avocate n'osa rien ajouter et rêva dans son coin. Tant mieux après tout si l'insouciance de la fille s'accordait aux soucis de la mère.

Elle avait même trouvé un métier : *designer* de puzzles d'art chez *Danielle Watson*, la meilleure enseigne de la capitale. Elle sélectionnait des tableaux en partenariat avec différents musées, les reproduisait sur un support en bois de peuplier, puis traçait les découpes à la main, en accord avec l'esprit de la peinture, à l'aide d'une scie tellement fine qu'elles apparaissaient à peine dans le puzzle remonté. Clara effectuait de fréquents allers et retours à l'atelier principal de Sauvy-le-Grand, en Bourgogne, où elle profitait de la campagne alentour. Elle entretenait des relations d'amitié avec les vieux artisans de l'entreprise et son travail, limité comme pour tous les apprentis aux quatre cents pièces, était très apprécié. Le reste du temps, elle demeurait chez elle, rue des Trois-Médailles, pour concevoir de nouveaux puzzles. Quant à son frère et voisin de chambre, il se morfondait dans une thèse ambitieuse sur « La notion de système : au carrefour de la biologie et de la philosophie dans la pensée allemande du XIXe siècle ». Clara le voyait partir tristement dans sa chambre avec d'obscurs ouvrages de physiologie. Entre l'embryologie de Wilhelm Roux et l'*Enzyklopädie* de Hegel, elle trouvait que son frère en faisait beaucoup. Ce qui l'inquiétait le plus, c'était qu'il prétendait retrouver des « amis » en bibliothèque. Des amis auxquels elle n'avait jamais été présentée ! Ils devaient avoir un drôle de genre. Elle préférait l'époque des nuits blanches. Antonin donnait aussi ses premiers cours et les répétait le soir devant sa sœur. Au travail, il avait caché entre ses livres de philosophie une photo de Clara en majesté, un couteau à la main, s'apprêtant à découper son vingt-sixième gâteau d'anniversaire. Voilà un prof heureux, se disaient les élèves en voyant Antonin sourire à ses bouquins.

En quelques mois, Clara se fiança à un tout jeune médecin du quartier, qu'elle avait consulté suite à de légers troubles respiratoires. Le docteur Paval, qui n'eut droit par la suite qu'à l'appellation somme toute assez humiliante de « petit docteur », n'avait encore jamais vu, dans sa courte carrière, un patient hurler de rire parce que le stéthoscope était trop froid. Il proposa un dîner au bas de la feuille d'ordonnance. Clara l'apprit par l'intermédiaire de sa pharmacienne, qu'elle devait choisir plus tard comme témoin de mariage. Le petit docteur ressemblait *grosso modo* aux autres hommes ; il se montrait séduisant à l'occasion et faisait des promesses quand il ne savait plus quoi dire. Clara lui fit subir l'examen qu'en un autre siècle les mères réservaient au futur gendre. Elle n'avait jamais rien cherché d'exceptionnel, du moins le croyait-elle. Elle arrêtait son choix, un peu aléatoirement, sur un homme qui ne montrait pas de tares particulières, et qui désormais serait chargé d'assumer auprès d'elle, pour quelques dizaines d'années, la virilité de tous les autres. Le petit docteur était propre sur lui et arrivait au bon moment ; coup de chance pour lui. Voilà un homme heureux, se disaient les patients en voyant le docteur Paval rêvasser devant leurs radios de la clavicule.

Antonin approuva les fiançailles de sa sœur. Il se félicitait d'une solution aussi rationnelle. Plutôt que de minauder à la quête d'un idéal – et qu'est-ce qu'un idéal, sinon l'illusion rétrospective de la fonction représentative ? ajoutait-il malicieusement – sa sœur avait, selon lui, le mérite de l'instinct. Elle se dévouait à ce qu'elle pouvait toucher, et ces derniers temps elle se touchait le ventre en regardant dormir son docteur. Il fut décidé que Clara resterait rue des Trois-Médailles jusqu'à son mariage. Le petit docteur devait partir aux États-Unis pour six mois, reprendre sa formation de chirurgien ; on attendrait son retour pour se jurer davantage. Dans la famille, chacun prit ses dispositions : l'avocate commença à faire des listes, le soir, avec la même persévérance distraite que devant son tricot, et son mari décida de vendre le garage dès le terme du bail. Antonin, tourmenté, fréquenta de moins en moins ses amis de la bibliothèque. Il s'était résigné depuis longtemps à cette inévitable séparation, mais que faire, s'il ne pouvait vivre sans sa sœur ? Il garda sa jalousie pour lui. Il avait honte. Clara représentait la seule personne qu'il lui était interdit de posséder, il pouvait le lire noir sur blanc au début des *Structures élémentaires de la parenté*, et il n'avait pas l'intention de le remettre en question. Hélas ! se disait-il, *la vraie connaissance du bien et du mal, en tant que vraie, ne peut contrarier aucun affect, mais seulement en tant qu'on la considère comme un affect.* Il connaissait bien son *Éthique* IV 14. Comment faire, alors ? Clara partait, Clara partait ! Et désormais, chaque jour passé avec elle le plongeait dans une terrible mélancolie. Antonin se refusait ainsi à voir dans son angoisse montante autre chose qu'un problème intellectuel. Il décida finalement de le régler par écrit. Le tout était de trouver le bon concept. Il avait six mois devant lui, et si l'on pense qu'il avait révisé l'agrégation en quatre, c'était largement assez. Sa sœur ne devait pas constituer un si gros corpus.

Les jours devenaient gris rue des Trois-Médailles. Le petit docteur s'envola début septembre et ne prévoyait pas son retour avant les beaux jours. Clara ne recevait plus et préparait son départ. Elle laissait dépérir son jardin amoureux. Il n'y avait guère que le yucca qui tenait bon, mais les pointes s'émoussaient et Antonin ne s'en inquiétait même plus. La routine des monologues commençait à les fatiguer tous deux. L'avocate passait les voir chargée de catalogues. Elle se mettait à rire pour rien, faisait constamment des petits mouvements de mains, et rangeait les placards avec bonne humeur. Elle cassa même un verre. Elle allait et venait sans fin dans la cuisine et plaisantait sur des sujets très féminins. Elle semblait rajeunie. Antonin et Clara lui en voulaient. À son âge ! se disaient-ils. Il leur était pénible de voir cette mère si solide, si bien installée dans sa vie, et magnifiée par toutes sortes de petites habitudes, soudain *perdre son âge* aussi facilement qu'un sac à main. On se tue à grandir, et voilà qu'un moment d'inattention suffit à tout défaire ! Antonin ne cachait pas son mépris et lui lançait des petites phrases rageuses. À force de réfléchir et de se discipliner, il avait réellement diminué en bonté. Il exerçait contre l'avocate cette dangereuse impartialité du jugement que l'on vante tant et qui peut conduire un honnête maître-assistant de l'Université à condamner la manière dont vit sa mère. Ces histoires de robes de mariée l'agaçaient au plus haut point. « Heureusement que tu as une fille pour tuer l'ennui. Ça te change du choix des nappes. De toute façon le blanc ne lui va pas du tout », bougonnait-il. Quant à Clara, elle n'aimait pas ces discussions et, en définitive, n'était pas mécontente de quitter Antonin à la fin de l'année.

Un soir, l'avocat accompagna sa femme rue des Trois-Médailles. Il devait avoir un motif sérieux pour lutter ainsi contre sa paresse naturelle. Tout le monde se demandait lequel, Antonin en oublia d'être désagréable avec sa mère. À première vue, l'avocat ne ressemblait pas à un patriarche. Il pratiquait une sorte de balourdise affectée dont, à sa plus grande joie, tout le monde se moquait. Il arriva habillé très *cosy*, comme disait sa femme quand elle recevait des amis. Il portait un vieux pull en laine soigneusement amené au-delà de la barre des dix ans et un pantalon en toile beige pas tout à fait exempt de traces d'enduit. C'était très étudié. Il s'assit dans le seul fauteuil de la pièce, savoura ce moment où, mine de rien, tous guettaient avec impatience sa première ineptie, et enfin, enfin ! félicita ses enfants sur l'entretien des plantes. Puis il croisa ses mains sur son ventre et ferma à demi les yeux, pour mieux profiter des *lazzi* de la petite famille.

– Mais Papa, tu dis n'importe quoi, elles sont presque mortes ! protesta doucement Clara.

– Tu dis toujours la même chose. Tu enfiles les mots comme ta paire de pantoufles. Voilà ce que tu fais de cette merveille qu'est la langue. Quand je pense...

Mais il ne pensa pas assez vite et l'avocate glissa sa phrase favorite, sa prière rituelle, qu'il aurait été bien cruel d'exaucer un jour.

– Et ce pull miteux, mon Dieu ! je ne peux plus le voir !

L'avocat était heureux. Il régnait à sa manière, en père de famille, entouré d'attentions et garant de la cohésion familiale. À l'usage, cet homme sur qui tout le monde passait ses humeurs s'était mis à boulocher lui aussi, à former des tas de petits nœuds secrets, des combinaisons de misère plus indéchiffrables que les plans des Grands. Rien de plus retors qu'un vieux tricot, ni de plus difficile à jeter. L'avocat avait du cœur humain un aperçu de commis d'office, qui ne lui laissait pas comprendre beaucoup mais lui donnait certaines intuitions. On se mit à table, la curiosité augmentait, et il ne pouvait plus faire un geste sans que l'un des trois le lui reproche. « Fais pas tant de bruit », « Déplie ta serviette ! », « Doucement avec le sel ». Mais rien ne venait ; pas de révélation. Clara et sa mère, très excitées, répétaient à toute vitesse leur discussion sur la corbeille de mariage, qu'elles connaissaient par cœur, comme des acteurs qui s'exercent.

– Au fait...

Il y venait.

– J'ai vendu le garage.

Disant cela, il laissa tomber un morceau de rôti entre ses jambes, pile dans l'entrebâillure de la serviette. C'était un coup bien monté.

– Quel cochon ! gronda doucement sa femme, pour l'encourager.

– Je comptais le garder, mais les Russes m'ont offert la somme en liquide. Ils doivent être bien renseignés. En tout cas ils savent à qui s'adresser pour leurs petites magouilles. Ce n'est pas moi qui ferai des difficultés.

Il cligna de l'œil et chercha la bouchée de viande en écartant les cuisses.

– Tu n'as pas honte ? protesta Antonin sans grande conviction, car ces problèmes de droit ne rentraient pas dans sa spécialité.

– Quels Russes ? demanda Clara.

– C'est une espèce de famille exilée, si j'ai bien compris un couple et leur petit neveu, qui parlent tous parfaitement français au demeurant. Ils ont investi la vieille usine de câbles, vous savez, au bout de la rue.

– Ah oui, au fond de la petite impasse ? Le vieux bâtiment tout pourri ?

– Oui ma chérie, le vieux bâtiment tout pourri. Ils l'auraient soi-disant reçu en héritage. Hériter d'une usine, je vous demande un peu ! Il faudrait regarder les actes de propriété, mais bon. Ils sont en train de la faire retaper pour l'habiter, *provisoirement*, qu'elle m'a dit, le temps que le petit fasse son éducation ici. Je n'ai pas voulu en écouter plus. Les travaux sont assez rudimentaires, du chauffage et quelques cloisons, et ils devraient emménager, si on peut dire, cette semaine. C'est marrant, non ?

Il avait enfin récupéré son rôti et regardait sa fille.

– Ils sont vraiment russes ? lui demanda-t-elle à voix basse.

– Tu iras vérifier, ma chérie.

Elle rougit fortement. Des vrais Russes ! Cela faisait un grand courant d'air rue des Trois-Médailles. Ils arrivaient avec l'hiver, avec la nuit, et justement quand le petit docteur était parti si loin pour apprendre à tailler la chair. Clara eut le sentiment, plutôt inhabituel chez elle, que l'étranger approchait. Sa mère et son frère semblaient déçus.

Il y avait rue des Trois-Médailles une quinzaine d'arrière-cours facilement accessibles, que l'on apercevait à travers l'ouverture des porches. Clara les connaissait bien et en proposait parfois la visite aux nouveaux venus. Selon qu'ils se trouvaient plutôt portés sur les plantes en pot, les parkings ou les séchoirs à linge, Clara leur dénichait la pièce rare qui manquait à leur imagerie personnelle. Mais la plus somptueuse de toutes à ses yeux, la *Piazza Navona* des arrière-cours, elle ne se décidait à la montrer qu'à de rares élus. Il s'agissait en effet du numéro 71, dont les habitants de la rue entretenaient la légende depuis plus d'un siècle. Cet ancien hôtel particulier avait été bâti à la fin du XIXe siècle, en plein quartier ouvrier, par un industriel délicieusement misanthrope surnommé « Alceste ferrailleur ». Cet homme rompu à pas mal d'astuces avait compris que les déserts se trouvent encore trop peuplés par les contempteurs en tout genre et constituent le lieu le plus prisé pour les visites de courtoisie. Il s'était donc niché là où le monde ne viendrait pas le chercher, c'est-à-dire en plein dedans, parmi des existences qui lui étaient parfaitement indifférentes, et qu'il s'ingéniait à exploiter le mieux possible. Tout le monde le haïssait et au moins, loin des beaux quartiers, il ne se trouvait pas de Philinte pour lui cirer les pompes. Parfaitement écœuré de lui-même comme des autres, il en eut vite fini avec les grandes idées. Il ne se fit pas construire un Palais des Sens façon XVIIIe. Il ne connut pas non plus les tentations esthétisantes qui faisaient la mode de l'époque et qu'il jugeait beaucoup trop fatigantes pour un homme désabusé ; ni aucune passion despotique, ne voyant pas très bien, faute de goût et d'imagination, quels ordres donner. On prend souvent Alceste pour un homme intelligent ; c'est possible, mais en tout cas pas celui-là. Il voulait seulement qu'on lui permette de ne pas avoir d'opinion et de faire convenablement son métier. La demeure du numéro 71 avait été conçue comme un lieu où l'on ne dit pas un mot de trop. Faute de pouvoir lutter d'égal à égal avec l'ignorance humaine, on la congédiait avec des gants blancs. Tout individu enclin à parler sans motif, à faire la conversation ou à ouvrir son cœur, bref à outrepasser ses compétences, se faisait posément raccompagner par l'un ou l'autre des domestiques. Alceste ferrailleur ne tolérait que de rares tête-à-tête, et encore sous la forme exclusive d'un échange de monologues, où chacun devait tenir sa partie. En somme, ce roi de la tôle froissée était animé d'un bel idéal de connaissance. Il ne supportait pas l'idée qu'on puisse *dire* du faux.

L'architecture de l'hôtel imitait les constructions de l'âge baroque, avec leur train de grosses pierres et de moulures, sauf qu'à la place des angelots rieurs, Alceste ferrailleur avait décoré les chapiteaux de ses fenêtres avec les visages de ses ouvriers les plus méritants. Il les avait tous fait sculpter le lendemain d'une promotion, au moment où ils se permettaient d'être eux-mêmes. Il y en avait toujours un pour vous tirer la gueule quelque part, avec des airs de poser pour la postérité et de savoir où va le monde. Hélas ! Alceste ferrailleur ne profita pas longtemps de son beau royaume grimaçant. Un contremaître de l'usine, dont le visage de poupon résistait à toutes les bassesses de son caractère, se vexa d'être exclu de l'immortalité à laquelle ses subalternes avaient droit. Il se mit à jalouser férocement les élus du numéro 71 et demandait toutes les semaines à son patron de le mettre à ses fenêtres, ou même dans une encoignure de gouttière, cela lui suffisait. Alceste ferrailleur le dévisageait quelque temps, pinçait ses joues désespérément roses et lisses, et lui opposait un refus systématique. Le blondinet en conçut une rancune démesurée. Il ne passait jamais devant le 71 sans que des larmes de rage ne lui montent aux yeux. Jour et nuit, il rêvait à sa sculpture. Cette obsession finit par lui gâcher l'existence. Un soir de printemps, n'en pouvant plus, le contremaître joua l'Érostrate. Avec un bidon d'essence trouvé à l'usine, il mit le feu à la cage d'escalier du numéro 71, et attendit calmement que le tout s'embrase, afin qu'il ne reste rien de ses rivaux de pierre. L'incendie prit à toute vitesse, la bâtisse ne demandait rien d'autre. Elle fit craquer ses belles poutres vernies comme par plaisir, en s'étirant, elle mit sa robe de bal rouge et or et se lança dans une valse tourbillonnante au milieu de la rue des Trois-Médailles. Tout alla très vite et la demoiselle flamba sans remords sa jeunesse et sa beauté. Avant qu'elle ne tire sa révérence finale, le maître des lieux parvint à sortir de sous ses jupes. Il était tout rouge d'avoir tant dansé, rouge grenat. Il s'arrêta pour souffler un peu et vit devant lui cette face de chérubin qui lui souriait avec toute la méchanceté du monde. Il mourut au comble du bonheur.

C'était l'arrière-cour du numéro 71, grossièrement reconverti en lots de petits appartements bourgeois, que Clara avait élue comme refuge lors de ses rares chagrins. Le grand incendie de 1907 avait noirci les murs au fusain en y dessinant des formes imparfaites, des ombres de nuages propices à la mélancolie. On y trouvait encore deux têtes enfumées de l'époque d'Alceste ferrailleur sur le mur ouest. Une autre, dans un coin de la cour, crachait un petit filet d'eau quand on lui appuyait sur le nez. Ce manœuvre-chef du siècle passé tenait très bien son rôle de gargouille, avec un sourire princier dans lequel était planté le tuyau d'arrivée d'eau. Il gouttait un peu, de sorte qu'au fil des ans le menton s'était creusé et se terminait par un petit bouc diabolique. Il avait profité des flammes pour ébouriffer ses cheveux et s'offrir des mèches assez romantiques ; quant à ses yeux, ils étaient dépourvus de pupille, comme ceux des statues grecques (Alceste ferrailleur se méfiait des regards). L'ensemble donnait l'impression d'un vieux sorcier, surtout quand les gargouillements de la conduite lui faisaient bafouiller quelques vagues incantations. Clara venait y prendre conseil et buvait un peu d'eau en collant sa bouche à la sienne. Elle s'était concocté tout un rituel, marchait en cercle et contemplait le mur ouest avec dévotion. La cour, très encaissée, s'élevait sur quatre étages et résonnait comme un temple ; quelques anciennes moulures à demi effacées pouvaient tout à fait, avec un peu d'imagination, représenter des feuilles d'acanthe.

Quelques jours après l'installation des Russes, et alors que tombait une fine pluie d'automne, Clara aperçut une silhouette immobile plantée là, de dos. Qui avait bien pu s'introduire dans son sanctuaire ? Ce n'était guère dans les habitudes des gens du quartier. Intimidée, elle ramena ses cheveux en arrière, ferma son parapluie et franchit courageusement le porche du numéro 71 en essayant de ne pas faire trop de bruit. Une fois ses yeux habitués à l'obscurité, elle distingua un long imperméable d'homme bleu marine, ajusté à la taille par une grosse ceinture, et surmonté de petites épaulettes en toile qui se boutonnaient de chaque côté du col. La pluie coulait doucement sur une chevelure châtain clair. Elle y creusait de petites rigoles, qui se ramifiaient pour se jeter toutes ensemble dans la nuque et pénétrer sous les vêtements. On aurait dit une montagne au dégel, charriant la boue de l'hiver. L'homme semblait décidé à demeurer là indéfiniment. Clara s'avança cette fois de manière à se faire entendre. Le massif devant elle continuait à ruisseler en toute indifférence. Les gouttes tombaient par terre en résonnant. Clara essaya sa technique habituelle, trois petits coups sur l'épaule et son sourire en garde-fou. Le massif pivota lentement, tout d'un bloc, avec la pesanteur que l'on imagine accompagner les transformations géologiques. Clara eut un mouvement de recul. Elle ne s'attendait pas à trouver, fichée entre les deux pans repliés du *trench-coat*, une tête de garçonnet entre deux âges, presque glabre, mais dont les yeux fixes et graves appartenaient déjà à un adulte. Il avait les joues tendres, une coupe au bol, et des cheveux encore teintés de ces reflets havane qui se perdent au fil de l'âge. Sur sa figure ronde et lisse étaient esquissés quelques traits sans originalité, insuffisamment appuyés pour former une expression véritable. Il semblait qu'un débutant eût posé les yeux, le nez et la bouche suivant les modèles académiques, mais du bout du crayon, pour qu'on puisse les effacer au besoin. Ce visage si délicat, si mignon, en devenait un peu effrayant, comme si le portrait avait été abandonné en cours. Le marron des yeux était beaucoup trop dilué et noyait le regard jusqu'à le rendre opaque ; la paupière supérieure, à moitié fermée, tenait le monde à distance. S'il y avait des émotions là-dessous, elles devaient être bien enfouies. En voilà un qui aurait plu à Alceste ferrailleur.

Le garçon regarda Clara de ses yeux inexpressifs. Ils étaient tous les deux de la même taille et se tenaient l'un en face de l'autre, immobiles, se touchant presque. Le garçon ne dit pas un mot et rien ne bougea sur ce visage en trompe-l'œil. Ses lèvres si fines disparaissaient jusqu'à devenir un simple trait, semblable à celui qu'on trace mécaniquement au bas des enveloppes, sous le nom du pays. Et là, Clara lisait clairement *Russie*. Ces grands espaces glacés ne lui disaient rien de bon. Elle fit une moue, piaula un mot de bienvenue haut dans les aigus, secoua ses boucles, bref offrit une démonstration complète de ses talents, mais un ton au-dessus, en forçant son naturel. Instinctivement elle avait compris que, pour une fois, elle ne mènerait pas le jeu. Les deux infortunés qui, accrochés au mur ouest, souriaient stupidement au mur est depuis un siècle, savouraient la scène, qu'on aurait pu appeler, comme dans les romans du XVIIe siècle aux titres allégoriques, « la Revanche des Cœurs brisés dans le Temple de la Misanthropie ». Clara avait l'impression d'être piégée. Il ne lui répondit même pas ; il resta muré derrière ses yeux de plâtre.

– Eh bah ! Tu préfères parler à la pluie ? lui demanda-t-elle avec entrain.

Elle y croyait toujours. Elle sortait son grand jeu. Elle le taquina encore un peu. Après tout, ce n'était qu'un gosse ! Puis elle attendit, perdant peu à peu son sourire. Un rayon de soleil éclaira un instant son visage. La pluie continuait à tomber. Enfin on lui fit grâce d'une parole.

– Alexeï Alexeïevitch Filatov.

Il devait se croire à une prise d'armes.

– Bonjour ! Moi c'est Clara. Tu parles français ?

Elle se tenait sur ses gardes. Elle en oubliait la coupe au bol et la muance récente qui laissait dans la voix des résidus d'enfance.

– Oui.

Il se tourna à demi, face à la fontaine au museau de manœuvre-chef. Il se tenait extrêmement droit, le menton relevé un peu plus que nécessaire. Clara remarqua la manière dont il gardait les pieds serrés, en pivotant sur ses talons. Qu'imaginait-il autour de lui ? des histoires d'enfants ? des paysages, des rues de son pays ?

– Tu veux savoir comment marche la fontaine ?

– Volontiers.

Il ne bougea pas. Il attendait qu'elle s'exécute, sans lui accorder un regard.

– Eh bien, c'est tout simple, il faut appuyer sur son nez.

Alexeï Alexeïevitch réfléchit un temps, toujours immobile, puis se mit brutalement en mouvement, comme un danseur de ballet qui s'élance. Clara eut un sursaut. Il fit trois grands pas, jeta un pied en arrière, et lui fit décrire un énergique mouvement de balancier qui s'acheva dans la face du manœuvre-chef. Le bon ouvrier se mit à pisser de l'eau comme du sang. Clara poussa un cri étouffé. Alexeï garda son pied enfoncé sur le robinet. C'est alors qu'elle distingua les bottes en cuir et qu'elle prit peur. L'eau coulait à flots sur les pavés et éclaboussait sa jupe. Elle partit sans se retourner. Elle entendait toujours, derrière elle, ce bruit de cascade amplifié par l'écho. En franchissant le porche, elle eut l'impression de reprendre pied dans le monde. Jamais on ne l'avait traitée ainsi.

Les jours suivants, Clara regarda d'un autre œil la câblerie où devait loger le petit Russe. Elle voyait, au bout de la rue, dépasser l'imposante verrière métallique, qui bombait le dos comme un soldat sous le feu. Le mur qui l'entourait prenait l'aspect d'une barricade dressée à la va-vite, et la paix de la rue des Trois-Médailles s'en trouvait définitivement troublée. Les temps avaient changé depuis que Clara s'y promenait comme dans un tableau Renaissance. Cette usine qu'elle sentait toujours derrière son dos la hantait. Bien que la fabrique fût désaffectée, elle se figurait à l'intérieur toutes sortes de câbles, de redoutables torons enroulés comme des serpents, destinés à des efforts inhumains de levage et de traction ; des liures et des torins entremêlés dans l'ombre, faisant des amours de chanvre ; des grosses dents d'acier en train de croquer le fil ; enfin toute une monstruosité de cordages graisseux qui s'étendaient en se paumoyant les uns les autres, une toile d'araignée gluante sur laquelle les Russes couraient de toutes leurs pattes. Clara ne se trouvait plus en sécurité. Certaines images revenaient inlassablement et lui nouaient le ventre. Mais que pouvaient-ils bien faire de tous ces câbles ? Elle imaginait au fond de l'impasse, confondue avec le ciel grumeleux d'octobre, une géométrie noire et impénétrable de fils tendus à craquer, de nœuds impossibles à démêler, qui s'accrochaient solidement aux hauteurs et n'en bougeaient plus. Les élingues s'y hérissaient en autant de poils durs et blessants. Elle sentait se dresser, au bout de la rue des Trois-Médailles, et autour de sa propre vie, un grillage infranchissable.

Peu à peu, les rumeurs sur les Russes se précisèrent. Clara les suivait de très près. Le jeune Alexeï, ou Alexis comme certains l'appelaient, âgé de seize ans, avait perdu ses parents peu de temps après sa naissance. Son père s'était constitué une petite fortune dans le commerce maritime et avait appris à ne pas s'étonner des coups du sort. Il avait épousé une femme du Grand Caucase, habituée elle aussi à voir les choses de haut, qui se trouvait être son premier amour. Ils satisfaisaient chacun à sa manière, l'un par métier, l'autre par tradition, ce réquisit de fatalisme qui évite les coups de chaud. Ils s'aimaient comme on s'aime soi-même, patiemment, inexorablement. La Caucasienne profitait de l'argent pour faire venir des quatre coins du monde des meubles, des vêtements, des tentures exotiques. Cela rendait leur conversation amusante et cosmopolite ; un vaisseau en rade à Sébastopol contre un plaid d'Écosse. Ils vivaient avec un atlas sur les genoux, et parlaient entre eux comme s'ils poursuivaient leur propre monologue intérieur. L'absence de tout conflit les dispensa de s'inventer des traits de caractère ; ils avaient de l'existence de l'autre la conscience vague et permanente que l'on a de son propre corps. Les amours réussis donnent la permission de n'être rien. Ce fut donc très sobrement que, un an après la naissance de leur fils unique, ils se noyèrent dans un lac dont la glace céda. On ne sait qui tomba le premier, mais il semble évident que l'autre marcha gentiment à sa suite, sans se plaindre, quitte à passer un moment désagréable dans ces eaux froides. En somme, l'armateur et la Caucasienne avaient passé ensemble la vie la plus sage qui soit, très légèrement au-dessus du sol, comme deux patineurs qui avancent main dans la main et disparaissent sans un bruit. Peut-être même perçurent-ils un instant le comique de la situation, aussi enfantin que dans les premiers gags du cinématographe ; deux bonshommes souriants qui basculent les pieds devant. Ils n'allèrent pas chercher très loin pour mourir en paix : simplement, après le rapide tour d'horizon qui paraît-il donne du charme aux noyades, et avec l'égoïsme fort naturel des vieux couples, ils ne virent pas bien où pouvait être la catastrophe.

Pourtant elle rôdait dans les parages et s'abattit sur le petit Alexeï. Privé de parents, il fut recueilli par sa tante Irina et son mari Igor, surnommés les deux I, et entama une longue période de prostration. Peu de temps après, les médecins diagnostiquèrent une hémophilie légère, et pour couronner le tout, la chute du régime soviétique entraîna avec elle la fortune investie par l'armateur dans divers ports mal situés. À l'époque, Irina avait une vingtaine d'années et Igor une trentaine. Lui travaillait comme informaticien à Saint-Pétersbourg, et sa femme s'occupait des soins du ménage. Ils habitaient une assez belle datcha à Pavlovsk, trente kilomètres au sud de la ville, où Alexeï fut élevé tant bien que mal. Sa maladie l'isola du monde extérieur et l'empêcha de recevoir une éducation complète. On lui découvrit un don étonnant pour les langues étrangères, mais son état de faiblesse tant physique que nerveuse interdisait de l'envoyer étudier seul dans un pays lointain. Alexeï se contenta donc d'apprendre dans les livres, jusqu'à ce qu'un jour Igor redécouvre un vieil acte de propriété, une câblerie que le père d'Alexeï avait achetée pour équiper lui-même ses bateaux, et qu'il n'avait finalement jamais remise en activité. Igor négocia plusieurs années avec son entreprise le droit de travailler dans la succursale française, et enfin tout le monde partit rue des Trois-Médailles pour veiller à l'éducation de l'infortuné neveu. Alexeï devait y finir son lycée et entamer ses études supérieures, tandis que les deux I se réjouissaient de découvrir l'Occident.

Telle était l'histoire qui se disait dans la rue. L'épicier ne mesurait pas sa compassion et chacun ramenait un peu de tragédie dans son cabas. Les infirmières donnaient des explications à n'en plus finir sur l'hémophilie et le vieux professeur de russe du numéro 32 connaissait son heure de gloire en expliquant la signification du deuxième prénom : « C'est que son père aussi s'appelait Alexeï », confiait-il avec un air savant. Assortis de quelques escarmouches politiques sur la patrie du communisme, ces commérages rendaient le sourire à tout un pâté de maisons. Même les enfants délaissaient leurs jeux vidéo pour faire le siège de la câblerie. Ils se massaient en haut de la rue et agitaient la vieille grille rouillée jusqu'à ce qu'Igor les disperse comme des moineaux. Ils guettaient désespérément Alexeï. La chasse au Russe les réconciliait avec les jeux de terrain vague.

Clara aurait bien voulu connaître l'opinion de son frère sur tous ces ragots. Hélas ! Antonin entamait une difficile période de misologie après avoir lu par inadvertance, dans le *Gorgias*, que « la philosophie, c'est une chose charmante quand on est jeune ; mais si on y passe plus de temps qu'il ne faut, c'est une ruine pour l'homme ». Ça, il ne s'y attendait pas. Et son Système « au carrefour de la biologie et de la philosophie », alors, qu'en faisait-on ? Il laissa mûrir quelques semaines les mots de Calliclès, puis réagit avec son honnêteté coutumière et laissa sa thèse en plan. Ce garçon avait gardé, pour son malheur, un esprit très souple toujours prêt à gamberger. Quatre dures années de travail n'avaient pas suffi à lui donner des habitudes de pensée. À présent, dès qu'il arrivait dans une salle de colloque, il ne pouvait se défaire de l'impression assez oppressante de se trouver dans la cour de récréation d'un orphelinat. Il regardait ses collègues comme des enfants abandonnés, plus vieux que leur âge, habillés avec les vêtements usés que distribuent les services sociaux, et cherchant à imiter les adultes avec des mots trop compliqués. Ils lui faisaient pitié. « Grand gosse, va », répondit-il le plus gentiment du monde au Président des études doctorales qui lui demandait (et c'était un honneur) si l'on pouvait penser sans malhonnêteté une noèse indépendante de son corrélatif noématique. Un « non » lui aurait certainement permis d'obtenir la chaire de philosophie allemande, peut-être même une place à part entière au comité rédactionnel de la célèbre revue *Le Penseur dans tous ses états*. C'était d'ailleurs le titre qui correspondait le mieux à Antonin.

Clara s'effrayait du récent mutisme de son frère. Elle se sentait perdue sans sa boîte à musique. Même la description des mouvements d'Alexeï ne suscita aucun commentaire sur l'autonomie du corps et n'entraîna pas la ruine de la doctrine malebranchienne des causes occasionnelles. Clara insista, détailla le visage et les vêtements de cet enfant de seize ans, utilisa pour la première fois de sa vie le mot « psychomaniaque » – à quoi en était-elle réduite ! – et en dernier recours lâcha quelques noms de philosophes, au hasard, pour piquer au vif. Rien n'y fit. Antonin ne la regardait même plus, il se contentait de grommeler des petites interjections méprisantes qui résumaient désormais son rapport au monde. Le temps qu'il passait autrefois à disserter à voix haute, il l'utilisait désormais pour soulever des haltères. C'était devenu brusquement une obsession. Il organisait sa journée en fonction de ses cours de gym et de ses séances de *corpo*. Il avait étudié quelques manuels et faisait travailler les différentes zones musculaires avec une rigueur scientifique. Il assurait encore ses trois heures de cours hebdomadaires, mais avait abandonné son travail en bibliothèque. Il tournait dans l'appartement en s'interdisant rigoureusement de prendre le moindre livre. Clara effarée le voyait sortir de sa mallette ses provisions du soir, tout un lot de poids et de disques. Antonin avait tracé la citation de Platon sur toute la longueur du mur de sa chambre, en noir et en grec. Il se plantait devant, un poids dans chaque main, et déployait ses bras avec de lents mouvements de bernache, les yeux fermés et le torse en sueur, en articulant quelques chiffres, façon mystères d'Éleusis. La moindre image dans sa tête, ou pire encore une idée, lui donnait la nausée ; il était physiquement contraint de s'abstenir. Voilà comment il comptait conjurer la ruine dont le menaçait le *Gor-*

gias. Antonin renouvela ses exercices avec son acharnement habituel. En quelques semaines il fut habillé de la tête aux pieds en Myron. Il se trouvait très ve siècle. Au dîner, quand il leur arrivait encore de le partager, Clara découvrait en face d'elle, au lieu du spirituel et fragile jeune homme qui lui racontait le monde, une brute taciturne aux gestes maladroits. Antonin, qui contrôlait mal ses nouveaux muscles, cassa pas mal d'assiettes, surtout dans les premiers temps. Clara l'appelait « mon petit discobole » mais il ne se déridait pas. Elle ramassait les débris et les recollait méthodiquement, par déformation professionnelle. Plus inquiétant encore, le jeune athlète accompagnait sa métamorphose de comportements erratiques. Clara le surprit dans leur salle de bains commune en train de s'asperger de son propre parfum de benjoin. Sur son frère, combinée à de vagues relents de sueur, l'odeur lui parut à peine reconnaissable. Antonin sentait plutôt le bois moisi. On voyait déjà affleurer sous ses vêtements les nœuds des vieux arbres. Clara jeta son flacon. Elle avait de plus en plus hâte que revienne le petit docteur, mais celui-ci ne semblait pas très pressé de quitter son rêve américain. Cette fois elle était seule.

Vers le début du mois de novembre un feu se déclara au numéro 32. Le professeur de russe, grisé par son succès auprès de ses voisins, avait brusquement perdu les habitudes conférées par trente ans d'enseignement et de méditations pouchkiniennes. Tout s'était détraqué. Il avait modifié l'heure de son coucher, le trajet pour se rendre au lycée, l'emplacement de son lit, et projetait même d'acheter dorénavant ses livres dans l'autre librairie russe de la ville. Rien d'étonnant, dans ce contexte de folle hybris, qu'il eût oublié d'éteindre le gaz après son café du matin. L'incendie dura jusque tard dans la nuit et ce fut un beau spectacle populaire. La foule se partagea comme toujours en deux. Les uns vinrent papillonner à la lumière et se frotter les ailes au ras des camions de pompiers, les autres se carapatèrent dans la nuit noire en filant sur le trottoir d'en face. Rares étaient ceux qui s'arrêtaient à bonne distance. Il fallait bien du vice. Pourtant, c'est là que se tenait Clara. Les infortunes les plus voyantes de ses semblables la saisissaient violemment. En rentrant de Sauvy, elle avait remarqué l'attroupement, la fumée, les sirènes, et elle s'était précipitée. Elle en eut la respiration coupée. « Quel malheur ! » murmura-t-elle. Elle détourna le regard et, contemplant la bouche d'incendie devant elle, se recueillit profondément. À ses pieds, un gros tuyau ondulait comme un serpent, avec de violents soubresauts. Elle pensait à ceux qui, dans l'immeuble en feu, se cognaient la tête contre les murs comme des souris de laboratoire. Elle ne serait partie pour rien au monde.

Elle entendit derrière elle des petits halètements, qu'elle prit d'abord pour un bruit de pompe à eau. Puis elle perçut quelques mots indistincts, soufflés à voix basse. C'était, incontestablement, des mots russes. Elle se retourna. Il portait toujours le même imperméable, d'où dépassait un col roulé rouge très serré qui évoquait le *col officier*, du moins tel qu'il se portait pendant les guerres napoléoniennes, au ras du menton.

Même ici, son regard demeurait impénétrable. Il avait dû sortir de son sous-bois de câbles et s'approcher tranquillement, à pas lents et cadencés, pour venir rêvasser devant cette grande flambée d'hiver. Son visage conservait cette impassibilité agaçante des portraits officiels. Seul le pincement de ses narines trahissait son émotion. Apparemment, lui aussi aimait regarder les incendies de loin. Il marmonnait sans interruption une suite de paroles inintelligibles, sans doute de vieilles histoires de palais en flammes et de villes fantômes, où un grand vent rouge et or montait à l'assaut, renversait les blocs de pierres dans un raffut infernal, traquait les habitants terrorisés dans les moindres recoins, ratissait implacablement les immeubles, et livrait le pire des combats de rue ; où les cendres en retombant donnaient aux visages le teint des âmes ; où Moscou entière... Cette fois il resta bien en face de Clara. Elle faisait sans doute partie de l'intrigue.

– C'est beau, n'est-ce pas ?

Il y avait un malentendu. Clara ne venait pas pour le plaisir. Mais que dire ? Une fois de plus, elle se sentit stupide, impuissante face à ce visage d'enfant boudeur. Clara perdait son esprit de repartie, d'autant qu'elle avait posé le pied dans la flaque de la bouche d'incendie et qu'elle sentait l'eau froide couler entre ses orteils.

– Pojar osvechchaet moïou douchou.

– Ce qui veut dire ?

– L'incendie illumine mon âme. Mais c'est mieux en russe.

Il avait donc une âme. On aurait dit une citation, et

peut-être en était-ce une, mais de quel poète ? Pour une parole rapportée, elle devait être rapportée de très haut, de quelqu'un qu'on ne songerait pas à contrarier. Alexeï avait mis dans sa voix une certaine complicité, comme si le quelqu'un de très haut était de la famille. Bref c'était un ton de pistonné, confiant, cachottier, et follement arrogant.

Clara ne tenait pas à débrouiller les mystères de cette phrase idiote et commençait à s'irriter de ces gamineries déplacées. Cet air d'enfant de chœur malade ne lui plaisait pas. Autour d'elle, l'incendie crépitait et le petit monstre gogolien continuait à remuer le nez en se racontant des histoires. Elle avait froid aux pieds.

– On est bien, là, n'est-ce pas ? Façon Souvorov à Rymnik... avec une belle vue dégagée sur le carnage...

Clara aperçut, reflété dans la petite mare sur fond d'éclairs orangés, le visage hautain du gosse. Elle n'osait plus bouger. Elle aurait dû lui donner une paire de gifles, et chacun serait retourné à ses affaires ; elle à son martyre et lui à ses chimères. À ne rien faire, elle finissait par rentrer malgré elle dans son rêve à lui. Alexeï se tenait droit comme un I. Elle ne pouvait s'empêcher d'admirer cette petite figurine qui jouait si bien son rôle.

– Passez donc me voir là-haut quand tout cela sera fini et que vous en aurez le goût.

Là-haut : c'est ainsi qu'on parle des mairies, des châteaux et des paradis. Voilà bien une curieuse manière de désigner la câblerie désaffectée qui, enfoncée dans sa minuscule impasse, tournait le dos à la rue depuis plus d'un demi-siècle. Clara n'en avait pas du tout *le goût*, rien ne l'effrayait plus ; et pour voir qui ? un adolescent attardé ? Elle s'en alla en traînant la jambe, sans un regard pour le numéro 32 qui s'embrasait de plus belle.

De retour chez elle, Clara trouva Antonin à la fenêtre, tenant pensivement une assiette de riz blanc qu'il dédaignait de manger. Il n'avait même pas pris de couverts. Il s'était accroché sur la tête une des pinces à cheveux de sa sœur (probablement rapportée d'un nouveau maraudage dans la salle de bains), ce qui lui faisait une triste aigrette en couronne de paon malade. La misologie ne lui réussissait pas. Il sourit mollement à Clara. Son assiette fumait et il avait plus que jamais la tête dans les nuages. Il ressemblait à un colosse de foire, maquillé pour faire peur et tendant une coupelle pour l'aumône. « Enlève ça, c'est pour les filles, lui dit Clara. Il y a le feu dehors, tu sais. – Ah ? tu l'as vu ? » Clara ne répondit rien. « Enlève ça, je te dis. » Antonin retira la pince et la posa sur la table à regret. Il abandonna son riz et partit ruminer ailleurs en balançant lentement ses grosses épaules. Sa petite houppe baissait pavillon. Il prend l'eau, pensa Clara. Elle rentra vite dans sa chambre, où il régnait encore une atmosphère feutrée d'enfance heureuse, en se désintéressant de la question.

Le lendemain soir, l'avocat passa rue des Trois-Médailles pour ce qu'il appelait une visite de courtoisie. Antonin se trouvait en pleine séance de triceps et ne prit pas la peine de l'accueillir. Clara fit remarquer à son père qu'on ne porte pas une cravate rayée sur une chemise du même motif. Elle lui expliqua en deux mots son nouveau projet, une dizaine de *Cathédrale de Rouen* dans la même boîte, pour que l'on puisse jouer sur plusieurs puzzles à la fois, en simultané, comme les champions d'échecs (force cinq). Puis elle prit sa respiration et se lança.

– Papa, tu te rappelles cette histoire d'actes de propriété ?

– Ah non, qu'est-ce que c'est ? Tu as des problèmes de voisinage ?

Il s'agissait bien de cela.

– Tu perds la tête ou quoi ? Papa ! cria-t-elle.

– Ah oui, je me rappelle, maintenant que tu le dis.

– Tu les as regardés ?

– Ce n'est pas si simple, tu sais.

– Je m'en doutais. Et tu ne m'aurais rien dit !

– L'héritage, c'est du bidon. Ils l'ont achetée *cash*. Il doit y avoir des gros bonnets derrière. Et chez eux, ils ne sont pas tendres. Moi, je ne m'en mêle pas. Toi, tu fais ce que tu veux.

L'avocat commençait toujours ses plaidoiries en douceur, pour ennuyer exprès. Il faisait partie de ces nostalgiques du catéchisme qui se régalent des révélations ; c'était d'ailleurs le seul plaisir qu'il trouvait dans son métier, celui de dévoiler soudain des prodiges de filouterie ou la geste améliorée d'un voleur de voitures. Le joyeux prophète de la troisième cour d'assises de la Marne tendait toujours les bras sur la barre avec l'air de se jucher sur son petit Sinaï. Même ici, devant sa fille, il peinait à dissimuler son contentement.

– Mais je ne veux rien, répondit finalement Clara.

– Ma petite fille, j'en ai vu d'autres, qui ne voulaient rien.

Elle haussa les épaules. Sa conviction était faite : Alexeï les roulait tous, il avait de bonnes raisons de faire le fou, et on allait devoir prendre au sérieux cet Hamlet aux pieds gelés. Antonin ne pouvait plus l'aider, et elle se mettrait seule au travail. Elle voulait quelque chose, son père avait raison ; restait à savoir quoi. Elle obéissait simplement à cette loi élémentaire, bien connue de Maxwell, des amoureux déçus et des grands voyageurs, qui veut que l'on coure toujours à corps perdu vers les antipodes.

– Papa, si tu veux dîner, je te fais des pâtes.

L'avocat parut enchanté de cette proposition.

Clara se mit à rôder autour de la câblerie, pour se forger le goût. Elle y allait le soir, quand elle sentait le moment venu. Autour du portail d'entrée, deux longs entrepôts symétriques, qui formaient les ailes du bâtiment, se déployaient en demi-cercle avant de se rejoindre plus loin dans le corps du logis. La lumière orangée leur donnait leur vraie couleur, celle de pinces de crabe. La grosse tête noire aux yeux jaunes attendait tranquillement au fond de la cour pour manger ce qu'on lui rapporterait. Au-dessus clignotaient de petits points rouges, comme une guirlande jetée autour du festin de la bête. Une fois accoutumé à l'obscurité, on voyait apparaître à l'arrière-plan, l'une après l'autre, une douzaine de grues orientées dans la même direction, à cause du vent ; tout un régiment au garde-à-vous, levant le bras à angle droit dans la position réglementaire. Conformément à une tradition datant de

Pierre le Grand, c'était un sous-officier qui portait le drapeau sur sa contre-flèche. Ces gaillards disciplinés, dodelinant légèrement sur leurs longues jambes d'acier trempé, devaient appartenir à un état-major, car chacun arborait les couleurs d'un régiment différent, avec des épaulettes en contrepoids et une bavette d'officier au niveau de la cabine ; le jaune Potain, royal, pour Kexholmski, le rouge pour Astrakhanski, le bleu pour Viatski ou pour Riazanski, et enfin le bel orange de Pskovski. Deux vieillards bardés de panneaux en tout genre étaient soutenus par des sapines. Certaines bigues plus imposantes portaient les hautes mitres des grenadiers, et on pouvait même deviner, avec ce qui restait de nuit dans l'entremêlement des montants, la sombre aigle impériale qui dominait le timbre cuivré des armoiries. Un des mâts était illuminé par une kyrielle de petites ampoules blanches ; certainement un officier de la compagnie Leib, sous les ordres directs de l'Empereur, qui se pavanait en secouant ses plumes. Les palans, avec leurs fioritures de poulies, dessinaient la poignée travaillée d'un long sabre de combat dont les moufles constituaient la garde. Le treillis des poutrelles témoignait du soin apporté aux coutures à une époque où l'on aimait encore dorer les uniformes et où l'on n'imaginait pas affronter l'ennemi sans *se montrer* avant, au pas de défilé. Tous ces personnages galonnés veillaient fièrement sur le repas du crabe. D'ici on n'entendait rien, juste le murmure des moteurs en bas dans la ville ; mais à l'intérieur de la câblerie, quelle foire ce devait être ! Quel raffut de mandibules de fer et de dents à roues crantées, crissant, cliquetant, retombant les unes sur les autres avec des bruits d'enclume, dégourdissant leurs vieux rouages en couinant de plaisir ! Clara imaginait une araignée de mer qui sort du sable en s'ébrouant. Un gros maïa velu, sournois, dansant une polka à deux temps sur ses longues pattes maigres... Et pendant que Clara restait plantée dans le noir à se faire peur, la câblerie ne bougeait pas, elle se tenait retranchée derrière son portail et souriait de travers avec toutes ses dents de fer. Si l'on voulait voir la gueule du loup, il fallait s'y jeter.

Une après-midi de fin octobre où la température était descendue au-dessous de zéro, Clara sortit de chez elle décidée à rendre visite à ses nouveaux voisins. Le cœur lui manquait. Clara remontant la rue semblait lui dire : « Ne me laisse pas tomber, moi qui t'ai si souvent donné du *quattrocento.* » Mais rien de plus ingrat qu'un tableau en toc. Elle manqua de glisser sur une plaque de verglas qui traînait entre deux pavés et en eut le ventre noué pendant un bon moment. Elle croisa l'employé de la manutention qui manœuvrait son diable à toute allure comme un cocher de troïka. « Pousse-toi ! » lui hurla-t-il avant de disparaître dans un dérapage calculé. Clara s'était emmitouflée dans des épaisseurs de lainage excessives, où l'on perdait de vue sa taille, ses seins, sa nuque si droite. Elle se sentait mal à l'aise sur ce chemin de glace qu'elle gravissait à reculons ; elle perdait l'équilibre et balançait les bras sans grâce, comme un pingouin. Enfin elle arriva à la câblerie, au sommet de la côte, et prit en plein visage un violent aquilon. Surprise, elle chavira un instant, puis se retrouva d'un seul coup le nez contre la grille. Les portes de fer claquaient au vent.

Clara se faufila entre les battants et pénétra dans la cour pavée, à la portée des deux grosses pinces. Elle s'approcha de la façade principale, qui comportait deux étages, à en juger par les grandes fenêtres à meneaux de fer et verre opaque. En son centre, quatre piliers blancs composaient une entrée à l'antique, avec colonnades et chapiteaux vaguement doriques en champignons de cheminée. Tout le front du bâtiment avait été badigeonné d'ocre pâle, ce qui lui donnait une belle allure, presque romantique. On avait soigné le décor. Même les canalisations d'acier transversales avaient été blanchies à la chaux et, avec tous les motifs rubigineux dont le temps les avait garnies, elles évoquaient des frises de péristyle. L'entrée consistait en une modeste porte d'acier montée sur rail, basse et percée d'une minuscule ouverture grillagée. En somme, l'endroit se prêtait à des rêveries de petit château campagnard ; bien choisi pour un premier rendez-vous. On entendait toute une cascade de tôles remuées par le vent, avec de temps en temps une complainte de poutrelles solitaires, ou des chaînes de tirage abandonnées qui faisaient sonner une volée de cloches métallique. Les locataires, apprit-elle plus tard, prétendaient même y reconnaître les célèbres nuances du clocher de Rostov, avec ses différents carillons : le Polieleinyï, le Liebed, le Golodaï, la grande cloche Sisoy...

Clara trouva incrusté dans la brique un bouton-poussoir fraîchement repeint en rouge qui ressemblait plus à un détonateur qu'à une sonnette. Ces gens ont le sens de l'exagération, pensa-t-elle. Elle dut s'y essayer à trois reprises pour l'enfoncer, à cause de l'extrême tension du ressort. On n'avait pas poussé la rénovation jusqu'à graisser ce vieux mécanisme. Un coup de pinceau histoire de rester fidèle à l'esprit de Potemkine et, pour le reste, Catherine II peut se brosser. Clara plaqua sa paume sur le bouton et lui imprima toute sa force. Elle ne put retenir un petit cri d'effort, qui résonna longuement dans ce paysage métallique et solitaire. Enfin se déclencha non pas une sonnerie, mais une de ces sirènes d'usine qui signalent la fin du travail. Clara recula brusquement, affolée. La sirène lançait de longs coups de trompe, puis reprenait son souffle et beuglait encore, sans se soucier de Clara qui regardait en direction des chapiteaux vaguement doriques et qui murmurait « Chut ! chut ! chut ! » en joignant les mains. Une tête d'homme inquiet, les cheveux en brosse, apparut dans l'ouverture et Clara hurla son nom comme si on n'attendait qu'elle. Elle avait enfoncé son bonnet à pompon jusqu'aux sourcils pour faire plus sérieuse.

La sirène se tut et la porte s'ouvrit en coulissant sur le côté. Clara eut un petit rire gêné. Elle répéta son nom à voix basse puis s'avança en tendant la joue, mais l'homme aux cheveux en brosse l'arrêta en inclinant sèchement le buste. Vu de haut, son crâne cireux et bosselé transparaissait entre les piques noires des cheveux. Il se présenta.

– Ya dïadïa Alexeïa.

– Moi c'est Clara, dit-elle pour la troisième fois.

– Vous n'êtes pas russe ? demanda-t-il d'un air agacé. Bon. Je suis le tonton d'Alexeï.

– Et vous vous appelez comment ?

Il sembla surpris par la question. « Igor », souffla-t-il négligemment, comme si cela n'avait aucun intérêt. Il se redressa et Clara put le contempler tout d'une pièce. Le *tonton* n'était pas très convaincant dans son rôle. Non seulement Igor avait comme des soies de sanglier plantées sur la tête, mais le reste de son corps était taillé en monture de brosse : un épais morceau de bois parfaitement rectangulaire. Il portait son immense carrure comme un joug de garrot, en poussant la tête en avant et sans se plaindre. Clara n'avait jamais vu de telles épaules. Elle se demanda s'il n'y avait pas là une entourloupe, un effet d'optique ou une ruse de tailleur. Cependant ça remuait sous la toile du veston et ça semblait bien vivant. Mieux valait donc ne pas énerver le long serpent qui se prélassait des deux côtés du cou en faisant des vagues d'un bout à l'autre. Le visage était enveloppé d'une couenne protectrice, coriace, faite pour amortir les coups. Au milieu de ce tableau flottait, de manière assez incongrue, une paire de lunettes rondes, cerclées d'acier fin. Le tonton en forme de brosse avait-il des lectures du soir ?

Igor demanda à Clara si elle venait voir *Alexeï Alexeïevitch*, en y mettant des manières. Il articulait lentement chaque mot et retournait les consonnes de la pointe de la langue, comme pour leur éviter d'accrocher. Il lui signifia qu'Alexeï se trouvait bien à la maison. Mais ensuite, ce n'était pas si simple, il y avait tout un protocole à respecter. Igor appela Irina et hurla quelques mots en russe que l'écho propagea dans ces lieux déserts. Celle-ci partit annoncer la visiteuse au neveu prodige, qui était à ses études. « Il connaît déjà, en plus du russe, l'allemand, le grec, le slavon, le latin, l'anglais et le français », annonça Igor en rajustant ses lunettes, avec une absence de fierté déconcertante. Clara se jura de chercher des informations sur le slavon et profita du silence pour observer les lieux, ou ce qu'elle pouvait en voir de chaque côté des épaules du tonton. Ce n'était pas la jungle de poutrelles, piliers et câbles entremêlés qu'elle s'était représentée, mais des enfilades de pièces vides dont on ne voyait pas la fin. Les reflets de leurs innombrables miroirs donnaient le tournis.

Le vestibule où elle se trouvait ouvrait sur les deux ailes et le corps de logis. Le bâtiment s'étirait des trois côtés, en faisant de temps en temps craquer ses vertèbres. Ces petites détonations surprenaient toujours, et laissaient planer sur les lieux une menace indéfinie. La salle d'entrée était peinte couleur sable, avec des motifs blancs et verts disposés au hasard sur les murs. On n'y avait installé aucun meuble, si ce n'est onze statues égyptiennes absolument identiques, des imitations en bois noir assez grossières. Igor expliqua à Clara qu'elles représentaient les mois de l'année, et qu'il fallait attendre décembre pour les admirer au grand complet. Elles servaient de calendrier, en quelque sorte. Ces petits hommes pieds nus sur le sol de ciment, les bras tendus le long du corps et coiffés à la façon des sphinx, s'accordaient bien à l'ambiance de la pièce. Ils semblaient monter la garde autour de l'escalier d'acier qui conduisait au premier étage et prendre leur rôle très au sérieux. Clara entendit des pas qui venaient de là-haut et leva la tête. Ils tapaient à un bon rythme, et avec un plaisir évident, sur une passerelle métallique. À mesure qu'ils se rapprochaient, le son devenait plus aigu, comme sur un instrument à cordes. Enfin ils s'arrêtèrent sur la note maximale. Les gardes égyptiens ne bougeaient pas d'un pouce, ils se tenaient prêts pour la venue de leur maître qui se trouvait à présent en haut de l'escalier. Soudain Igor eut une pensée qui ondula lentement de chaque côté de son cou, il se redressa et dit à Clara sur un ton menaçant :

– Vous permettez que je vous débarrasse de votre chapeau ?

Son bonnet ! La température était si basse dans la câblerie, elle se sentait si peu *à l'intérieur*, qu'elle avait oublié de l'ôter. Elle demeura indécise un court instant. Cette hésitation déplut à Igor, qui se saisit vivement du bonnet en prenant le pompon entre deux doigts, exactement comme pour soulever une cloche de table. Il avait gardé la main gauche derrière le dos et les pieds serrés. Service impeccable. Puis il se retira diligemment, avec une souplesse et une vélocité insoupçonnables au vu de son physique. Les cheveux de Clara n'attendaient que ce moment. Ils se répandirent en cascade et faillirent éclabousser Igor, qui fut bien surpris de découvrir quelle femme se cachait là-dessous, en chair et en boucles noires, quelle beauté sauvage ! Quant à Clara, elle en reçut le flot en plein visage et se trouva aveuglée. Elle n'appréciait guère cette manière d'être traitée en plat chaud. Une certaine colère lui venait. Mais quand elle eut rajusté ses mèches, Igor avait disparu. Elle vit en face d'elle le petit Alexeï qui descendait lentement les marches.

Il portait une longue tunique noire, entre la dalmatique et le pyjama, qui le rendait à la fois plus jeune et plus imposant. Une large ceinture de tissu fin, peut-être de la soie, soulignait sa taille de fille. Aux coutures, sur les extrémités des manches et le long des épaules, des bandes jaune vif l'inscrivaient dans un rectangle d'or et renforçaient son allure d'icône byzantine, l'expression figée, le regard tourné ailleurs. Les rampes de l'escalier consistaient en deux longues barres parallèles fort rapprochées, comme sur une passerelle de bateau, et Alexeï y promenait tranquillement les mains. Il regardait droit devant lui. Qu'y trouvait-il ? Certainement les paysages des gravures d'histoire. Il débarquait sur la Baltique en 1701 pour mater les Suédois, ou à Sébastopol en 1854, en coulant son propre navire pour barrer l'entrée de la rade intérieure, ou même à Tchinampo cinquante ans plus tard. Après un voyage éprouvant, où un tiers de sa flotte avait sombré, il arrivait en personne à la tête de son armée, l'esprit déjà absorbé par les stratégies de terrain, les ordres à donner, les chicaneries de l'état-major. Il connaissait par cœur le discours qu'il tiendrait à ses troupes et savait qu'elles iraient au combat avec bravoure, pour l'honneur de la patrie. Où avait-il mis sa croix de Saint-Georges ? Le détachement Cheremetiev était-il arrivé à Pskov ? Tenait-on encore Notebourg ?... Ce fut un rêve qui dura à peine une demi-minute, mais comme il l'avait bien rodé, Alexeï n'en perdait pas une marche, il le parcourait de la première à la dernière. À en juger par ses joues encore plus enflammées que d'ordinaire, cela valait la peine de ralentir le pas et de frapper du talon. Il se retrouva finalement sur la terre ferme, à portée du canon ennemi et à la hauteur de Clara. Il marqua un temps pour reprendre pied et chasser le roulis de la pleine mer. Il passa docilement, sans amertume, du lac Onega à la rue des Trois-Médailles, comme si au fond rien n'était changé.

– Je suis contenté que vous soyez venue, lui dit-il. Clara se demanda s'il connaissait la différence entre « content » et « contenté », mais ne poussa pas plus loin ses soupçons. Elle devait s'habituer par la suite aux ambiguïtés de cette langue de jeune seigneur étranger, lente, précieuse, parfois approximative, jamais spontanée. Si Alexeï hésitait sur un mot, il s'arrêtait net et prenait le temps de réfléchir en silence. Il faisait claquer sa langue comme on tourne les pages d'un dictionnaire. Entre lui qui s'appropriait les tournures des manuels et des vieux livres d'histoire, et Clara qui se complaisait toujours dans son idiome archaïque, leurs conversations ressemblèrent d'emblée à des dialogues de mauvais roman, pleins de formes écrites que personne n'écrirait jamais.

– Oui, moi aussi, bonjour Alexeï ! Tu vas bien ?

Échaudée par l'accueil du tonton, elle se retint d'en dire plus. Or c'était déjà trop. Alexeï devint tout pâle. Clara remarqua pour la première fois l'extrême sensibilité de ses joues, dont les nuances trahissaient chacune de ses humeurs. Elle entendit le battement régulier d'une grosse horloge, qu'elle chercha des yeux pour tuer l'ennui, sans la trouver. Comme elle avait cessé d'être surprise et qu'elle n'avait pas l'habitude d'être vexée, elle commençait à s'amuser.

– Je vous présente les lieux ?

Il avait l'air d'ignorer tout à fait les tiges de métal qui striaient le plafond de manière menaçante, les tuyaux et les gicleurs en fonte qui zigzaguaient aux murs en s'enroulant autour de manettes extravagantes, et le ciment irrégulier sur lequel il fallait prendre garde de ne pas tomber.

– Mais bien volontiers, très cher ami, allons donc visiter tes terres.

Alexeï parut satisfait et reprit quelques couleurs. Il se décida à offrir la visite de sa chère câblerie, à laquelle Clara fut certainement la première, et en tout cas la dernière conviée.

Ils parcoururent le rez-de-chaussée. Les innombrables séparations intérieures en carreaux de plâtre avaient été montées à la va-vite. On n'avait pas pu y fixer de gonds, de sorte que les portes de métal, généralement grandes ouvertes, coulissaient sur des rails d'acier. Les murs extérieurs en pierre, mal bouchardés de calcaire, étaient restés en l'état. Des poutres vieilles de plus de cent cinquante ans ployaient dangereusement ; les canalisations d'acier, renforçant par endroits la structure de bois existante, peinaient à supporter le plafond. Même les colonnes porteuses présentaient des signes de faiblesse. Les quatre mille trois cents mètres carrés qu'ils partageaient à trois ne suffisant pas à leur intimité, les Russes avaient fait insonoriser tout l'étage avec de la fibre de verre, ce qui fragilisait d'autant l'édifice. Des fenêtres en bois de facture récente, à vitrage simple et meneaux, remplaçaient parfois les anciennes, mais plus souvent les courants d'air traversaient des encadrements pourris. Certaines vitres avaient été badigeonnées à la chaux et la lumière du jour passait très mal. On devinait à peine le temps qu'il faisait dehors. En bref, rien n'allait mais tout était là, ils disposaient de dix-sept pièces en bas et vingt-sept en haut, soigneusement peintes dans des tons choisis. Ils avaient préféré à l'isolation thermique, inexistante, le fini des couleurs, parfois travaillées de nuances ou d'arabesques très fines. Clara traversait des salles à peu près désertes, dont la température ne dépassait pas de beaucoup celle de l'extérieur, mais toutes en habit de bal, attifées de longues traînes lumineuses aux motifs entrelacés. Elles se regardaient de miroirs en miroirs comme si elles échangeaient des souvenirs. Elles se serraient gaiement les unes les autres et portaient sans gêne leurs faux bijoux, une reproduction de vieille toile accrochée au cou d'un pilier, un meuble bas destiné à cacher un eczéma de briques rouges ou une bibliothèque en sautoir, et des coiffures compliquées d'épais rideaux, et des manivelles jaunies traînant au ras du sol, comme des souliers à boucles dorées. Tout pour la galerie. Il n'y avait rien de plus fier que ces pièces qui dansaient dans le froid.

Alexeï précisa à Clara le nom et les titres de chacune : ici le Cabinet-lanterne, pour le travail personnel, là le Petit salon, réservé aux « visiteurs spéciaux », ailleurs la Salle de billard, où avait été placé un vieux *Dynamo* de brocante. À l'intérieur de chacune, une grosse horloge électrique, semblable à celles installées dans les halls de gare, retenait le temps de ses longs bras maigres et tremblants, en laissant filer chaque seconde à regret. Ce petit claquement répétitif possédait l'art, mine de rien et en faisant semblant du contraire, de vous placer hors du siècle. Aux heures rondes se déclenchait une sonnerie stridente venue d'en haut. Accrochés au plafond, des néons diffusaient partout la lumière blanche, aveuglante, d'un champ de neige en plein jour, dans laquelle se découpaient les sombres géométries de l'usine. Tout rutilait de couleurs neuves. Les lignes des piliers et des conduites de gaz en ressortaient plus nettement et traçaient les cadres où Alexeï installait ses tableaux vivants. On avait beau chercher un coin sombre pour se reposer les yeux et reprendre des forces, partout se manifestait la volonté obstinée de ne rien laisser dans l'ombre, ou alors seulement, dans les angles, la sienne réfléchie sur le ciment en plusieurs exemplaires. Ce violent éclairage étourdissait et donnait la berlue. On finissait par voir ce qu'on voulait nous faire voir : dans le bleu, la mer qui grossissait au large de Saint-Pétersbourg ; dans le vert, un corsage de lamé ; dans le noir, la robe lumineuse d'un cheval du Don ; dans le gris, la fumée d'une bataille ; dans le rouge... Les Russes avaient inventé un endroit de rêves, où même Clara s'amusait à divaguer. Elle pressentait que les mystères de cette câblerie fantastique, aberrante, s'évanouiraient un jour ou l'autre. Autant donc s'y laisser prendre.

Le rez-de-chaussée s'organisait autour d'une immense salle centrale, qu'Alexeï appelait le Vestiaire. Elle avait bien trente à quarante mètres de long. Ce n'était pas une pièce où l'on *passait* simplement : il fallait prendre le temps de la traverser. De fines poutrelles en faisaient le tour, sur lesquelles étaient accrochés des centaines de cintres en aluminium. Seuls quelques manteaux, plus le bonnet de Clara fixé à une pince, pendaient par endroits en prenant la suie ; tous les autres cintres se balançaient dans le vide. Les vents du dehors, qui s'engouffraient par les fissures des murs extérieurs, se nouaient là en de minuscules tourbillons. On prenait au passage de bonnes claques d'air froid. Les cintres s'agitaient et bruissaient comme une foule qui attend, en se frottant les uns contre les autres. Alexeï marcha sur toute la longueur de la pièce et les passa en revue. Il contrôlait leur bon alignement. Parfois, il en saisissait un, le replaçait à sa convenance, et lui donnait une petite tape tandis que les autres à côté se mettaient à carillonner timidement. Ou alors, il hochait la tête d'un air pensif. Quant à Clara, elle était restée à l'entrée pour tenter de récupérer son bonnet, qu'elle souffrait de voir ainsi maltraité, distendu, écroué entre deux grosses tiges de métal. Tandis qu'Alexeï faisait son manège là-bas à grands pas cadencés, elle se rapprocha progressivement de son objectif. Après un dernier saut de carpe, elle saisit le cintre à deux mains et, incapable de comprendre le mécanisme des pinces, le secoua dans tous les sens, en s'acharnant inutilement. La voix de son hôte retentit entre les barres de métal et la fit sursauter. Elle lâcha prise. « Un jour, savez-vous, il y aura sur tout ceci les vestes et les pardessus de nos amis. » À l'autre bout de la salle, enveloppé dans son habit noir, il paraissait encore plus petit, et à vouloir jouer au baryton, sa voix dérapait dans les aigus. Il ne parvint qu'à s'égosiller.

– Oh, bien sûr... Vous allez organiser une fête ? hurla-t-elle.

– Une fête... murmura Alexeï dans son coin. Vous autres, vous ne pensez qu'à cela...

– Quelle bonne idée ! Un bal, même ! On pourrait donner un bal ici !

Ses cris résonnaient dans le vide.

– Un grand bal russe ! Les hommes en smoking, les femmes en robe longue, de la valse, des masques aussi, n'est-ce pas ?

Elle avait abandonné son bonnet. Les bras grands ouverts, la tête rejetée en arrière, elle se dressa sur la pointe des pieds, fit un joli tour sur elle-même, et esquissa quelques pas, trois par trois, qui dessinèrent dans la poussière du sol des figures de valse très simples. Elle ferma les yeux en passant dans un rai de lumière. Elle imaginait des lustres suspendus aux croisillons de fer, et tout là-bas, séparé d'elle par la foule, Alexeï en arlequin avec son sabre de bois. L'orchestre jouait Tchaïkovski à côté du vieux treuil et de petits groupes riaient sur les côtés. Elle se dirigea doucement vers son hôte, en chavirant à droite et à gauche, en lançant même ses pieds sur le côté, tentée par le be-bop. Tout cet espace l'enivrait. Alexeï la regardait jouer des jambes sans rien dire. Il eut un léger mouvement du buste, mais se retint. Lui aussi écoutait la musique. « Un grand bal russe... » Il pensa à celui qui se donnait tous les ans à New York, dans les somptueux salons du *Pierre*. À aucun prix il ne se serait mêlé à cette petite aristocratie en mal de dorures. Il était bien mieux dans sa câblerie, surtout en compagnie de cette jeune femme qui ne se débrouillait pas si mal avec l'*âme russe*. Il attendit patiemment qu'elle vienne s'arrêter devant lui. Clara semblait essoufflée et transpirait légèrement. Elle rayonnait.

– En uniforme, plutôt, lui dit-il.

– Pardon ?

Elle prit le bras qu'il lui offrait, d'autant plus volontiers que c'était pour elle une première fois.

– Pas en smoking : en uniforme, répéta-t-il en souriant.

Il se tourna avec précaution, entraînant Clara avec lui, gagna le fond du Vestiaire, et tira une lourde porte en fer. Bras dessus, bras dessous, tous deux pénétrèrent dans une pièce entièrement blanche, où les miroirs se renvoyaient les uns les autres la lumière extérieure dont aucun ne voulait. Ce n'était pas une couleur triste de maison en travaux, mais une blancheur d'ivoire, lourde et définitive, presque bleutée. Après le vert pomme du Vestiaire, on entrait brutalement dans de la glace, et on ralentissait d'instinct, comme si l'on craignait de glisser ou de la faire craquer. En plein milieu, occupant presque toute la largeur de la salle à manger, était dressée une table rectangulaire, sur laquelle on avait soigneusement disposé de simples couverts en acier chromé. Les fourchettes mordaient la nappe à pleines dents ; un chandelier en cuivre posé *exactement* au centre brandissait trois bougies neuves en forme de trident. La moindre salière semblait avoir une place très étudiée. Clara gardait la main droite le long du corps pour éviter de rien renverser. Elle compta vingt-deux assiettes, dix de chaque côté et deux aux extrémités. « Ça explique mieux les cintres », pensa-t-elle. Cela lui suffit pour considérer l'énigme résolue.

– La pièce est orientée à l'ouest, indiqua soudain Alexeï en desserrant son étreinte.

– Ah tiens ? L'ouest... à gauche, donc ?

– Oui. Quand on dîne au soleil couchant, c'est comme s'il y avait du feu partout. Nous aimons beaucoup cela. Chkourine avait incendié sa propre maison pour distraire Pierre III.

– Pas de quoi en être fier, tu sais.

Cet enfant devenait insupportable avec sa pyromanie érudite.

Alexeï garda le silence, un silence très personnel que Clara apprit à reconnaître. On sentait qu'il y prenait plaisir. Il ne réfléchissait pas à ses mots ni à rien d'autre. Il se pétrifiait. Clara se mordit les lèvres et patienta. Seules leurs deux respirations se répondaient en écho et animaient ce monochrome. La pièce ne contenait aucune horloge, ce qui, par contraste avec le reste de la câblerie, renforçait la sensation de caisson isolé. Alexeï avait tourné le dos à Clara et regardait au-dehors comme si la neige tombait. Il faisait le mort jusqu'à la prochaine réplique. Se croyait-il dans une pièce de Tchekhov ? Alexeï de dos devant sa vitre avait conquis d'emblée une situation précieuse, brillante, inexpugnable ; il semblait serti dans le cadre de la fenêtre comme dans un chaton de bague.

À travers ses fenêtres de la rue des Trois-Médailles, faute de steppes enneigées, Alexeï devait se contenter d'un médiocre jardinet puis, en contrebas, du bassin d'une ancienne citerne à mazout, creusé à même le sol, et à présent rempli d'eau. Cela faisait un affreux petit lac sans oiseaux, encadré par les minces bouleaux des poteaux télégraphiques, et où les tuyaux rouillés de la cuve, entourés de fils de fer, ressortaient comme des joncs. Au-delà, le sol remontait en pente douce, jonché de débris de ferraille qui s'alignaient en plates-bandes. On devinait, de l'autre côté des massifs de barbelés qui bouchaient la vue, une route où quelquefois passaient lentement, en seconde à cause de la côte, des camions comme des bancs de nuages bas, qui pommelaient ce vallon argenté, luisant de tous ses reflets de métal.

– Taisez-vous, dit doucement Alexeï après dix minutes de cette paix glacée. Vous ne savez pas de quoi vous parlez.

Il reprenait le cours de ses pensées là où il l'avait laissé. Clara était en train de rêvasser et elle s'excusa sous le coup de la surprise.

– Tout est pareil, poursuivit-il. Tout est encore pareil... Aujourd'hui j'ai joué, j'ai mangé, plaisanté avec Igor, et beaucoup dormi. Quel ennui !

Il disait cela avec fierté.

– Joué à quoi ?

– Je vais vous montrer.

Clara commençait à souffrir de la température. La câblerie avait beau piéger les courants d'air dans un labyrinthe de parois de plâtre et de corridors tordus, il y régnait un froid doux, insidieux, qui ne se déclarait pas avant d'avoir pénétré l'intérieur des chairs ; un froid pétersbourgeois, nourri de l'humidité des baquets de rinçage, qui vous prenait tout à coup et ensuite ne vous quittait plus. Il vous laissait pieds et poings liés, glacés jusque dans les moindres articulations. On se prenait à marcher aussi raide qu'une marionnette.

Alexeï passa par une petite porte et poursuivit la visite du rez-de-chaussée. Le flanc nord se composait d'une salle de billard blanche, d'un salon de jeu vert pâle, puis à l'extrémité est d'une salle de danse bleu et or, dont Clara perplexe n'osa pas demander l'utilité. En guise de moulures, de fines conduites de cuivre couraient au plafond. « Ces trois pièces sont réservées aux distractions », expliqua-t-il d'une voix qu'il s'efforçait d'ajuster au mieux, mais qui faisait toujours des embardées dans les aigus. « Ce sont ces *distractions* que je considère comme des jeux », précisa-t-il. Clara suivait sombrement. En entrant dans le salon de jeu, elle marcha par inadvertance sur une plaque de tôle ondulée. Un long grondement circula entre les étagères, menaça les bilboquets, les toupies géantes et les poupées russes, passa sous les arceaux de croquet plantés dans le ciment, fit trembler les cartes à jouer qui tombèrent comme des feuilles mortes, et roula du tambour devant quelques médiocres puzzles représentant les principaux personnages de l'histoire russe. Ce coup de tonnerre inattendu devait faire partie des *distractions*, car Alexeï l'écouta religieusement : une canonnade dans le lointain, le feu de flanquement de Poltava...

Alexeï parla à Clara de sa passion pour le croquet, et du plaisir de chasser la boule de l'adversaire hors du terrain. « On oppose couramment ce coup au *roque*, qui consiste à pousser l'autre avec soi, à le prendre en chemin, et qui génère un système d'alliances implicites voué à disparaître avant le piquet final. Toute la subtilité du jeu consiste à anticiper le moment précis où votre nouvel ami sera tenté de vous envoyer rouler à l'autre bout du terrain. Et une fois franchi le dernier arceau commence cette lugubre ligne droite où l'on se trouve bien obligé, malgré les promesses et même parfois les loyautés, de passer au chacun pour soi – à moins d'être assez poète pour s'inventer des points d'honneur et se retirer sur le bas-côté, romantiquement niché dans l'herbe haute, mais alors à quoi bon se mettre à jouer, n'est-ce pas ? » Tout en parlant, Alexeï désignait au sol les différents arceaux, disposés suivant le parcours réglementaire. « Le temps d'une partie, on peut donc fraterniser, trahir, supplier, haïr, et même se permettre quelques gestes fous ; on se retrouve à hésiter entre les calculs de la stratégie et les tentations de la vengeance ; on ne résiste pas au plaisir simple d'un bon coup de poignard dans le dos. Il y a toutes les diplomaties du monde dans un jeu de croquet », affirma-t-il pour conclure par une jolie formule qui resta impénétrable à Clara. Il s'était saisi d'un maillet avec lequel il faisait négligemment des moulinets. Il frappa même une boule qui traînait là et qui passa droit dans l'arceau central, en faisant sonner la petite cloche traditionnellement suspendue à mi-parcours. Il semblait content de son coup. « Vous avez vu ? » dit-il gaiement. Il s'autorisa un petit développement.

– Je possède différentes manières de jouer qui correspondent aux tempéraments de... bon... par exemple, j'ai le jeu Maréchal de Munich, à coups serrés, le jeu Gatchina, par amour de l'art en quelque sorte, le jeu Prince Italiyski bien sûr (il leva la tête vers l'un des puzzles et resta en admiration), et le jeu Pierre III, le plus amusant, qui consiste à trahir ses propres troupes au dernier moment et à rendre victorieux l'adversaire que vous avez massacré. Enfin, ce n'est que du croquet, conclut-il, et ce terrain est un peu court.

Ils traversèrent un couloir nord-sud qui les amena de la salle de danse aux « pièces de travail » : le cabinet amarante, le cabinet commun vert pâle, et enfin le Nouveau cabinet, bleu vif, d'un bleu à donner mal au crâne. Cela laissait supposer qu'il y en eût un Ancien, comme si la câblerie avait existé de tout temps. « C'est là que tu fais tes devoirs ? » demanda Clara. Alexeï hocha la tête d'un petit coup sec. « Oui, cela peut se dire ainsi : mes devoirs. » On se le représentait mal en classe, récitant ses leçons. Qu'advenait-il de lui quand il sortait de son royaume de couleurs et d'acier ? Alexeï semblait vivre seul, entouré à distance d'une foule grouillante et costumée qu'il maniait à sa volonté. Il ne pensa pas un instant à retourner la question et à s'informer du métier de Clara, de sa vie hors de la câblerie. Ça n'existait pas.

Chacune des pièces de travail contenait quantité de livres dans toutes les langues, divers cahiers, classeurs et dossiers empilés, ainsi que des cartes de géographie déployées par terre et gribouillées avec des feutres de toutes les couleurs. L'espace ne manquait pas et on en profitait : sur des dizaines de mètres s'entassaient, dans un désordre apparent, des monceaux de papiers manuscrits et de documents typographiés. Dans le cabinet amarante se trouvait en outre une table-damier en acajou de Cayenne assorti à la couleur des murs ; dans le Nouveau, une demi-douzaine d'ordinateurs destinés au travail d'Igor (« informaticien », lâcha son neveu avec une profonde indifférence) ; et dans le cabinet commun, un plein mur de portraits de famille. Les ancêtres mâles d'Alexeï, qui auraient été bien surpris de se retrouver adossés à une cloison d'usine, portaient de longues moustaches en accolade et des uniformes de cérémonie. Presque tous parvenaient à cette absence d'expression si caractéristique chez Alexeï. Ils pouvaient se permettre de ne rien faire de leurs traits naturels, comme d'autres de leurs dix doigts. Ils n'avaient pas besoin de figurer et le savaient. Cela leur donnait un air absent, presque idiot, extrêmement redoutable, et qui valait pour toute ressemblance de famille. Quant aux femmes, elles se tiraient les robes jusqu'aux pieds et les cheveux en arrière.

La salle amarante était destinée aux parties de dames. Alexeï n'aimait pas les échecs, ayant trop de respect pour les rois, par contre il lui plaisait par-dessus tout d'aller à dame, et de prendre ensuite les autres pions sous ses jupes, en de grands allers et retours de courtisane à éventail. À l'entendre discuter de *dames*, on devinait qu'il leur réservait ses seuls moments de tendresse. Dans cette pièce mieux chauffée, que la lumière de fin d'après-midi rosissait, il se laissa aller à une certaine féminité. Il libéra ses mains, ses bras, son cou et le bas de son corps, d'habitude si raides ; il fit des ronds de jambe en dégourdissant ses articulations, avec des souplesses inattendues dans les mouvements des doigts, ou une coquetterie soudaine à la cheville. La tunique s'animait et faisait des plis de robe d'été. Alexeï savait jouer de ses avantages et mettait à profit ses vieilles leçons de ballet classique. Il devenait d'une légèreté exceptionnelle. Peut-être la présence de Clara y était-elle aussi pour quelque chose. En tout cas, cette grâce lui allait si bien que l'on comprenait pourquoi Alexeï ne se la permettait qu'ici. Il suffisait de regarder danser ses pieds quand il faisait le tour de la table de jeu, décollant sur leurs quarts et leurs demi-pointes, tricotant l'un sur l'autre, à l'envers et à l'endroit, pivotant sur le côté avec les hésitations d'une toupie qui titube, pour imaginer devant soi l'une de ces ballerines éthérées qui ne sourient jamais. Son visage glabre et sérieux semblait tout simplement celui d'une fille. Il laissait traîner le bout des doigts sur l'acajou en regardant ailleurs. Son manège étourdissait Clara. Il ploya le cou avec une aisance de cygne et jeta un coup d'œil derrière lui pour s'assurer qu'elle était conquise. Tout devenait clair : sa pâleur de vierge, sa frange *à la garçonne*, sa taille d'allumeuse, sa voix d'oisillon, ses manières lentes et calculées... Alexeï se comportait en fillette, jusqu'à s'autoriser un très léger déhanché, inimaginable dans la pièce d'à côté où il marchait encore au pas de parade. Il faisait des grâces à Clara, qui se décida à enlever son manteau. Il le lui prit des mains et le suspendit à un piton de fer fiché dans le mur, tout en poursuivant sa chorégraphie. Elle rit en le voyant faire des figures avec le manteau. Il se glissait devant, derrière, sur le côté, comme un torero autour de sa cape. Encouragé, il sautilla de manière très comique. Clara s'esclaffa de plus belle. Alexeï salua avec une jolie révérence puis se redressa. Ils restèrent debout l'un en face de l'autre dans cette lumière rose. Elle balançait tendrement les hanches et les épaules, encore émerveillée par ce mouvement de pied inattendu.

Alexeï reprit son air grave et lui indiqua une chaise sans plus de façons. Elle obtempéra et il s'assit en face d'elle. Très vite, il se saisit d'une pièce de chaque couleur, ne prit même pas soin de les mélanger, et tendit ses deux poings en avant, en les serrant l'un contre l'autre. Clara n'osa pas toucher. Elle remarqua la maigreur de ses mains. Elle voulut faire un geste, puis se ravisa aussitôt. Elle ne pouvait vraiment pas. Ce devait être si précieux, si fragile ! Elle demeura interdite devant cette rangée de créneaux osseux, si prononcés que leur blancheur transparaissait sous les irisations sanguines de la peau. Finalement, elle se contenta de pointer l'index et Alexeï parut satisfait de cette initiative. Elle avait les noirs.

Ils engagèrent la partie. Pour un connaisseur, même modeste, du jeu de dames, celle-ci fut aberrante. Si aucune règle n'obligeait à prendre, elle aurait pu durer infiniment, tant les deux adversaires se fichaient du sort des armes. Réfractaire depuis l'enfance à toute idée de tactique, Clara guettait avec impatience les occasions de saute-mouton, qui l'amusaient chaque fois et même (là était le drame) indépendamment de la couleur des pièces. Les percées ennemies, pourvu qu'elles fassent beaucoup de zigzags, la rendaient hilare. Elle s'attristait seulement de cette pénible situation où l'on doit vaincre contre son gré, tout à fait aux antipodes de la séduction, où l'on perd avec plaisir. Quant à Alexeï, il affichait une indifférence *royale* au fait de perdre ou de gagner. Elle s'en aperçut et en resta troublée, ayant l'habitude de jouer avec son frère. Elle lui offrit volontairement quelques occasions, qu'il chercha d'abord à esquiver, puis finit par saisir avant qu'elles ne deviennent trop voyantes. Il craignait de paraître affecté. Clara apprécia assez cette élégance pour s'efforcer de gagner. Elle mit même au point des stratégies, des petits pièges dans lesquels Alexeï se fit une joie de donner. Il mangea sans hésiter les deux pions noirs qui s'étaient avancés et elle lui en reprit quatre. Il alla une fois à dame mais se retrouva pris dans un chassé-croisé infernal avec les deux dames noires. Enfin le dernier blanc fut mis en fuite. Il se cogna contre tous les bords du damier comme une mouche sur une fenêtre et tomba mort. Alexeï tapota le pion contre l'acajou d'un air satisfait.

Au sortir de la salle amarante, Alexeï emprunta le couloir en arc de cercle qui menait à l'aile sud. La course reprenait. L'ancien entrepôt dans lequel ils pénétrèrent n'avait pas été repeint et les faibles néons qui l'éclairaient diffusaient une lumière bleutée de crypte. On y sentait une forte odeur de cambouis, établie là depuis plus de cinquante ans, et qui imprégnait entièrement les lieux en se collant aux murs, aux meubles et aux vêtements. On sortait de cet endroit graisseux jusqu'à la moelle, avec la sensation d'avoir traversé un long tunnel. Les fenêtres en verre armé renforçaient l'obscurité.

– C'est là qu'habitent mon oncle et ma tante, dit Alexeï.

– Les deux I ?

– On vous a dit cela ? rétorqua-t-il avec insolence.

– Eh bien...

– Oh ! je m'en fiche.

Il marchait de plus en plus vite. Clara trottait derrière lui.

– Ils ne doivent pas beaucoup voir le jour, ajouta-t-elle après un silence.

– Non.

– Et ça ne les dérange pas ?

– Non.

Ils parvinrent finalement à l'extrémité de l'aile sud, presque au niveau de la grille d'entrée, que l'on entendait battre avec le vent. Là se trouvait le Petit salon réservé aux « visiteurs spéciaux ». Dans un halo de poussière bleue, comme au music-hall, surgit par une des portes de côté une grande femme blonde, au visage joufflu. Elle avait un nez camus et des pommettes très marquées, très rouges, tendres et duveteuses comme la peau d'un fruit. Ses cheveux étaient ramenés en arrière par paquets de grosses mèches claires et prenaient le peu de lumière de la pièce. Quelle santé, pour résister ainsi à cette vie de taupe ! Seul le grain de la peau, légèrement poussiéreux comme sur les photos tramées, témoignait d'une bonne trentaine d'années de privations.

– Bonjour jeune fille, dit Irina (cela faisait bien longtemps qu'on n'avait pas appelé Clara ainsi). Vous êtes sans doute l'amie d'Alexeï.

– Eh bien... mais oui...

– Bienvenue ici. Je suis la petite-fille de Roza Shanina.

Ce nom illustre ne semblait rien évoquer à Clara. Elle s'en excusa fort simplement et Alexeï fit les présentations.

– Le sergent-chef Roza Shanina est considérée comme l'une des héroïnes de la Grande Guerre Patriotique. Rapidement promue tireuse d'élite, elle abattit cinquante-quatre hommes avec un banal Moisin modèle 1891/30 à viseur télescopique. Sans compter les bavures, évidemment. Elle a été décorée de l'Ordre de la Gloire deuxième et troisième classes. Les Soviétiques n'ont jamais eu beaucoup d'imagination pour les médailles, ajouta-t-il après réflexion. Ils n'ont pas le sens du clinquant. Et sans petits biscuits à tranches dorées, où va l'honneur ?

« De plus, poursuivit-il tout aussi sérieusement, Irina est ma *niania* – vous diriez : ma nounou.

Clara écouta distraitement ces histoires de femme-soldat. Elle regardait Irina, qui se tenait raide dans une étroite blouse grise, prolongée par un col Mao rigide, et fermée par une série de boutons carrés. Une large ceinture d'homme, en cuir marron, serrait le tissu un peu trop haut au-dessus des hanches et laissait bouffer le bas. Elle contempla cette beauté sans grâce, conquise avec acharnement au fil des ans comme l'on gravit les échelons d'une carrière. Irina était belle à l'ancienneté et le montrait avec fierté. Sa poitrine se rangeait réglementairement sous le tissu râpeux. Clara remarqua ses yeux vairons, dont l'iris foncé était cerclé d'un anneau blanchâtre. On ne pouvait imaginer une plus grande lueur de méchanceté. Irina s'inclina comme l'avait fait Igor et Clara suivit des yeux le mouvement des deux anneaux blancs sans pouvoir s'en détacher. Elle comprit alors toute la ruse de ce visage si avenant, de ce corps si séduisant. Irina hypnotisait ses victimes avec son œil de basilic et ses cheveux blonds, puis prenait le temps pour bien viser. À côté de ce prodige d'inhumanité, le gros Igor faisait bien rire, avec ses épaules en tringle à rideau sur lesquelles coulissait gentiment le reste de sa masse. Être écrasé, quelle rigolade ! Tout paraît charmant quand on réchappe à l'envoûtement. Les deux I faisaient bien la paire, et encadraient Alexeï d'un solide portique défensif, sous lequel il pouvait s'avancer en toute confiance.

La digne descendante du sergent-chef n'accorda pas plus d'attention à la *jeune fille*. Elle se tourna vers Alexeï, lui murmura quelques mots à propos de la venue prochaine d'OTMA, et annonça que le dîner serait servi comme tous les jours à neuf heures. Elle lui demanda si par hasard il avait des souhaits particuliers, s'il attendait des invités, s'il fallait sortir le grand service de table... Comme tous les jours, Alexeï répondit non.

– Neuf heures précises, ajouta-t-il.

– Quel enfant gâté, dit gentiment Clara en s'adressant à Irina.

Voilà un gosse qui s'y croit, poursuivit-elle en elle-même. Mais tout le monde s'y croyait un peu, et Irina demeura interdite. Alexeï devint tout violet.

– Mais ce sont les horaires de Paul Ier ! hurla-t-il. Il semblait choqué. Vous, à quelle heure déjeunez-vous ?

Il regardait dans le vague et personne ne répondit. Le soir tombait et la lumière bleue se faisait de plus en plus sombre. L'odeur de cambouis commençait à indisposer Clara.

– Dorénavant, ce sera à treize heures ! Après tout, vous ne valez pas mieux que la baronne Stroganov, ajouta-t-il.

Le silence tomba une nouvelle fois. Clara ne tenait plus debout. « Ah bon, treize heures... » dit-elle mécaniquement. « Comme Paul Ier, alors... » Elle tourna la tête à droite et à gauche, mais ne vit partout que cette monotone noirceur de tunnel qui rendait impossible toute orientation. Elle entendait toujours le bruit de la grille d'entrée derrière le mur et avait hâte de retrouver le vent du dehors. Alexeï ricana sans desserrer les dents et Irina lui sourit tendrement. Elle s'amusait à observer cette scène muette, bien dans les habitudes de la maison. Elle connaissait les fantasmes de son neveu, elle pouvait les deviner à la couleur de ses joues, et elle avait déjà dû voir jusqu'où il pouvait les mener. Elle regarda avec complicité le vieux manomètre à ressort qui traînait contre le mur et dont l'aiguille était fixée depuis des dizaines d'années sur 35 baryes. Elle patienta un peu avant de prendre la parole puis, fit la tante en baissant ses paupières :

– Oui, c'est notre petit prince, dit-elle à Clara avec une niaiserie admirable.

– Eh bien je crois qu'il est temps pour moi de prendre congé de Sa Majesté.

Ces mots détendirent tout le monde. Alexeï raccompagna Clara dans le vestibule industrialo-égyptien, et se borna à indiquer que ses propres « appartements » se situaient au premier étage. Clara s'étonna du mot mais ne broncha pas. « Après tout, ce n'est pas sa langue », pensa-t-elle. Alexeï l'invita à revenir. Elle opina sans y croire, salua maladroitement en agitant les mains et sortit enfin. Une fois dehors, elle s'aperçut que la nuit était tombée. La bise glaciale agitait un timide crachin. Tant qu'elle traversait la cour, Clara se trouvait encore sous la menace de la grosse masse sombre, miaulante sur ses vieux gonds rouillés, hérissée de tous ses tuyaux comme un chat en colère. Mais dès qu'elle atteignit la rue, elle se sentit de retour sur le sol mal pavé de son monde familier. Elle éprouvait le même soulagement qu'Antonin après une trop longue méditation sur la condition humaine : « Ce n'était donc que cela ! », des rêveries grandes et vides de quatre mille trois cents mètres carrés, tout juste bonnes à se faire peur... Clara profitait de sa liberté recouvrée. Elle chantonnait plus haut et plus faux que d'ordinaire, dans l'espoir de venger ces quatre-vingt-dix minutes de silence forcé, qu'elle avait entendues passer une à une sur les énormes horloges, maniaquement synchronisées, qui ornaient chacune des pièces. Elle avait oublié son bonnet sur le cintre à pinces mais ne s'en souciait guère. Elle s'abandonnait avec plaisir, *en cheveux*, à ce triste temps de fin d'automne, et inspirait de grandes bouffées d'air frais. Le vent la décoiffait. Elle descendit la rue des Trois-Médailles en gambadant.

Clara se sentait d'autant plus libre que personne ne venait troubler sa solitude. Le petit docteur faisait toujours le malin au-delà des mers. Sa nouvelle existence lui procurait une immense fierté – comme si les modifications spatio-temporelles changeaient quoi que ce soit à la nature des êtres, ajoutait Antonin jaloux dans ses rares moments de bonne humeur, prenant le parti qui l'arrangeait dans le débat Leibniz-Kant. Le petit docteur était de ces hommes humbles et tranquilles, si agréables à vivre, qui trouvent en eux des fatuités insoupçonnées quand un mauvais hasard les place un peu trop haut. Il faisait le coq avec son badge de *Saint Luke's hospital*, arpentait inlassablement les couloirs de l'hôpital en jouant avec les plis de sa blouse verte, affectait un certain débraillé et profitait de chacune de ses pauses pour faire le tour du *block*. Il poussait parfois jusqu'à *Columbus Circle* et dévorait des yeux la clientèle du *Mandarin Oriental*. Quand son planning d'opérations lui en laissait le temps, il rentrait dans l'hôtel tête haute et allait prendre un Coca au bar du trente-huitième étage qui domine le *Park*. Assis à côté de la vitre, il se sentait très sûr de lui. « Quel dommage que Clara ne voie pas ça », pensait-il. Il essayait de reconnaître un à un les immeubles de *Central Park South* mais hésitait toujours sur l'emplacement du Ritz. Puis il jetait un coup d'œil affairé à sa montre, laissait un pourboire de très exactement quinze pour cent et traversait le bar à grands pas. Cela valait la peine de vaincre sa peur des ascenseurs.

Avant les opérations, il croyait de bon ton, ou du moins d'une élégance si française, d'aller ouvrir lui-même la portière arrière des limousines quand ses patients le méritaient. Il apercevait à l'intérieur les verres à whisky et en restait sans voix. Croirait-on qu'il eut un frisson d'orgueil luciférien à entailler de bas en haut, dans les limites du carré vert de rigueur, la bedaine lisse et blanche comme une hostie du responsable du trading obligataire chez *Goldman Sachs* ? Qu'espérait-il y trouver ? Des dollars ? Certains soirs, après avoir lu et relu *Time Out* un stylo à la main, il entraînait l'anesthésiste et deux infirmières dans le *Meatpacking district* ou le *West Village*, s'essayer aux modes new-yorkaises. Ils s'ennuyaient tous à mourir et discutaient de la dernière hétéroplastie ou d'un cathétérisme difficile en essayant de couvrir le bruit de la musique. Les mannequins ratés qui prenaient les commandes esquivaient leur table d'une démarche de *catwalk* et les laissaient parfois partir comme ils étaient venus, sans avoir rien bu, maudissant la lenteur du service. Les trois collègues américains du petit docteur se demandaient bien ce qu'il leur voulait mais acceptaient toujours ses propositions, par réflexe national. Ils n'avaient aucune idée de la torture morale à laquelle était livré cet homme du vieux continent.

Clara assistait à cette évolution avec indifférence. Elle ne se trouva vraiment contrariée qu'à partir du jour où son promis découvrit une carte de téléphone à quinze dollars. Lui qui faisait toujours preuve d'une discrétion charmante lorsqu'il exerçait rue des Trois-Médailles, il bavassait désormais des heures entières et se perdait en détails sur les usines à viande et les boîtes *RNB* qui les jouxtaient. Clara ne cherchait pas à comprendre. Elle ne s'inquiétait que d'une chose, à savoir de la fidélité de son futur époux, qu'elle trouvait assez exagérée. Elle aurait préféré un petit frisson de jalousie, une passade sulfureuse avec une garce d'*Alphabet City*, une femme adultère de *Park Avenue*, une trentenaire *single* comme il y en a tant, ou même une étudiante de la *Columbia*. Au lieu de cela, quelle déception ! Le petit docteur se laissait obnubiler par les *top models* en vogue dont il avait découpé les photos et qu'il voyait passer à « quelques centimètres » de lui (il insistait sur ces quelques centimètres comme s'il s'agissait d'une notion spatiale), et en qui Clara peinait à voir autre chose que des femmes de métier. Elle se lassait de ces fausses aventures outre-Atlantique, de ce dépaysement truqué, et comprenait mal que l'on puisse y sacrifier le charmant cabinet des Trois-Médailles avec ses plantes vertes et ses reproductions d'affiches anciennes. Petit à petit, elle ne pensa presque plus à « son ami », ou alors avec un dédain affectueux, quoiqu'elle demeurât aussi résolue à l'épouser à son retour. Elle n'avait jamais faibli dans ses résolutions et ne permettrait pas à ce petit flambard d'y changer quoi que ce soit. Elle lui en voulait non de céder aux tentations, mais de les placer si bas.

Enfin ! elle lui donnerait des enfants et le rendrait heureux, il n'y couperait pas. Moins elle accordait d'estime à la manière de vivre de son fiancé, plus elle était convaincue qu'il ferait un mari idéal – un mari et rien qu'un mari, tout à fait ce qu'elle se souhaitait. S'il n'y avait pas eu ces complications russes, elle n'aurait pas boudé ces six mois de solitude, les premiers de sa vie véritablement, car son propre commerce lui semblait très agréable et même suffisant. Elle se découvrait une certaine force. Comme rien ne lui manquait et qu'elle éludait avec grâce les petites tristesses de la vie, la mélancolie lui demeurait inconnue. Au travail, elle apportait la bonne humeur à tous les gens de l'atelier, y compris à la spécialiste des puzzles blancs, assez renfrognée de nature. Elle avait toujours un mot pour chacun, à tel point qu'un nouveau venu l'avait une fois prise pour la patronne. Elle en avait ri toute la journée : « Moi, patronne ! » Rien ne troublait son équilibre quotidien ; ou plutôt, il tenait grâce aux mille vétilles qu'elle s'inventait sans cesse. De plus, elle ne détestait pas dormir seule et s'agiter dans le lit comme bon lui semblait. « L'inconvénient de la bête à deux dos, ce sont les quatre pattes », avait-elle dit assez sèchement à son fiancé qui faisait des plaisanteries au téléphone. L'amour ne lui manquait pas. Le petit docteur pouvait bien passer le temps qu'il lui plairait à ouvrir des corps consentants sous les projecteurs à halogène du bloc opératoire.

La cohabitation avec Antonin devenait cependant de plus en plus difficile. Son frère ne cessait d'enfler en ressassant quelques mots grecs. Clara observait avec inquiétude l'apparition hebdomadaire de nouveaux muscles, complètement inconnus jusqu'alors, flanqués en remblai dans le creux de l'épaule, rajoutés en dos d'âne sur la courbe des hanches d'ordinaire si douce, si féminine sur le corps de l'homme, ou bien moutonnant sur tout le dos comme un ciel d'orage ; et Dieu sait où encore. Assis à table en face de sa sœur, Antonin mangeait en silence avec des mouvements désordonnés. Il semblait avoir pris la résolution de ne se déplacer que torse nu dans la cuisine et poussait de temps en temps de grands soupirs qui faisaient saillir sa musculature. Sa maladresse atteignait des proportions inquiétantes. Malgré les timides suggestions de sa sœur, il s'entêtait. Il ne voulait lâcher ses haltères sous aucun prétexte. Avec ce frère à moitié idiot, le quotidien dans ce trois-pièces sans vestibule égyptien perdait son charme. Les choses revêtaient petit à petit une teinte lugubre que Clara n'avait jamais aperçue jusqu'ici. De plus, la pleureuse profita de l'absence de son mari et de ses enfants, partis visiter leur grand-père malade, et de cet embryon de malheur réel (elle avait appris à se contenter de peu), pour youyouter de plus belle. Sous le ciel de novembre, sa complainte passait moins bien. Les voisins finirent par se plaindre, mais personne n'osa en dire un mot à l'assemblée générale des copropriétaires, où pourtant on n'en était pas à une pudeur près. Clara frissonnait chaque fois qu'elle entendait la vieille. Ainsi commença pour cette jeune femme de bon aloi ce que les historiens russes nomment prudemment le « temps des troubles ».

La deuxième fois que Clara se rendit à la câblerie, elle ne put retenir un cri en apercevant Alexeï. La peau de son visage était toute bleue, tellement enflée qu'il pouvait à peine ouvrir les yeux. Il donnait la main à Igor et marchait très lentement. Avec ses paupières de grenouille, ses lèvres desséchées, ses joues creusées, les hématomes qui gondolaient son front, et tous les bandages qui ceignaient sa tête, il ressemblait à un vieillard. Clara se demanda s'il la voyait.

– Comment vous portez-vous ? lui demanda-t-il avec un grand naturel. Il avait tourné la tête dans la mauvaise direction. Igor fit un signe à Clara, qui alla se placer là où elle était supposée être.

– Fort bien, je...

– J'en suis ravi.

– Et toi ?

– Oh, comme d'habitude. As usual... *Much ado about nothing*, ajouta-t-il en souriant.

– Alexeï s'est légèrement cogné le front hier soir, précisa Igor. Ces sacrées poutrelles... il suffit d'un moment d'inattention. Mais enfin je lui dis toujours de ne pas courir ainsi.

– Je m'excuse, *diadka*.

On distinguait à peine le blanc de son œil. La boursouflure se prolongeait jusqu'aux tempes et sa paupière gauche semblait sur le point d'éclater.

– Il se l'est prise de plein fouet ? interrogea Clara par amour du détail.

– Non, il a glissé dans la salle bleue, et c'est en se relevant...

– La salle de danse ?

– Exactement.

– Cessez donc tous les deux. D'ailleurs je n'ai pas mal, intervint Alexeï avec autorité. Il semblait faire de grands efforts pour garder la tête droite et respirait bruyamment. Il s'appuyait sur le bras d'Igor en chancelant comme un boxeur groggy. Celui-ci suggéra à Clara de revenir dans quelques jours, quand la crise serait passée.

– C'est vrai, l'hémophilie... murmura-t-elle.

Les deux hommes se figèrent. Igor ôta ses lunettes et, sans lâcher la main d'Alexeï, fit mine de s'avancer vers Clara. Il rentra la tête dans les épaules comme pour charger. « C'est la dernière fois que vous prononcez ce mot », lui dit-il durement, en chuchotant lui aussi.

– Laissez, *diadka*, intima Alexeï. Ce n'est pas une maladie honteuse. Après tout, elle me vient de Victoria. Et je n'ai qu'à prendre mieux soin de moi-même, n'est-ce pas ?

Disant cela, il voulut se dégager de l'étreinte de son *diadka*, mais se trouva mal. Clara se précipita. Igor le rattrapa solidement avec son bras droit, et de l'autre arrêta la jeune femme. « Ne vous avisez jamais de le toucher, compris ? » Il regarda le corps à demi inerte qu'il tenait sous lui et soupira : « C'est du cristal, ce gosse. » Il lui dénoua les bras, les ajusta derrière son propre cou, s'assura que ses jambes étaient bien décroisées, et le souleva délicatement, en calant sa joue contre la sienne pour éviter les chocs. Puis il le fit glisser sur ses grosses épaules et, tournant sans un mot le dos à Clara, commença à gravir le mince escalier de métal avec son fardeau. Il montait chaque marche avec une extrême précaution. Les bras et les jambes d'Alexeï pendaient de chaque côté de son dos en remuant comme des nageoires. « Du cristal Fabergé, mais du cristal quand même », ajouta-t-il à voix basse. Clara trouva toute seule la sortie.

Quand elle revint une semaine plus tard, Alexeï avait retrouvé son délicat visage de garçonnet. Sur sa peau lisse et pâle, aucune cicatrice, aucun bleu, aucune crevasse ne témoignaient du dernier épanchement. À peine pouvait-on déceler sous ses yeux une certaine fatigue. Ni lui ni Igor ne mentionnèrent l'incident. Alexeï se montra très gai et se moqua de Clara à propos de son bonnet oublié. Elle fut enchantée de sa visite.

Durant les longues semaines de novembre, elle alla de plus en plus souvent chercher refuge *là-haut*. Elle y prit même goût. Alexeï s'y trouvait toujours et se disait immanquablement « contenté » sans jamais le paraître. Le cérémonial ne changeait guère. Elle arrivait dans l'impasse en fin d'après-midi, après son travail, et croisait les enfants de la rue en train de jouer devant la grille. Elle devait parfois en repousser un ou deux qui voulaient la suivre dans la cour. Puis elle appuyait sur le bouton rouge, la sirène sonnait la diane, et les deux I couraient à l'appel en singeant des courbettes. Clara faisait antichambre et grelottait devant les faux sphinx. Il fallait attendre le bon vouloir d'Alexeï.

Il descendait de sa coursive revêtu de toutes sortes de déguisements, qu'il portait avec une grande aisance : des chemises blanches de marin, qui auraient passé pour de charmants habits de petit garçon sans les trois lignes de galons qui ornaient les manches et le col ; des pantalons à bandes de couleur ; une casquette d'officier de la Garde avec une énorme inscription russe en lettres d'or ; ou même un étrange manteau de cosaque en astrakan – « un manteau d'ataman », précisa-t-il. Parfois, suite à de légers saignements internes, une partie de son visage se couvrait de purpura. Ces ecchymoses rouge foncé lui donnaient l'air de s'être violemment battu et renforçaient son style militaire. Il semblait revenir de l'assaut, le pas lent, la joue meurtrie ou le cou sabré d'estafilades. Quels combats avait-il livrés, quelles images le hantaient, quels désirs de paix ou de revanche... Ces secrets le grandissaient aux yeux de Clara. Il ne se plaignait jamais ; tout juste s'il laissait échapper un gémissement après un geste maladroit. Quand au contraire sa maladie le laissait tranquille, il contenait mal son énergie, sa fougue retrouvée, mais Igor guettait de loin pour prévenir toute imprudence. Il devait toujours se brider.

À l'arrivée de Clara, ils s'installaient invariablement dans la salle amarante. Alexeï fermait la porte pour se mettre hors de la vue des deux I et ses mouvements s'assouplissaient soudain. Il gambadait un peu dans la pièce, puis s'asseyait et prenait ses aises, comme s'il retrouvait d'anciennes habitudes. Il semblait toujours très décontracté mais gardait ses distances. Il paradait, ravi d'avoir quelqu'un à qui montrer ses beaux habits. Tous deux commençaient sans piper mot une partie de dames que Clara gagnait toujours. Ensuite, Alexeï lui montrait ses collections : vieux clous, boutons en plastique, cartouches vides, et même des morceaux de papier d'étain qu'il regardait briller avec avidité. « On pourrait croire que c'est de l'argent, disait-il, de l'argent massif... » Il rêvassait. Le rôle de Clara était de s'émerveiller et elle n'y manquait jamais. Il lui dévoilait ses trésors avec de temps en temps l'air de s'excuser. « Et encore, vous n'avez rien vu ! » s'exclamait-il alors. Il ressortait d'autres objets, plus hétéroclites : un vieux sabre de cavalerie avec lequel il lui fit quelques démonstrations d'escrime peu convaincantes, une montre-gousset qu'il utilisait pour jouer au bourgeois, jusqu'à une petite serrure rouillée qu'il transportait en permanence dans ses poches et qui lui servait de porte-bonheur. « Je n'ai jamais trouvé la clef », confia-t-il à Clara sur un ton qui en disait long. Puis il remballait sa ferraille avec un soin de brocanteur, en multipliant les chiffons, les boîtes et les élastiques. Quand il avait tout replacé sur les étagères, il amenait cartes et plateaux, et Clara supportait avec patience d'interminables parties de bataille, de Nain jaune ou de trictrac. Alexeï affectionnait particulièrement un jeu de cartes russe nommé « plus tu vas lentement, plus tu iras loin ». Il s'y montrait imbattable. Chaque fois, il lançait à Clara : « Eh bien, j'irai loin, cela est prouvé. » Elle ne répondait pas, battait le jeu avec lassitude, et redistribuait les cartes. Pour rien au monde elle n'aurait cédé son siège de la salle amarante.

Alexeï pouvait avoir des accès de gaieté surprenants qui tranchaient sur son impavidité coutumière. Il lui arrivait de rire pour rien, un huit de cœur revenu deux fois de suite, une moue de Clara, ou une dame à trois étages. Il la taquinait avec des fausses donnes, des cartes retournées, des tricheries grossières qu'il ne cherchait pas à camoufler. Elle s'en amusait de bon cœur. « Vous au moins, vous ne faites pas semblant de rire, lui disait-il. Parce que avec Irina, on ne sait jamais... » Il en redemandait et Clara partait toujours à la nuit tombée. Igor venait à intervalles réguliers vérifier que tout se passait bien. Sur l'ordre d'Alexeï, il faisait le troisième au Nain jaune. Lui non plus ne refusait jamais. Sa présence mettait Clara assez mal à l'aise. Il tenait par miracle sur une petite chaise en osier et dépassait ses voisins de jeu d'une tête ou deux. Les jolies cartes à tranche dorée semblaient ridicules dans ses énormes mains. Il les posait silencieusement et, s'il perdait, Alexeï se moquait avec insistance, en s'amusant parfois à lui donner des coups. Igor restait immobile de toute sa masse. Agacé, Alexeï finissait par le renvoyer. « Ce gros-là, il est brave, mais parfois il m'ennuie, il m'ennuie à mourir », expliquait-il à Clara sans baisser la voix. « Et voulez-vous tout savoir ? poursuivait-il sentencieusement. Il n'aime pas perdre. »

Un soir où il était particulièrement en train, Alexeï proposa à la jeune femme une partie de cache-cache.

– Ici ? demanda-t-elle avec inquiétude.

– Eh bien ! Où d'autre ?

Elle acquiesça à regret. Igor fut appelé à participer.

– Alexeï, je vous en prie... de faire très attention... de ne pas courir... de ne pas vous cacher à proximité d'objets contondants... de...

Il semblait réciter une notice médicale.

– *Diadka !* Je sais tout cela !

Igor soupira et, se collant contre le mur, commença à compter. Alexeï poussa un petit cri de frayeur et fila à toutes jambes. « Pas le droit à l'étage ! » hurla-t-il avant de disparaître. Clara partit à son tour, la mort dans l'âme, et s'aventura à pas de loup dans ce dédale de couloirs, de miroirs et de pièces vides. Elle essayait de reconnaître son chemin tandis qu'Igor égrenait les chiffres d'une voix à faire trembler les murs. Vingt-six, vingt-sept... Clara pénétra dans des antichambres et des salons de réception dont elle n'avait pas le souvenir et finit par se perdre pour de bon. Cinquante-deux, cinquante-trois... Elle marchait au hasard, un peu angoissée. Elle retrouva sans savoir comment la salle à manger blanche. Les couverts brillaient toujours aux mêmes places. Elle entendit un bruit de vaisselle dans la pièce à côté et resta pétrifiée. Irina entra une carafe à la main, vêtue d'un tablier rouge où était brodé en fils d'or une sorte de volatile, peut-être un canard. Elle ne marqua aucune surprise.

– Mademoiselle ?

Ses yeux étaient plus terrifiants que jamais.

– Je... nous... je dois me cacher, balbutia Clara.

– Je vois. Passez donc sous la table, dit-elle froidement en soulevant la nappe. Elle attendit de manière très cérémonieuse que Clara s'exécute.

– Cent ! tonna Igor à l'autre bout du bâtiment.

Clara demeura assise là dans le silence le plus total. Combien de temps s'écoula-t-il ? Peut-être une minute, peut-être deux, peut-être une demi-heure ; elle aurait été incapable d'en juger. Elle tremblait là-dessous. Elle avait peur de sortir pour se trouver face à Irina, et peur de rester immobile dans ce linceul blanc. L'épaisseur de la nappe lui interdisait d'apercevoir quoi que ce soit de la pièce. Elle pensa à son frère, qu'aurait-il dit en la voyant ainsi ! Elle n'arrivait pas à bien s'installer : accroupie, en tailleur, à genoux, jambes tendues, rien n'allait. Les aspérités du ciment lui rentraient dans les fesses et dans la paume des mains. Dehors, sur le toit, parmi les débris de métal, le vent sonna une volée de ces fameuses cloches de Rostov. Cela lui rappela certains moments passés avec Luciano, qui la respectait tant, qui l'aimait trop. Les membres ankylosés, perdue et abandonnée dans cet espace hostile, Clara ressassa sous sa nappe blanche quelques bons souvenirs d'insouciance, du côté de la *torre Febbronia*. Le Goleto, la Campanie, l'homme qui jouait sur le bois... la fontaine aux acacias...

Sa rêverie fut interrompue par des bruits de pas qui se rapprochaient. Elle ne fit pas un mouvement. Quelqu'un allait et venait à présent dans la pièce. Avec le soleil couchant, la salle à manger s'était peu à peu illuminée, et Clara remarqua l'ombre des jambes qui se dessinait sur le revers de la nappe, s'épaississant par instants jusqu'à ne plus former qu'un large carré noir, ou se rétractant en deux minces pattes d'échassier, sans cesser de lui tourner autour. Elle suivait avec inquiétude ces révolutions. Soudain l'ombre envahit entièrement l'extrémité gauche de la table et la tête d'Igor apparut renversée, baignée d'une violente lumière. « Vu ! » cria-t-il rageusement. Clara resta un moment le cœur battant, percluse de frayeur. Elle sortit péniblement de sa cachette en essayant de dégourdir ses articulations. Des fourmis dans le pied droit la faisaient à moitié boiter. Alexeï arriva en courant par la porte nord : « On l'a trouvée ! on l'a trouvée ! » exultait-il. Igor lui ayant réservé le privilège du « Touché ! », il s'approcha lentement de la jeune femme comme un chasseur à courre de la bête épuisée et lui donna une tape sur l'épaule. Elle se retint de pleurer.

Cette atmosphère bon enfant culmina dans un projet

de pièce de théâtre. Alexeï confia à Clara son intention de monter *Packing up*, une courte comédie anglaise du début du siècle. Quatre acteurs pouvaient suffire à jouer tous les rôles. Il lui montra une grande feuille quadrillée sur laquelle il avait imaginé une distribution possible.

– Je me réserve le *luggage man*, précisa-t-il en lui tendant le papier. Avec une fausse barbe, cela fera l'affaire. Il faudra aussi que je parle d'une voix très grave, ajouta-t-il en imitant comiquement une grosse voix d'homme.

– Et c'est de qui ? demanda Clara.

– Oh ! j'ai oublié, que m'importe d'ailleurs ? dit-il négligemment. Bon, vous êtes d'accord ? Vous jouez le chef de gare, la serveuse du restaurant et le mari trompé.

– Le mari trompé ?

– Oui, je suis désolé, tous les hommes sont pris à l'acte II. Jugez vous-même !

Il désigna un gribouillis sur la feuille à carreaux, où elle reconnut quelques caractères cyrilliques parmi des mots anglais à peu près illisibles.

– En plus, c'est une apparition assez courte. Croyez-moi, le rôle est facile. Prenez un air bougon, et pour le reste, révisez bien votre texte.

– Et les autres... les autres acteurs ?

– Irina est d'accord, comme toujours. Elle a même proposé de dresser l'estrade dans le Vestiaire, ce que je trouve excellent. Par contre, Igor... Je l'ai pris à part ce matin, dans le couloir des salles de travail. Il a deux personnages en or, le jeune homme au bouquet et le déménageur, de quoi se plaint-il ! Enfin je lui ai fait comprendre l'importance de cette représentation, je me suis montré très gentil avec lui, affectueux même ; je lui ai promis ma reconnaissance...

– Ta reconnaissance ?

– Il est sensible à cela, que voulez-vous. Mais je suis certain qu'il acceptera, cette vieille tête de mule !

Clara se retrouva donc engagée dans *Packing up* et se vit offrir une copie de la pièce. N'osant avouer sa méconnaissance de l'anglais, elle passa ses soirées à traduire chaque page mot à mot, au grand étonnement d'Antonin, en achoppant sur les expressions boulevardières et les innombrables formules à double sens. C'était tout juste si elle comprenait l'intrigue. La pièce était rythmée par les interventions du *luggage man* : « Packing up ! Hurry up ! Packing up ! », qu'Alexeï souhaitait accompagner d'une petite chorégraphie. Quand il chantonnait son rôle en prenant une voix de jazzman, il était irrésistible. Une semaine entière se passa où l'on ne parlait plus que de *Packing up*. Sans le moindre respect pour les didascalies, Alexeï peignait les décors sur de vieux draps, destinés à être suspendus aux poutrelles du Vestiaire : des rails pour la gare, de grosses fenêtres à croisillons pour la maison, des assiettes et des pichets pour le restaurant. Il avait supprimé d'autorité les scènes du jardin, qu'il jugeait ennuyeuses. Il parvint même à organiser quelques répétitions de l'acte I dans la salle amarante, après avoir remisé la table d'acajou dans un coin. Irina lisait consciencieusement son texte, Igor bougonnait, Clara faisait d'immenses efforts de prononciation ; quant à Alexeï, il connaissait déjà sa partie par cœur et se concentrait sur la mise en scène. Il dispensa les deux l du baiser en rougissant. Clara, munie d'un sifflet à roulettes qui résonnait à n'en plus finir dans la câblerie, n'était pas mécontente d'elle-même. Elle s'amusait assez.

– Et le public ? demanda-t-elle à Alexeï, pleine d'audace après le succès de la première séance.

– Oh ! nous, nous n'en avons pas besoin, lui répondit-il avec une certaine suffisance.

Au milieu de tous ces divertissements, Alexeï réservait de longs temps morts « pour le besoin de la conversation », que Clara redoutait. Elle ne comprenait pas bien de quel besoin il s'agissait, mais se pliait aux règles imposées par son interlocuteur. Alexeï s'appliquait à montrer tout le sérieux, la gravité même, dont il se croyait capable. Il valait mieux ne pas en plaisanter. Comme il ne pouvait être question ni du travail de Clara, ni des études d'Alexeï, ni de leurs familles respectives, insignifiante pour l'une, inconnue pour l'autre, ni des sujets triviaux que les différences de culture et de génération, ainsi qu'une certaine prudence, leur interdisaient d'aborder, comme en un mot ils n'avaient absolument rien en commun, ils se trouvaient agréablement contraints d'exploiter toutes les richesses du sous-entendu. Ils étaient jeunes tous deux, ils avaient encore l'âge des devinettes et, surtout, celui de ne pas attendre les réponses. L'exquise lenteur de leurs tête-à-tête les rendait d'autant plus impatients ; installés de part et d'autre du damier d'acajou, ils réfléchissaient chacun dans son coin pour gagner du temps et jouaient leur coup sans avoir parfaitement démêlé celui de l'adversaire. Imaginez la durée d'une partie si l'on *discutait* chaque position ! cela irait rigoureusement à l'infini. Ils en étaient conscients et n'hésitaient pas à laisser entre eux de longs silences. Chacun à sa manière, l'un parce qu'il rêvait les yeux ouverts, l'autre parce qu'elle ne rêvait pas du tout, ils ne craignaient pas l'ennui et aimaient prendre leur temps.

– Qu'il doit être difficile de quitter sa patrie quand l'on a ton âge, disait par exemple Clara. Le monde... (elle retrouvait le plaisir de commencer une phrase par « le monde », comme lors de ses vieilles discussions avec Quatrième) le monde finit par ressembler à un wagon de train... on s'y sent bien, mais il y a toujours une vitre quelque part, hein ? Le destin avance tout seul et on ne voit les rails qu'une fois derrière nous.

Elle s'embrouillait un peu dans cette métaphore ferroviaire et ne savait plus bien ce qu'elle disait, mais elle le disait avec plaisir.

– Vous vous trompez, vous vous trompez, on voit bien que vous avez un sens fort commun des distances. C'est normal, vous faites partie... enfin évidemment, vous ne devez pas beaucoup vous soucier de Dieu...

– Et toi ?

– Moi, pas une journée ne se passe sans que je remercie le Seigneur. Je n'oublie pas de qui je tiens. Pour vous répondre plus prosaïquement, ajouta-t-il après un moment, l'exil m'est indifférent. Je me sens partout chez moi.

– Mais à ton âge... répéta Clara qui ne trouvait plus quoi dire.

– À mon âge ! Je vais vous dire : il ne faut pas se fier à mon âge. Je suis encore plus jeune qu'il n'y paraît. À seize ans, je suis aussi enfant qu'à dix et plus j'avance, plus je m'approche de zéro.

Il avait repris, pour cette dernière phrase, le *ton de pistonné* que Clara avait déjà remarqué lors de l'incendie. Il est vrai qu'Alexeï semblait toujours plus enfant. Quelle volonté, pour garder envers et contre tout ce visage d'ange, y compris contre lui-même qui jouait parfois à l'homme ! Mais il décidait de tout sans l'aide de personne et ne voyait aucune raison pour que son corps échappe à ses oukases.

– Et quand tu atteindras le zéro ? demanda Clara.

– Quand j'atteindrai le zéro... alors plus rien ne me retiendra. Zéro ! enfin ! Je pousserai un cri immense. Ya budu korol' ! Je serai roi.

– Comme tu y vas ! À ce compte-là...

– Ensuite et surtout, l'interrompit Alexeï, quand je prends le train, je m'arrête où je veux, cela n'est-il pas magnifique ? Où je veux ! Et je transporte tout avec moi dans les wagons de queue. Chez moi, on pose les rails à mesure qu'on avance. Ah ! qu'est-ce que vous en dites ! Le voilà, mon destin !

– Le voilà, son destin ! Cela est magnifique, Alexeï Alexeïevitch, sauf qu'en attendant tu restes bien calé dans ton siège, comme les autres.

– Bien sûr. Mais les autres regardent le paysage. Moi, mes vitres, elles sont toutes teintées, et je peux imaginer ce que je veux, des décors, si vous saviez ! somptueux ! Ils sont peut-être encore en carton-pâte, mais dans mon pays ce n'est pas si grave, et vous verrez un jour... c'est l'univers qui se déplacera autour de moi, comme dans mes lanternes magiques.

– Tu ne doutes de rien !

– Il en est ainsi, dit-il froidement.

Elle réfléchit et demanda à voix basse, comme à elle-même : « Pour de vrai ? » Ces mots lui avaient échappé. Elle en fut tout étonnée. Voilà bien longtemps qu'elle ne les avait pas employés, peut-être depuis les contes de son enfance. Ils lui rappelèrent ses émotions d'alors, ses doutes et ses terreurs. Elle se recroquevilla derrière son damier, retrouvant avec une intensité nouvelle cette sensation de décalage qui faisait du déroulement de son existence un perpétuel miracle. Elle aussi, d'une certaine manière, avait grandi toute seule. Elle aussi s'approchait de zéro, ou plutôt ne s'en était jamais éloignée tout à fait.

– Vous verrez. Le destin roule doucement. Il peut attendre longtemps, plus longtemps qu'une vie d'homme. Pour tout vous dire, le mien en a déjà épuisé quatre. Pour l'instant je voyage incognito, comme eux, comme Pierre Ier Alexeïevitch déguisé en Mikhaïlov. Je suis un étudiant en Grande Ambassade.

– Une ambassade... Je passe souvent dans ce quartier... Même une fois, tiens, c'est drôle, à l'ambassade de Russie justement, il y avait une voiture noire avec...

– Possible.

– Quelle ambassade, d'ailleurs ?

– Une grande, je vous l'ai dit.

Alexeï s'était trop avancé. Ses joues prirent la même teinte saumonée que les murs et l'on n'entendit plus que le bruit des canalisations qui, à cette heure de la journée, et pour des raisons qui échappèrent toujours aux occupants, faisaient de longues ablutions. La jeune femme et lui écoutèrent gargouiller la câblerie en détournant leurs regards. Clara s'empara d'un pion et le passa lentement sur ses lèvres, en le mordillant un peu. Alexeï voulut ajouter un mot, mais juste à ce moment, Irina apparut avec deux tasses de thé bouillantes et des petits sablés disposés en étoile. Alexeï se redressa, serra les dents et crispa ses doigts sur la table.

– Ce sont des perles de thé au jasmin, dit-elle à Clara. On en utilise beaucoup chez nous. Vous trempez deux feuilles et un bourgeon serrés en boule dans de l'eau bouillante, et ça se déploie lentement. À la fin, tout est complètement dilué, ou presque. La passoire est à côté de la tasse, au besoin. Je vous préviens que beaucoup de gens n'aiment pas, c'est très fort. Alexeï, j'ai posé votre desmopressine sur le plateau, n'oubliez pas de la prendre. Bon appétit.

Ils burent en silence, chacun très inspiré derrière sa colonne de fumée. Alexeï prit le vaporisateur nasal et s'injecta son médicament en reniflant fortement.

Ainsi se déroulaient, à un rythme régulier, leurs discussions sur le zéro, l'usage du samovar, le pouvoir absolu et l'âme russe en carton-pâte. Alexeï disait tout à moitié, elle-même en comprenait le quart, et il se développait entre eux une intéressante arithmétique du malentendu. Elle ne chercha jamais davantage d'explications, elle respecta l'incognito d'Alexeï et lui laissa son secret. Sa confiance lui suffisait. À vrai dire, elle savait depuis toujours ; elle savait déjà en le voyant dans la cour d'Alceste ferrailleur avec ses bottes, son imperméable et ses manières de petite brute. Simplement cette idée se trouvait encore bien repliée sur elle-même, comme la perle de thé qu'Irina leur avait servie. Elle se développa petit à petit, sans heurt, sans révélation, en infusant doucement dans l'âme de Clara. Elle y laissait d'ailleurs un goût assez amer. À mesure que l'automne s'avançait et que les statues égyptiennes s'ajoutaient dans le vestibule, la jeune femme sentait mieux l'honneur qui lui était fait, mais jamais elle ne prononça, fût-ce pour elle-même, ce mot apparu avec Ivan III, ce titre suprême, lourd d'un passé ténébreux et, semblait-il, promis contre toute attente à un certain avenir.

Clara apprenait sur le tas les manières russes, corrigeant ici un geste, là une expression, dans l'espoir de devenir un sujet modèle. Elle adopta peu à peu certaines manies d'Irina : plier les genoux en entrant dans chaque pièce ou garder les mains derrière le dos, par exemple. Elle alla jusqu'à se faire un chignon, comprenant que le débordement anarchique de sa chevelure noire n'était guère apprécié. Son visage en parut rajeuni ; il se fit encore plus félin et ronronnant. Irina appréciait ces efforts, qui correspondaient à sa conception d'une femme de devoir, sérieuse, dévouée, peu importe à quoi : un homme, sa patrie, une belle idée, ou même, si l'occasion se présentait, les trois ensemble. Elle tenait de son ancêtre Roza le goût du sacrifice. Grand-maman avait finalement été abattue par un Allemand à Berlin, alors qu'elle hissait les couleurs soviétiques sur le Quadrige de la porte de Brandebourg. Elle s'était effondrée le drapeau à la main sur un cheval de bronze, à cinquante mètres au-dessus de tous. Irina se souhaitait une fin similaire, en feu de joie, à la manière orthodoxe. Ah ! se couvrir de breloques, baiser des icônes, empoigner des fusils, mépriser les hommes, s'entourer de cadavres ! Ne renoncer à rien ! Et mourir ! Mais pour cela, il faut de la discipline. Clara ne partageait pas tout à fait cette vision de la féminité, cependant elle ne s'y trompait pas, Irina avait besoin de toute la coquetterie de son sexe pour aplatir ses seins dans sa blouse grise et pincer les lèvres. Question de pays, pensa-t-elle.

Clara se montra à la hauteur, elle ne prit aucune initiative. Elle s'adressait à Alexeï avec chaque jour davantage de déférence et cela suffisait. Peu à peu, Irina baissa la garde. Son regard se fit plus doux. Un jour même, devant un transformateur cassé où pendaient hirsutes de vieilles bobines de self, elle raconta à Clara l'histoire que toute la rue connaissait déjà : la mort tragique des parents sur le lac de leur propriété, la datcha de Pavlovsk, les années difficiles de l'enfance, les crises d'hémophilie, puis l'héritage de l'armateur, le don pour les langues, le lycée spécialisé... Elle n'ajouta qu'une chose, pensivement, à propos de l'époque où Igor et elle-même avaient recueilli l'orphelin malade : « Je me souviens avoir éprouvé un grand sentiment de mélancolie à la pensée que ce petit être était destiné à devenir... enfin... un homme... » Elle avait remplacé le dernier mot de sa phrase par un autre plus quelconque, cela ne faisait aucun doute. Sinon, pourquoi changer aussi brutalement de ton et de débit comme si, prise de panique, elle ne se souvenait plus de son texte ? Cette improvisation sur l'« homme » ne paraissait pas si mauvaise, quoique sûrement en dessous de l'original. On avait frôlé la confidence. Irina conclut brutalement, alors que Clara demeurait muette : « Enfin vous voyez ! Qu'est-ce que vous me faites dire ! Un homme, comme tout le monde ! Hein ! C'est tout, un homme ! » Irina tourna les talons et partit excédée. À compter de ce moment, ses rapports avec Clara retrouvèrent leur sécheresse initiale. Jamais leur intimité n'alla plus loin que ces points de suspension à côté d'un vieux transformateur.

Quant à Igor, Clara le voyait très rarement, et jamais en compagnie de son épouse. Il semblait s'efforcer d'éviter Irina, ce que les dix-sept pièces du rez-de-chaussée lui permettaient sans difficulté. Une après-midi où elle était arrivée plus tôt que d'ordinaire, Clara fureta au-delà de la salle amarante et trouva Igor à ses ordinateurs, drapé dans une immense robe de chambre blanche en laine des Pyrénées qui le rendait encore plus épais et bestial, comme un énorme bélier pensif. Les taches jaunâtres du vêtement lui donnaient l'air de s'être pissé dessus. Entouré d'un fatras de livres et de papiers, il promenait sur ses ordinateurs deux petits yeux vibrionnants, en rajustant régulièrement ses lunettes rondes. Il était en train de taper un long mail, très vite mais à deux doigts. Ses grosses mains calleuses se poussaient l'une l'autre sans parvenir à s'installer ensemble sur le clavier, le réduisant à emprunter ce geste de tricoteuse. Il faisait d'ailleurs preuve d'une dextérité assez féminine. En même temps, il jetait des coups d'œil inquiets sur les deux autres écrans et tournait du plat de la main, en les giflant, les pages d'un gros volume ouvert à ses côtés ; ou il se saisissait à l'aveugle d'un paquet de feuillets posé à une extrémité de la table et le ramenait à lui avec une rotation synchronisée de l'épaule et du coude qui évoquait plus une clé de judo qu'un geste d'érudit. Au lieu de s'agiter sous leur chaise comme chez la plupart des hommes de cabinet, ses deux jambes s'arquaient solidement sur le sol dans une position de lutteur prêt au combat. Son échine était sillonnée d'effrayants bourrelets de bête de somme. Il consacrait toute sa puissance physique à remuer, à saisir et à plaquer des mots. Les caractères cyrilliques que l'on voyait un peu partout rendaient son activité encore plus mystérieuse et lointaine. Igor devenait une sorte de scribe en peignoir de boxe, sournois et costaud à la fois, paré pour toutes les luttes. C'était la première fois que Clara observait un informaticien au travail.

Quand Igor aperçut la jeune femme plantée devant lui, il se leva d'un bond et la reconduisit à la porte sans un mot, avec une rapidité stupéfiante. Même en y réfléchissant après coup, Clara ne comprit pas la manœuvre qui la refoula dans la pièce des portraits de famille. Elle ne perçut qu'un mur blanc avançant à vive allure et se retrouva finalement bouche bée, toutes portes fermées, à écouter le cliquetis du clavier de l'autre côté, qui semblait ne s'être pas interrompu. « On travaille dur ici » fut la seule pensée qui lui vint durant les quelques minutes qu'elle passa immobile à rassembler ses esprits. Puis elle regagna le vestibule à petits pas, souriante, très amusée par son aventure.

La fin de l'année approchait et Clara se laissait captiver par les deux I et l'orphelin polyglotte. Il faut avouer qu'elle n'avait pas le choix. Entre son frère et son fiancé, elle devait fuir ailleurs. Face à la médiocrité qu'elle devinait autour d'elle, Clara appréciait chez les trois fous de la câblerie une certaine pureté d'attitude. Elle trouva le mot un soir en passant devant la boucherie qui affichait une réclame pour du « saucisson pur porc ». À bien regarder le petit étron sanguinolent paresseusement allongé sur la pancarte, elle prit conscience que tout se jouait dans une certaine idée que l'on se fait de soi-même, dans une dignité arbitraire que cette fière rosette de Lyon illustrait magnifiquement, avec son insigne cerclé, sa particule et sa pose nonchalante de sénateur romain. La rosette de Lyon ôta à Clara ses dernières réticences. Plus question à présent de douter de ces salons absurdes où elle allait prendre le thé avec un enfant-roi de mauvais conte. Les Russes deviendraient ses nouveaux compagnons de vie, quoi qu'il lui en coûte. Elle se ralliait à leur cause. Là-haut, on se voulait « pur russe », russe au sang pur, russe de sang caillé, serré dans des boyaux de hauts cols. Clara éprouva enfin pour Alexeï le respect qui lui était dû. Elle envia cet univers tranchant et clair où il avait été décidé une fois pour toutes que les choses seraient pures, pur porc, pure tôle, pur style, pure race, et où l'on agissait en conséquence. Quand Alexeï marchait tête haute dans ses habits de laine, frappant du talon le ciment mal aplani du sol et promenant son regard hautain parmi les pièces vides, il n'avait pas besoin de brocarts à dessins brochés, de parquets en bois de rose ni de meubles d'acajou aux pieds d'ivoire sculpté. Ses fantasmes faisaient régner l'ordre mieux qu'un grand chambellan. Pouvait-on rêver lieu plus royal ?

Aux environs de Noël, après la répétition générale de *Packing up*, acte I, Alexeï raccompagna Clara dans la cour de la câblerie pour l'entretenir de son rôle.

– Vous sifflez bien, et votre anglais n'est pas si mauvais, mais – excusez-moi si je suis brutal – on dirait que vous n'avez jamais vu un chef de gare.

– Comment cela ? répondit-elle avec des trémolos dans la voix. Elle s'était rarement sentie aussi blessée.

– Je ne vous en dis pas plus. Je suis plutôt de l'école Stanislavski, comme vous pouvez vous en douter. Allez donc faire votre petite enquête et tâchez de vous imprégner de votre personnage.

– C'est si important ? demanda-t-elle avec un peu d'aigreur.

– Il ne faut jamais faire les choses à moitié, voilà tout.

Ils marchèrent silencieusement jusqu'à la grille. Dans cette nuit sans lune, seuls les lampadaires de la rue donnaient un semblant de lumière. Clara voyait à peine Alexeï, sauf par intermittence quand, à la faveur d'une ouverture dans la grille, son visage prenait des reflets de feu. Il était beau comme un homme. Elle trébucha sur un bout de ferraille abandonné et se rattrapa à son bras. En l'empoignant, elle ne s'attendait pas à le trouver si maigre, si fragile. Il faisait tant d'efforts pour la soutenir qu'il en tremblait. Elle se redressa vivement sans le remercier. Elle pressa le pas comme pour fuir et partit devant. Son halètement rythmait le silence de la nuit. Vue de dos, sa chevelure semblait piquée d'étoiles.

Alexeï ouvrit lui-même le portail. Ils se quittèrent d'un léger signe de tête, comme toujours. Clara marcha vite jusqu'au bout de l'impasse. Soudain un cri retentit : « Le voilà ! le voilà ! » suivi d'une longue clameur et de bruits de pas précipités. Elle se retourna et distingua une petite troupe, une dizaine de personnes environ, qui s'élançaient en courant vers la câblerie. Ils passèrent sous un lampadaire et Clara reconnut, dans une lueur orangée semblable à celle des peintures de bataille, les gamins de la rue qui depuis des semaines se tenaient là en embuscade. Ils s'arrêtèrent devant Alexeï, l'entourèrent, et celui qui faisait office de chef de bande se détacha du groupe. Il portait à la main une canne de vieux, dont le pommeau d'argent jetait par moments des éclats blancs dans la nuit. Clara ne distinguait même plus son héros parmi toutes ces ombres.

– C'est toi Alexeï ?

– The one and only.

– Tu t'appelles pas Alexeï ?

– Si. Alexeï Alexeïevitch.

– T'es russe alors ?

– La Sainte Russie est la terre de mes ancêtres.

– Ouais, t'es russe quoi ! Qu'est-ce qu'il nous sort ?

Clara entendit quelques éclats de rire, arrêtés net par trois coups de canne sur les pavés.

– Pourquoi on te voit jamais ?

– Parce que vous regardez mal.

Il avait pris un ton assez distant qui semblait lui procurer beaucoup de plaisir. Les gamins piétinaient sur place en soufflant comme des chevaux. Au loin, des lumières s'allumèrent dans la câblerie. Clara espérait une intervention des deux I mais ne bougeait pas. Elle aurait eu trop peur de manquer de tact.

– Bon écoute, tu fais ce que tu veux, d'accord ?

– Je ne l'entendais pas autrement.

– Tu fais ce que tu veux, mais tu viens jouer avec nous.

– Je crois que non.

Clara entendit le bruit de la canne qui raclait les pavés. Ses yeux s'habituant à l'obscurité, elle put compter exactement dix silhouettes, raboutées les unes aux autres par de larges pans d'ombre. Les têtes en dépassaient comme des encoches de puzzle. Au rez-de-chaussée de la câblerie, un rectangle de lumière apparut un instant, puis se replia sur lui-même.

– Et moi je crois que oui. Pas vrai vous autres ?

– Ouais ! Ouais ! crièrent les gosses en chœur.

Ils commençaient à trouver le temps long et faisaient quelques pas de-ci de-là, en tournant autour du pommeau d'argent.

– Tu vois ce que c'est, ça ? demanda le chef en esquissant des moulinets avec sa canne. Il accéléra peu à peu son mouvement. Clara vit bientôt un cercle d'argent scintiller autour d'Alexeï.

– Oui.

– Ah oui ? Et c'est quoi, à ton avis, mon pote ? ricana-t-il.

– Une canne-épée.

Le cercle se défit peu à peu et le pommeau se stabilisa finalement à ras de terre.

– Comment tu sais... gémit le chef, accablé.

– De plus, *mon pote*, reprit Alexeï, je n'aime pas trop tes jouets. Les miens sont beaucoup mieux.

Il rigolait presque.

– Enfant de pute ! hurla le chef.

Le pommeau d'argent se leva au-dessus des têtes, étincela une seconde parmi les étoiles, mais juste avant qu'il ne retombe, Clara entendit claquer une gifle. Au même moment, les silhouettes se groupèrent jusqu'à ne plus former qu'une masse indistincte, d'un noir épais, qui remuait sans bruit à la façon d'un gros mollusque. Il était impossible de deviner ce qui se passait là-dedans. Pas un mot, pas un cri, rien qu'un léger murmure. La masse noire se dilatait et se contractait avec un rythme de respiration. Quelques craquements, comme un os sous des mâchoires. Après une demi-minute de ce silence inquiétant, la grille de la câblerie s'ouvrit en grinçant sur une ombre gigantesque. « Enfin ! » se dit Clara. Igor dépassait toute la troupe d'une bonne coudée. Ses deux bras se tendirent en avant et fouillèrent dans le tas comme des pinces. Ils en retirèrent ce qu'ils cherchaient, déjà à moitié dévoré, le mirent à l'abri, puis frappèrent au hasard, mécaniquement. Ils s'élevaient à hauteur de la tête et retombaient en fracassant ce qui avait le malheur de se trouver en dessous d'eux. Les gosses s'égaillaient dans un tumulte insensé mais revenaient toujours sous les coups, en essayant d'approcher Alexeï blotti derrière son *diadka*. Igor agacé en saisit un par le col, le souleva, et le cogna en plein visage, sans retenue. Clara entendit un bruit mouillé. Les autres s'écartèrent à deux pas. Igor s'apprêtait à lui faire vraiment mal quand une petite voix s'éleva, très essoufflée, geignarde.

– Arrêtez, imbécile. Vous êtes une brute.

Igor retint sa proie quelques secondes de trop et se fit cracher au visage. Il devait être tombé sur le chef.

– Arrêtez, répéta plus calmement Alexeï.

Il lâcha prise à regret, s'essuya la joue avec le revers de la main, et entraîna promptement Alexeï derrière la grille, qu'il referma derrière lui. Celui-ci eut juste le temps d'ajouter : « Vous gâchez vraiment tout. » Les gosses se rassemblèrent devant le portail et injurièrent les Russes sans se gêner. Le chef agitait les barreaux en criant : « Enfant de pute ! On te fera ta fête. Ose un peu sortir sans le gros, tu verras ! Et joyeux Noël ! » Il se fatigua vite, cracha encore une fois, et prit le commandement de la troupe pour redescendre la rue. Clara les vit repasser sous la lumière orange du lampadaire. Le chef avait finalement dégainé sa pauvre canne-épée et la brandissait avec un air de victoire insupportable. Il saignait du nez et secouait la tête pour que le sang se répande partout sur ses vêtements. Les autres derrière, vaguement décoiffés et contusionnés, se racontaient leurs exploits en maudissant « l'enfant de pute ». Tous levaient le menton.

Clara se précipita à la câblerie dès le lendemain, en rentrant de Sauvy-le-Grand. Elle trouva quelques traces marronnasses dans l'impasse, du sang versé au goutte-à-goutte, pas très spectaculaire. Par contre, dans la cour, le sang était répandu en ligne continue jusqu'à la porte du bâtiment. Quelqu'un avait marché là à petits pas fort rapprochés, imprimant tout du long les motifs torsadés de ses semelles, comme des festons. La câblerie semblait avoir mis ses habits funèbres. Clara courut jusqu'à l'entrée, appuya sur le bouton rouge, mais aucune sonnerie ne se déclencha. Elle essaya encore plusieurs fois : pas un bruit. En prêtant mieux l'oreille, elle entendit des cris étouffés au premier étage. Elle frappa du poing contre la porte de fer. Au bout d'une ou deux minutes, Igor vint ouvrir et lui annonça sèchement qu'Alexeï se trouvait alité. Rien de plus. Elle entrevit le grand escalier, gardé par ses douze statuettes au grand complet. « Bientôt la nouvelle année », pensa-t-elle incidemment. Les cris redoublèrent, entrecoupés de larmes. Ils résonnaient dans tous ces vieux tuyaux de manière effrayante.

– Igor ! hurla une femme. Vite !

– Je vais y retourner, dit-il à Clara. Allez-vous-en.

La porte coulissa sans bruit sur ses rails et Clara se reprocha d'être restée impuissante au bout de l'impasse. À quoi mènent les convenances !

Chaque jour, Clara alla aux nouvelles. Elle apportait tout ce qu'elle pouvait dénicher comme vieux clous et morceaux d'aluminium pour les collections d'Alexeï. Igor s'amadoua peu à peu. Selon lui, Alexeï traversait sa plus terrible crise. Il souffrait simultanément de deux épanchements importants, à l'aine et au genou gauche, plus quelques contusions moins graves. La première semaine, on avait craint pour sa vie ; il délirait, gémissait, et réclamait désespérément « la mort ou au moins le sommeil ». Sa température atteignait quarante degrés. Ses hématomes étaient devenus gros comme le poing, tandis que le reste de son corps maigrissait à vue d'œil. Il ne pouvait bouger aucune des deux jambes et se cramponnait à sa petite serrure rouillée, à laquelle il tenait de longs discours. Igor ne mentionna jamais la bagarre, mais grommelait sans cesse : « Pour quelques coups pas méchants, ça serait bête. » Irina renouvelait vingt fois par jour les poches de glace et les pansements compressifs, ne somnolant qu'une demi-heure par-ci par-là. Toute la câblerie était sur le qui-vive.

Les Russes s'étaient résolus au bout de cinq jours à appeler un médecin (le remplaçant de Paval, Clara rougit en entendant son nom), qui avait ordonné une hospitalisation d'urgence. Igor lui avait fait comprendre qu'ici il était bien le dernier à donner des ordres et l'avait renvoyé avec une liasse de petites coupures. Finalement, une nuit, alors qu'Irina s'était assoupie, les deux hémorragies s'arrêtèrent l'une après l'autre, comme par miracle. Alexeï dormit vingt heures d'affilée, et se réveilla endolori mais souriant au milieu de ses papiers argentés. « Ça mériterait un *Te Deum* », déclara sobrement Igor. Néanmoins, Clara n'obtint pas l'autorisation de visiter Alexeï : « Pas d'étrangers au premier étage », répétait invariablement le *diadka*.

Durant la convalescence d'Alexeï, Clara fut reçue non plus par Igor, mais par Irina. La jeune femme se sentait encore moins à l'aise face à la *niania* ; autant Igor se montrait grossier sans ambages, autant Irina demeurait toujours d'une politesse douteuse. Elle en profitait pour se plaindre, sans quitter son air dur et soupçonneux : que l'argent n'arrivait pas, que les médicaments coûtaient cher, qu'Alexeï la maltraitait, et surtout, que sa maladie tombait très mal. Elle ne donnait pas de détails. On sentait qu'elle aurait bien voulu, mais qu'elle se forçait coûte que coûte à garder ses petits secrets de sergent-chef. Clara n'osait pas la réconforter. À la dixième fois, agacée, elle finit quand même par lui demander pourquoi la maladie d'Alexeï « tombait très mal ».

– Ah ! Tout ce que je peux vous dire, jeune fille, c'est qu'Alexeï attend une visite. Et que cela tombe mal.

Deux semaines seulement après le fameux soir, Clara vit réapparaître Alexeï, porté par Igor. Elle bouillait de joie et d'impatience, il ne lui accorda que quelques instants. « Voilà une éternité qu'on ne vous a pas vue, lui dit-il. Une éternité ! Je suis contenté... » Il laissa un silence que Clara connaissait bien. « On ne joue plus *Packing up* », ajouta-t-il tristement. Et ce fut tout. Clara ne trouva rien à dire. Leur ancienne complicité avait disparu. Alexeï si frêle, si amoindri par la maladie, semblait en bouture sur le corps d'Igor.

Les jours suivants furent d'autant plus moroses qu'Irina laissait désormais libre cours à ses inquiétudes au sujet de *la visite*. « Ils peuvent arriver n'importe quand, mon Dieu ! » répétait-elle sans arrêt. « On ne peut certainement pas leur montrer *ça* ! » continuait-elle entre ses dents, en désignant avec dépit l'étrange créature que composaient à ses côtés Igor et Alexeï. Au début, le *diadka* portait son protégé à bout de bras, mais quand Alexeï commença à reprendre des forces, il le hissa sur ses épaules. La tête d'Igor disparaissait à moitié sous les tuniques d'Alexeï, et dans les couloirs de la câblerie errait cette espèce de centaure désœuvré, dont les proportions monstrueuses convenaient enfin à l'immensité des lieux. La seule consolation d'Alexeï, juché à plus de deux mètres du sol, consistait à épuiser sa monture de salons en vestibules et de corridors en antichambres. Les lamentations d'Irina l'atteignaient peu. Il refusa même de descendre pour jouer aux dames avec Clara. Il préférait à tout les grandes chevauchées dans le Vestiaire, qui tenait lieu de manège. Il contrôlait parfaitement l'allure et la direction. Igor se prêtait à un grand nombre de figures, et Clara assistait à ces reprises avec perplexité. Elle échangeait quelques mots avec Irina qui allait et venait nerveusement à la fenêtre, puis repartait. Comme elle regrettait les conciliabules de la salle amarante ! Elle attendait impatiemment la fin de cette convalescence et se félicitait de voir Alexeï reprendre du poids. Quand il se sentit mieux, il voulut lui parler à l'oreille. Elle se dressa sur la pointe des pieds, assez inquiète, tandis qu'Igor s'agenouillait comme un chameau. « Merci pour vos clous, ils sont magnifiques », lui murmura-t-il. Elle rougit, mais avant qu'elle pût rien répondre, il avait déjà tourné bride et repartait dans ses rêveries au petit pas. Combien de fois, au travail, alors qu'elle découpait avec lassitude le *Napoléon Ier* de Gérard, se souvint-elle de cette phrase, en tenant pensivement le nez de l'Empereur entre ses doigts ?

Une après-midi où Alexeï paraissait requinqué, au point de donner de joyeux coups de talons sur les côtes d'Igor, la sirène d'entrée retentit. Irina leva les bras au ciel et poussa vivement tout son monde dans la salle amarante. Clara et le centaure restèrent là en silence. Igor épuisé dormait debout, Alexeï avait repris son air grave et ne jeta pas un regard à la table de dames. Au bout d'une bonne dizaine de minutes, Irina revint plus paniquée encore, tenant sur son bras une petite veste militaire.

– Ils sont là, annonça-t-elle avec gravité. Je les ai mis dans le salon bleu. Vous voyez ! dit-elle méchamment à Clara. Vous voyez que ça tombe mal ! Alexeï Alexeïevitch, je vous prie d'abord d'enfiler votre tenue. Pouvez-vous y arriver tout seul ?

– Oui.

Alexeï ôta sa tunique et passa la veste. Igor faisait office de portemanteau. Durant l'opération, il découvrit un instant son ventre blanc comme du marbre, veiné de longs filets bleuâtres. La maladie avait creusé la chair. Clara frissonna et détourna discrètement la tête. Quand Alexeï se fut boutonné jusqu'au ras du cou, il regarda Irina avec inquiétude.

– Alexeï Alexeïevitch, il ne faut pas qu'ils sachent.

Il passa alors sa jambe droite derrière le cou d'Igor et se laissa très doucement glisser le long de son dos, en se retenant de toute la force de ses bras. Enfin il toucha terre et, soutenu par son *diadka*, fit quelques pas titubants. Clara aperçut une sorte de plaque de cuivre cousue sur chacune de ses épaules. Il grimaçait, mais se retint de crier. Les deux I l'observaient sans sourciller.

– Ça brûle, dit-il calmement en désignant son genou.

Il parvint à maîtriser la douleur et recouvra peu à

peu une expression plus normale. Il se trouvait tout près de Clara mais, trop occupé à reprendre contact avec son propre corps, ne prêtait aucune attention à elle. Cherchant comme une mère à le distraire de sa souffrance, elle pointa son index vers les plaques de cuivre.

– C'est quoi, ces jolies choses que tu as là ? lui demanda-t-elle.

– Ne touchez pas à mes épaulettes, lui répondit-il froidement. Il eut même un geste de la main pour chasser la sienne.

– Ah. C'est grave ?

– Oui.

Elle se recula. Elle oubliait toujours qu'il n'était pas tout à fait un enfant.

– Ça ira, conclut Irina.

– Bon, restez là, les filles, dit-il avec une soudaine ironie. On m'appelle pour affaires.

Igor et lui sortirent côte à côte de la salle amarante, avec de lents mouvements symétriques, comme pour une cérémonie. Les deux femmes se retrouvèrent seules. Irina ne cachait pas son soulagement et gardait un œil sur Clara. Celle-ci n'osait prendre aucune initiative. Elle essaya d'imaginer un début de partie sur le damier vide pour tuer le temps, mais son esprit s'emmêlait dès le troisième ou quatrième coup. « Je vous raccompagne ? » finit par proposer Irina. Clara obtempéra. En traversant le vestibule, elle entrevit juste un coin du salon bleu, alors qu'Igor refermait déjà la porte en la tirant sur son rail. Elle distingua furtivement Alexeï droit dans son manteau vert, un homme en noir agenouillé, coiffé d'une calotte de pope et tenant entre ses mains un petit objet brillant, une dizaine de personnes prosternées face contre terre. Puis plus rien, Irina la poussant avec précipitation vers la sortie. De retour chez elle, la jeune femme oublia vite cette image incongrue, presque comique, et dont elle ne trouvait pas la place dans le grand puzzle de la câblerie.

Le rétablissement d'Alexeï fut laborieux. Il boitait et, privé de sa monture, avait perdu la seule occasion de s'amuser. Il parlait peu. Par contre, Clara se sentait de plus en plus curieuse. La maladie d'Alexeï lui avait donné de l'audace, et elle voulait goûter plus à fond aux secrets de la câblerie. L'itinéraire qui la menait du Vestibule à la salle amarante ou au Vestiaire ne la satisfaisait plus. Elle lorgnait sans pudeur l'escalier qui conduisait au premier étage. Ayant compris qu'elle devait d'abord compter sur elle-même, elle lut quantité de livres sur l'histoire russe. Elle apprit beaucoup, mais pas assez. Elle consulta les journaux spécialisés : même déception. Elle afficha sur les murs de sa chambre des photos d'empereurs, de monuments et de paysages découpées un peu partout, pour s'imprégner. Elle s'endormait à Livadia en Crimée, à Peterhof sur le golfe de Finlande, ou dans les environs de Saint-Pétersbourg. Cette méthode donna plus de résultats. Elle entraperçut quelque chose de l'*âme russe*, comme un coup d'œil derrière une porte qui se ferme. Sa famille la trouvait absente : c'est qu'elle se trouvait aux prises avec un jeu grandeur nature qui valait tous les autres, et qu'elle avait l'intention de finir. La dernière pièce !... Elle réfléchissait dans son coin. Un soir, lors d'une conversation avec son père, qui sous ses dehors ahuris semblait parfois bien renseigné, elle voulut tirer au clair l'affaire du garage.

– Papa, ce garage que tu t'es arrangé pour vendre à moitié prix à des étrangers qui t'ont payé *cash* comme tu dis, sans doute en vieux roubles, il...

– Ah... le garage ! s'exclama-t-il en ouvrant haut les deux bras. Il heurta l'abat-jour du bout des doigts, qui vacilla jusqu'au plafond et entama un rapide mouvement de balancier. Le visage de l'avocat disparaissait et réapparaissait comme à la lumière d'une bougie.

– Oui, le garage.

– Ça, le garage... bougonna-t-il en se retirant dans un coin d'ombre. Je n'aurais peut-être pas dû. Au cas où toi ou ton frère se décide à passer son permis un jour ! On peut toujours rêver.

– Le permis de quoi ?

Il posa ses mains à plat sur la table.

– Ma petite fille, heureusement que tu te maries tu sais. Vous avez trouvé une date avec ta mère ?

– Sûrement à la fin du printemps.

Il pianota nerveusement sur le formica.

– Tout compte fait, je ne sais pas si c'est une telle affaire.

– Moi non plus...

– Enfin je l'ai quand même revendu presque deux fois le prix où je l'avais acheté.

– Ah, le garage...

– Oui, le garage.

Ses doigts se cramponnèrent au bord de la table.

– Et il leur fait de l'utilité, quand même ?

– Mais tu n'as qu'à leur demander ma chérie, je n'en sais rien moi.

Il montra sa paume, blanche et lisse comme celle que l'on montre pour dire toute la vérité. Clara se taisait. Il se régalait.

– Je devrais d'ailleurs leur donner le double des clés, que j'ai retrouvé par hasard l'autre matin dans mon gilet multipoches, ajouta-t-il. On s'y perd avec toutes ces coutures.

Clara sentit le cœur lui manquer. La conversation aurait pu s'arrêter là, l'avocat n'ajoutait rien et la laissait décider. Elle se lança :

– Tu... tu mets toujours cette chose... ça te prend à chaque fois une heure pour trouver les clés de la voiture, ça énerve tout le monde, et puis... et puis on dirait que tu te grattes ; tu te fouilles comme un singe !

L'avocat savoura son triomphe. Un singe ! Voilà bien ce qu'il était, crapahutant dans les bois des tribunaux en s'accrochant aux barres et en effeuillant des dossiers. Un sale singe rusé. Ses grimaces de mauvais rhéteur avaient même fini par altérer son expression quotidienne. Il clignait des yeux et entretenait ce tic avec soin, tandis qu'il laissait pendre sa lèvre inférieure en signe de dépit permanent, irrévocable et universel. Sur son crâne n'apparaissait plus qu'une fine couche de mèches noires plaquées en avant. Il paradait face aux jurés comme devant des visiteurs de zoo, en exhibant l'humanité sauvage. Il adorait faire peur, à ses clients, à sa hiérarchie, aux salles d'audience, à sa fille. Il remit son visage dans la lumière.

– Tu veux me rendre un service ? Je te laisse les clés, et comme tu habites à côté, tu iras leur donner un de ces jours. Politesse de voisinage. Mais ne traîne pas trop.

L'avocat partit en laissant à sa fille, posée sur le coin de la table, sa première grande tentation. Elle ne payait pas de mine. Un anneau rouillé tenait ensemble un badge en plastique et une petite clef plate. Clara prit le trousseau dans une main et le soupesa pensivement. Encore hésitante, elle commença à marchander avec elle-même, se trouva alors beaucoup plus conciliante qu'elle ne le croyait et, forte de cette découverte, perdit rapidement ses derniers scrupules. Si ce n'était que cela ! Elle avait assez gaspillé sa jeunesse à faire l'ange des uns et des autres. *Mio angelo*... assez !

Une demi-heure après, Clara se trouvait devant l'entrée du garage. Elle ne s'était jamais rendue là auparavant. Il pouvait sembler assez étrange de la voir manipuler un badge de parking. Quelques voitures la klaxonnèrent pour lui rappeler où elle mettait les pieds. Elle n'y prêta pas attention et emprunta l'étroit passage qui bordait la rampe en spirale. Elle descendit les quatre niveaux d'un pas alerte, en rasant la colonne centrale. La tête lui tournait et le froid la gagnait. Elle regretta de n'avoir pas pris de manteau. Elle se sentait entraînée vers le fond comme dans un tourbillon. En bas, il faisait sombre, des phares s'allumaient à l'improviste. Elle renonça à comprendre le principe de numérotation des box, s'avança au hasard, et tomba finalement sur celui des Russes, après une longue errance dans ce sous-sol humide. Elle se pencha pour tourner la clé dans la serrure. À cause de l'obscurité, elle dut s'y reprendre à plusieurs fois et finit par s'agenouiller. Elle prit son temps. Elle avait l'air d'une pénitente devant une iconostase orthodoxe. Clara jugea le moment très opportun pour penser à Alexeï. Elle ferma les yeux et se représenta l'enfant en majesté, descendant son escalier la tête droite, une main sur la rampe, avec sa chemise de marin et sa casquette. Elle le sentait tout près d'elle. « Alexeï ! » murmura-t-elle avec dévotion. « Alexeï ! » Elle prenait un plaisir inouï rien qu'à prononcer son nom. Puis elle se tut. Après quelques minutes de recueillement, les genoux meurtris sur le goudron d'un parking sinistre, elle se redressa et souleva le rideau métallique. Cela fit un boucan du diable.

Clara trouva le commutateur en tâtonnant, et l'ampoule qui ballait au milieu de la pièce, suspendue à un fil nu, grésilla quelques secondes avant de s'éclairer entièrement. Elle crut alors voir au ralenti, surgissant d'un fond noir dans des lueurs stroboscopiques, des militaires d'une autre époque qui s'avançaient vers elle, armés, menaçants. Elle s'arrêta net, saisie de terreur. Ailleurs dans le parking, les moteurs des voitures jouaient des batteries de tambour, les portières claquaient en tirs isolés, et le portail roulant de la grande entrée canonnait dans le lointain. On entendait quelques cris tout autour, répercutés en écho par les murs de béton, comme des râles. L'espace d'un instant, Clara ne se trouva plus au quatrième sous-sol d'un parking souterrain *surveillance 24h/24*, mais sur un champ de bataille dont elle ignorait les règles. Quand la lumière se stabilisa et que les choses redevinrent immobiles, Clara s'aperçut qu'il manquait leurs têtes aux soldats. Une demi-douzaine de mannequins de bois avaient été habillés en grande tenue d'officier, galonnés de pattes d'épaule brodées d'or : il y avait là un capitaine de grenadiers Malorossiiski avec revers bleus sur la jaquette et, posé à même les épaules, un bicorne orné d'un papillon jaune ; un mousquetaire verdâtre du régiment Lithuania portant fourragère et plumeau ; et plus intrigant, quatre uniformes de tout petit gabarit regroupés entre ces deux-là. Un connaisseur y aurait reconnu une souple tunique de garde du corps, grenadier monté, taille dix ans, soigneusement garnie de ses cartouchières, décorations et poignards, qui se confondaient en une vaste éclaboussure d'or sur la poitrine. Aux mêmes mesures mais d'un esprit plus strict, on trouvait une élégante panoplie d'escorte de Sa Majesté Impériale, qui se distinguait surtout par l'écharpe rouge et le rappel en double bande sur le pantalon. Même réduit à traîner par terre, le sabre faisait tout le charme de l'ensemble. Pour les treize-quinze ans, le box du garage proposait une sobre tenue de lieutenant-colonel de la Garde, noir avec deux simples rangées de boutons. À côté se trouvait exposée la plus belle pièce, un uniforme du fameux régiment de Preobrajenski, dont le modèle demeurait inchangé depuis Pierre le Grand. Une bavette en argent estampillée de l'aigle impériale en faisait tout le prix ; la finition des épaulettes, la coupe audacieuse du plastron, évasé de manière à affiner la cambrure, la délicatesse de la couture du col, en tresses rouge et or, la souplesse de la popeline de la veste, tous ces petits détails l'apparentaient à un habit de grand boyard. Sur le côté gauche, l'étoile de saint André, à l'insigne de l'ordre anglais de la Jarretière, éclatait en un large soleil gris et rayonnait de mélancolie hautaine.

Tous ces vêtements, bizarrement, ne ressemblaient pas à des pièces de musée. Ils n'avaient rien d'élimé ni non plus de trop apprêté ; les ceintures étaient mal bouclées, les guêtres à moitié boutonnées et les manteaux en toile de chanvre jetés à la va-vite. Les mannequins paraissaient moins servir de présentoirs que de portemanteaux. Dans le fond était amassé un bric-à-brac d'antiquaire, depuis le fusil de trois lignes *Mademoiselle 1891* jusqu'à d'anciens drapeaux aux armes des provinces, ainsi que des liasses de vieux documents russes, avec cachets à tête d'aigle et paraphes entortillés. Trois écharpes de soie bleues et rouges étaient suspendues aux aspérités d'une figure de proue méconnaissable, rongée par le sel et le vent, dont la présence dans ce box semblait difficilement explicable. Clara reconnut, pour les avoir vus dans des livres, les grands cordons de chevalier de saint Alexandre-Nevski, de chevalier de l'Aigle blanc et de grand-maître de l'ordre de Malte. Au pied de la proue s'étalaient des armes d'estoc et de taille, baïonnettes, coutelas, sabres, stylets... Hors des vitrines où elles sont habituellement rangées, les armes blanches retrouvaient ici la lourdeur, la lenteur même des combats ; Clara les voyait tourner en rêve, décrire silencieusement de longues et savantes figures, avant de tinter les unes contre les autres. Tout ce fourniment paraissait en excellent état, aiguisé et graissé, prêt à servir. Clara salua ses six compagnons de bois et referma la porte du box, sans remarquer les deux ronds de cire rouge de chaque côté du chambranle. Elle remonta à l'air libre par paliers, en s'arrêtant souvent pour reprendre sa respiration. Un instant, elle confondit l'odeur de l'essence avec celle de la poudre.

En arrivant à la câblerie le lendemain, Clara surprit un spectacle qui acheva de brouiller ses esprits. Dans un coin de la cour, Igor et Alexeï jouaient, tout simplement, à saute-mouton. Le gros *diadka* se recroquevillait du mieux qu'il pouvait, en s'efforçant de rentrer sous lui ses énormes bras, ses genoux en boulets de canon et sa tête de garde impérial. Il ne restait plus de lui qu'un petit rectangle compressé par-dessus lequel Alexeï arrivait à sauter sans trop de difficultés. Igor dépliait ensuite toute sa masse en un instant, prenait son élan, puis bondissait avec une énergie et une légèreté invraisemblables, en s'élevant d'au moins cinquante centimètres au-dessus d'Alexeï. Il posait ses épaisses paluches sur la nuque si frêle de son neveu, mais loin de s'y appuyer, il la frôlait à peine, mieux : il la caressait. Ce gaillard renfrogné, mesurant bien deux mètres, et dont le poids devait approcher celui d'un petit taurillon, avait pour Alexeï des délicatesses de nourrice. Clara resta quelque temps stupéfaite à admirer l'envol de la bête. Pour un convalescent, Alexeï se portait à merveille ; il riait quand Igor lui chatouillait le cou et courait avec aisance. Clara peinait à se représenter cet enfant jovial en uniforme de Preobrajenski.

Igor aperçut Clara le premier et cessa sur-le-champ ses cabrioles. Il ajusta ses lunettes d'acier fin et se dirigea vers elle, tandis qu'Alexeï se composait un visage plus sérieux. Tous gagnèrent le vestibule. Alexeï annonça alors à Clara, sur un ton très officiel, qu'il se sentait entièrement rétabli et souhaitait reprendre leurs anciens jeux. Disant cela, il gardait aux lèvres un léger sourire qui ne lui était pas habituel. Clara acquiesça mécaniquement, résignée à donner dans toutes les chausse-trapes de la câblerie. Peut-être, à la longue, finirait-elle par s'y retrouver.

Alexeï la précéda dans la salle amarante et se mit immédiatement en position à la table d'acajou. Le jeu y était déjà prêt. Clara s'avança en traînant le pas et, avant même de s'asseoir, poussa distraitement un pion noir. Elle joua quelques coups sans y penser. Bien mal lui en prit car, contrairement à tous leurs arrangements, Alexeï chercha à gagner et gagna. Elle n'eut pas le temps de réagir. À l'échelle du jeu de dames, il fit preuve d'une intelligence remarquable. En quelques minutes d'une stratégie très au point, l'échiquier se couvrit de pions blancs à un et deux étages, solidement répartis entre le corps d'armée, les ailes et les premières lignes. Alexeï avait tiré les leçons de Borodino et évitait tout déséquilibre dans la position de ses pions, ce qui ne l'empêchait pas de risquer parfois des percées inattendues, dévastatrices, qui ricochaient jusqu'aux lignes arrière du camp noir. Cette victoire brutale laissa Clara abasourdie, et même assez vexée. Elle le regarda fixement.

– Vzglïad, bystrota, chok : coup d'œil, rapidité, choc. La devise de Souvorov. J'ai appris que vous n'aimiez pas que l'on vous cache des choses, alors je vous en montre quelques-unes.

– Oh ! mais tu sais, je n'ai aucun...

– Igor s'est permis de remplacer les sceaux sur la porte du garage, vous n'y voyez pas d'inconvénient ?

– Non.

Elle ne trouva rien de plus à dire. Désormais elle était des leurs, en captive. Les conciliabules de la salle amarante se trouvaient bien terminés. Ils n'y reviendraient plus et le savaient. Alexeï lui proposa très naturellement de visiter ses « appartements » de l'étage. Cette invitation qu'elle avait rêvé d'accepter, Alexeï la lui accordait comme une faveur, une faveur qui ne se refuse pas. Elle se souvint de la formule d'Igor : « Pas d'étrangers au premier. » Elle suivit Alexeï en silence et monta les marches tête basse.

Dès le palier, on entrait dans un vestibule d'apparat minutieusement décoré. Sur les poutrelles, des moulures de plâtre évoquaient les victoires militaires russes et représentaient les armes, les étendards, les armures de l'époque. L'isolation sonore produisait une soudaine sensation de silence qui contrastait avec la ritournelle en tic-tac des horloges du rez-de-chaussée. La grande verrière avait été entièrement badigeonnée à la chaux et ne laissait passer aucune lumière, mais sa forme ovoïde agrandissait encore l'espace. Dans cet univers immense et cotonneux, retiré hors de l'histoire, indifférent aux hommes, arpentant son domaine au gré de ses rêveries, inatteignable, Alexeï régnait seul. Il laissait ses fantasmes s'accumuler au cœur de ce nuage gris. Clara se sentit oppressée par cette atmosphère froide et lourde, pleine d'images invisibles qui rôdaient autour d'elle comme les simulacres des Anciens.

L'étage s'organisait selon les mêmes principes que le rez-de-chaussée, mais extrapolés jusqu'à l'absurde : d'autres Vestibules, des Cabinets de toilette, des Antichambres, des Salons à n'en plus finir ; une salle grecque avec une petite sculpture de discobole semblable à celles que l'on vend aux touristes ; une galerie de tableaux s'étendant à perte de vue, où étaient suspendues les quatre-vingt-trois reproductions des *Désastres de la guerre* de Goya, dont une que Clara reconnut pour l'avoir mise en puzzle ; une salle dite non plus de musique, mais tout bonnement « d'orchestre » ; une salle à manger sans table mais « de gala » ; une Bibliothèque garnie d'une centaine de livres policiers, d'une collection de *Don Quichotte* dans pas moins de douze langues différentes, et d'un exemplaire de *Quatrevingt-treize* de Victor Hugo ; il y avait même une salle des chevaliers de Saint-Jean au niveau de la turbine à gaz. Clara traversa tout ce labyrinthe sous une petite pluie de poussière, sans bien savoir où il commençait et où il finissait. On avait également cru nécessaire de baptiser un « Cabinet de passage », comme si les autres ne l'étaient pas.

Quelque part parmi ces vingt-sept pièces (Clara aurait été bien incapable de dire où) se situait la chambre à coucher d'Alexeï : contre un mur, minuscule par rapport au reste de la pièce, était dressé un lit en fer, qui constituait à peu près le seul ameublement. Au-dessus brûlait une *lampada* à huile, éclairant nuit et jour une icône de saint Vladimir. « Le fondateur de la Russie kiévienne », déclara sobrement Alexeï. Ce barbu couvert de colifichets, jauni par la lueur tremblante de la flamme, ne semblait pourtant pas une compagnie idéale pour les longues nuits d'hiver. Et il n'était pas seul : sur une chaîne en or accrochée au pied du lit se balançaient coude à coude quelques-uns de ses acolytes, Antoine, Théodose, Cyrille, Méthode, Georges, même ce vieil Archange Gabriel. Point de Vierge, étonnamment. On restait entre hommes. La discrète odeur d'huile devenait vite écœurante. Alexeï commença à replacer le matelas, les draps et les oreillers, qui se trouvaient renversés par terre dans le plus grand désordre.

– Je suis désolé, expliqua-t-il à Clara, j'étais en train de jouer quand Igor m'a appelé.

– À quoi ?

– À la guerre, voyons. À quoi voulez-vous jouer seul dans une chambre ?

Clara remarqua alors, emmêlés dans la couverture, un pistolet en bois, un petit fusil de fête foraine, et un couteau de bonne taille, au manche ouvragé de jolis motifs de chasse. Le mur d'en face était criblé de plombs. Elle aperçut aussi son cher bonnet suspendu à une patère. Elle n'ajouta rien.

Au sortir de la chambre, Alexeï l'entraîna dans d'autres couloirs, avec visiblement une idée en tête. Il s'arrêta devant une somptueuse porte à double battant, très inattendue dans cette câblerie où le moindre placard coulissait sur rail. Il l'ouvrit d'un violent coup de pied en annonçant : « C'est ici le centre de l'étage. » Clara entra dans une salle italienne grandiose, toute ronde, la seule de la câblerie à ne pas être en toc et à recevoir directement la lumière extérieure. Si l'on aimait le style Louis XVI, il y avait tout pour éblouir. Le patio assurait un bel éclairage naturel aux huit portes en acajou ornées de marqueterie, aux bronzes dorés et aux bergères de vrai velours. Le sol en marbre rose, veiné de fins rinceaux sombres, répandait dans la pièce une douceur printanière, comme une promesse de chaleur. Enfin les choses semblaient vraies. « Ah ! Quelle joie ! Et voilà l'Italie ! pensa Clara émerveillée. L'Italie ! La terre ferme, l'air du Sud, du solide ! » Pour un peu, elle en aurait retrouvé la carte dans les rainures du marbre. Elle se retourna vers Alexeï, qui arborait une mine fort grave.

– Souvorov disait aussi : Kto udivit, tot pobedit. Surprendre c'est vaincre.

Alexeï parlait rarement pour rien et Clara demeura quelques instants à réfléchir. Puis elle comprit, avec effroi. La salle italienne était un piège, le dernier, le plus difficile, celui dont elle ne se sortirait pas. La veille encore, elle ne l'aurait pas vu. Elle se serait exclamé « Chouette ! » et Alexeï en serait resté pour ses frais, assez considérables si l'on évaluait la somme des richesses entassées là. Un instant, à observer Clara faire des ronds de manège sur le marbre, il craignit d'avoir brûlé les étapes. Mais finalement elle avait deviné : la salle italienne n'avait rien de plus que les autres. Tout aussi vraie, tout aussi fausse, elle détenait le secret de la câblerie : il n'existe pas de vrai palais. Illusions !... De marbre ou de plâtre, qu'importe ! L'essentiel est de pouvoir y croire. Clara se trouvait au pied du mur. Il ne lui restait qu'à prendre la câblerie u sérieux, sans réserve. Après tout, Pierre le Grand vait bien décampé de l'appartement de la reine mère u Louvre, trop prétentiard. Il lui préférait son lit de amp, auquel nul n'aurait pu refuser le titre de lit d'ap-arat. Adieu donc la *terre ferme* ! Et vive l'Empire ! ,e successeur d'Alexandre, c'est lui ! Comparée à la olitude de la rue des Trois-Médailles, la Perse ne vaut as grand-chose. Quel orgueil ! Clara en eut le vertige. llle sentit le patio tourner autour d'elle et l'entraîner ans tous ses ors. Elle leva les yeux. Des statues de emmes seins nus, toutes identiques, logées dans des iches en hauteur, l'entouraient sans desserrer les èvres, comme des spectateurs au théâtre, aussi froides ue le bronze malgré leurs jolis tétons. Clara voulut à oute force aspirer une dernière bouffée d'Italie, ren-ersa la tête en arrière, battit des paupières comme our chasser une mauvaise pensée, puis retomba bien roite, le regard fixe devant elle et les bras le long du orps, en plein milieu du cercle rose. Beau pistil.

Alexeï entraîna Clara dans le fond du bâtiment. Ils narchèrent d'un pas égal et mesuré. Ils avaient tout eur temps à présent. Il lui présenta, séparées par le rand espace « grec », la salle de la Guerre et la salle le la Paix qui occupaient les deux extrémités nord et ud. Elles étaient entièrement peintes en blanc et amé-agées de façon similaire, avec une table de travail et leux chaises. Ils se dirigèrent vers le nord et s'assirent 'un en face de l'autre. Alexeï trifouilla dans des car-ons dispersés tout autour et en sortit des petites figu-ines de plomb qu'il posa soigneusement devant lui.

– Qu'est-ce que vous préférez ? Valoutina, Taroutino, Alma, Kagoul, Kunersdorf, Plevna, Landscrone, La Trebbia, Izmail ? À votre guise...

En entendant le premier nom, Clara crut qu'on lui demandait son avis sur la haute couture ; au deuxième elle tenta de réunir ses maigres connaissances de l'actualité cinématographique ; au troisième elle s'apprêta à discuter d'un sujet qu'elle possédait à merveille, les ponts de la ville ; au quatrième elle imagina une nouvelle péripétie de l'histoire du bonnet ; mais à partir du cinquième elle dut reconnaître sa totale incompréhension. Kunersdorf... Peut-être des marques de bonbon, ou des spécialités russes ? Elle bafouilla et laissa entendre qu'elle ne se sentait pas en appétit.

– À moins que vous ne souhaitiez quelque chose de plus classique, pour commencer ?

– Oui, c'est cela, classique, si possible.

– J'ai bien une idée... mais tout de même... enfin pourquoi pas, après tout ça fait longtemps, et puis en un sens, c'est la première, la meilleure. Allez, disons Poltava !

Alexeï installa soigneusement ses figurines au 1/72, marque *New Hope*, entre deux bandes de tissu vert. Il n'en possédait pas beaucoup, mais d'excellente qualité, à en juger par le détail des uniformes et des armements. On pouvait aisément distinguer une foule de grenadiers avec leurs baïonnettes, des cosaques, des cuirassiers et des uhlans montés, quelques chevaux sans cavaliers, une dizaine d'avant-trains d'artillerie, cinq corps de canon plus massifs, un porte-drapeau, et même un tambour de ligne. La plupart des soldats alignés devant Alexeï étaient peints en vert et rouge. Par contre, on n'avait pas jugé utile de donner des couleurs à ceux de l'autre camp, et ils prenaient faute de mieux celle de la boue. Alexeï attrapa un capitaine de hussard par le col et commença les manœuvres.

– Je vous rappelle que nous sommes le 27 juin 1709. Ici, à côté du couvent de la Résurrection (Alexeï posa une petite maison de Monopoly), cet imbécile de Charles XII qui imagine affronter la même armée qu'à Narva ; là, dans le camp retranché de Yakovzi, Pierre Ier qui en a assez de courir de défaite en défaite, et qui dès l'aube a harangué ses régiments rassemblés. Observez l'ingéniosité de la position. Pour attaquer le camp russe, les Suédois doivent passer entre ces deux bois, dans un étroit couloir d'un kilomètre de large défendu par une ligne fortifiée. À deux heures du matin, dans la nuit la plus noire, les dragons russes Nijni-Novgorod y affrontent les six colonnes de cette maudite cavalerie suédoise qui a engagé la bataille par surprise.

Il resta un moment pensif.

– C'est toujours la même chose avec les Suédois. Les lâches ! Les poussières de moujik ! Salauds ! Niegodiaye ! Merzavtsy ! Incapables de se battre comme de vrais soldats. Jamais un Russe n'aurait fait cela. Un Russe, la nuit, il dort, Mademoiselle !

Alexeï se saisit d'une poignée de chevaux de plomb et les entrechoqua avec rage. Plusieurs cavaliers désarçonnés gisaient sans mouvement sur la table. Il tenta même une charge « en lava cosaque », avec un homme de tête et le reste de la troupe grossissant derrière comme une coulée d'avalanche. Il ne disposait pas des effectifs suffisants pour simuler le mouvement entier, mais l'accompagnait de toute une pantomime. Clara ne l'avait jamais vu s'agiter ainsi. Il faisait des mouli nets avec les bras et battait du pied en poussant de cris étouffés. Quand ses yeux se fermaient à demi au dessus de son diaporama, il ne ressemblait pas du tou à un enfant qui joue.

– Ainsi, Pierre gagne du temps. Il a disposé di redoutes sur le chemin de l'armée ennemie. Dès qu les Suédois débouchent dans la clairière, au lever d jour, l'artillerie engage un feu de flanquement qui fai des ravages dans les rangs serrés de l'infanterie e l'oblige à se réfugier dans la forêt Boudistchev, enve loppée par les brumes du matin (il indiqua négligem ment un coin du tissu). Et voilà pour la première parti de la démonstration. Bonjour, Messieurs !

Il renversa du plat de la main une bonne moitié de figurines de bronze brut au teint terreux. Certaine tombèrent par terre et se brisèrent. Il s'en fichait, il se concentrait sur la contre-attaque. Il aligna symétrique ment les deux armées au nord-ouest de Yakovzi, face à face, sur un front continu, leurs ailes légèrement en retrait de chaque côté. Il ne s'agissait plus de ruser.

– À neuf heures, les Suédois réagissent. C'est la mêlée générale. La chaleur monte, les hommes peinent et suent. On a beau être au XVIIIe siècle, le matériel reste très lourd à transporter. L'ennemi enfonce la pre mière ligne russe par la droite et certains régiments commencent à reculer. Pierre se jette alors dans la bataille à la tête d'un bataillon et, en un éclair, redonne à ses troupes l'ardeur de vaincre. Leur fatigue, leur peur, leur découragement disparaissent comme par miracle. C'est important, un tsar, surtout quand il cavale sabre au clair.

Alexeï ouvrit un petit coffret métallique d'où il retira Pierre le Grand en cavalier de plomb, son cheval cabré comme sur la place des Décembristes. Sa moustache si fine, qui partait au ras du nez en laissant la lèvre bien découverte, annonçait qu'on serait impitoyable. Enlacé aux doigts d'Alexeï, Pierre galopa fièrement sur la table de formica.

– Piou, piou ! Les balles sifflent autour de lui. Imaginez ! Il y en a une qui traverse son tricorne, une autre qui se loge dans sa selle, et une troisième frappe la croix qu'il porte sur la poitrine. Dieu le protège. Ses hommes lui emboîtent le pas en hurlant « La zdrastvouet Imperator ! » Vive l'Empereur ! Les Suédois sentent le vent tourner et reculent par bataillons entiers. Ils voient la moustache et entendent la mort qui arrive. Rapidement, c'est la débandade. La cavalerie russe sabre les fuyards. Pipper et le maréchal Reinschild sont faits prisonniers. Qu'est-ce que vous en dites ?

Alexeï poussait négligemment du doigt ses soldats vert et rouge, qui se pavanaient sans gêne en terrain conquis. Clara, demeurée tout ce temps attentive aux opérations, put enfin lever la tête. Alexeï s'était empourpré ; ses pupilles rétractées, d'un noir profond, troublant, s'enfonçaient dans ses yeux comme deux têtes de clou. Des traînées de sueur striaient son visage. Il devenait très viril. Clara eut juste un battement de cils. Mais à l'image de Pierre III qui préférait étaler ses soldats de plomb sur le lit conjugal plutôt que de faire l'amour à Catherine, il ne fallait pas lui demander d'autres plaisirs.

– Et le plus beau... chuchota-t-il sur le ton d'une

confidence, c'est qu'au soir de cette grande journée, il a invité à dîner les généraux prisonniers pour les remercier. « À nos maîtres en l'art de la guerre ! »

– L'art de la guerre ? interrogea Clara. Elle le connaissait à sa manière, avec ses puzzles de Poitiers ou de Waterloo. Sur carton ou à même la chair, il s'agissait toujours de découper, de tailler, de trancher en morceaux ; elle en avait l'habitude. Elle était curieuse d'en savoir plus et Alexeï victorieux, détendu, semblait prêt pour de grandes explications.

– Oui, c'est ce qu'il a dit : isskoustvo voïny.

Il contempla la petite figurine avec amour.

– De notre point de vue, il y a des batailles plus ou moins réussies, plus ou moins élégantes même. À risquer sa vie, on devient assez perfectionniste. Pas question de mettre un adjectif à la légère ou de poser une couleur au hasard, comme dans les arts mineurs où l'on écoute ses petites fatigues, ses peines de cœur, où l'on cherche à plaire. À qui voulez-vous plaire seul dans des nuages de fumée ? Un assaut, on s'y donne à corps perdu. Pas une seule part de vous-même n'y échappe. Voilà ce qui élève vraiment l'âme ! Psychagogique, comme on dit, n'est-ce pas ?

– Heu... il faudrait que je demande à...

– Inutile de finasser. Ne plus rien avoir qui traverse l'esprit, sauf des balles, ne plus ressasser d'opinions, de craintes, d'ambitions, n'est-ce pas l'état du sage ? Par la contemplation des Idées, je doute qu'on l'atteigne, mais avec un sergent-major au cul, on trouve très vite l'héroïsme et son ciel d'éclairs jaunes et rouges... Un homme qui obéit est un homme sauvé, délesté de toute personnalité, léger comme une plume pour monter vers Dieu.

– Oui, j'ai vu les *Désastres de la guerre* dans l'autre pièce...

– Fameux, hein ? Je ne vous le fais pas dire ! À la guerre, il faut voir grand et ne pas regarder à la dépense. Des uniformes somptueux, cousus dans les meilleures fabriques du pays, seront portés quelques heures ou même seulement quelques minutes. Ceux qui parlent de « gratuité » devraient lire l'histoire militaire. Des milliers, des dizaines de milliers d'hommes ! Pour mettre au point une stratégie, croyez-moi, il faut être autrement subtil que sur un damier avec quarante pions réglés comme des mules. Et si l'art sert à conjurer la mort, je n'en connais pas de plus grand que la guerre. Un soldat qui prend une balle ou un coup de sabre, c'est une pièce en moins, et rien d'autre. D'ailleurs on ne meurt pas, on tombe, et au champ d'honneur en plus ! Personne ne tue pour le plaisir : il s'agit seulement de compter les points, pour départager. Sinon, pensez-vous ! personne ne monterait au combat. Quel ennui ce serait, de s'enfoncer mutuellement des couteaux dans les côtes, en rangs serrés. Il ne faut pas confondre désastres et carnages. Nous avons nos règles. La fureur de la cinquième colonne dans Praga, massacrant tout ce qui lui tombe sous la main, ne concerne que les spécialistes du cœur humain, pas nous ! Souvorov a fait sauter le pont qui reliait ce faubourg à Prague. Bien : c'est qu'il n'aimait pas les amateurs, voilà tout. Il y a le don, le goût, et il y a le métier. Ça se travaille, et à haut niveau, dans les nuances. Nous par exemple...

Il resta songeur un instant, en tapotant distraitement un grenadier de la Garde contre sa joue.

– Bien distinguer aussi le talent et le fanatisme académique, reprit-il. Regardez Paul Ier et ses misérables troupes de Gatchina, déguisées à la prussienne, jonglant avec les écouvillons en douze temps bien réglés au lieu de tirer le canon, des maniéristes ! Une époque creuse, moyenâgeuse ! Et de l'autre côté, osez douter du génie quand un homme totalise soixante-trois victoires et aucune défaite ! Les choses sont plus claires que dans les beaux-arts. Bien sûr, on se fiche des nations, même s'il est de notre devoir de préférer la russe. Les *régiments d'amusement* de Pierre à Preobrajenskoïe, les *Potcheni*, qui se font la guerre pour rire, un peu comme mes soldats de plomb, finissent par s'entre-tuer : preuve qu'on ne rit jamais sans arrière-pensée. Pour prendre plaisir au jeu, il faut y mettre du sien, donc nation ou couleur d'uniforme, quelle différence... L'essentiel consiste à mettre les formes, et la mort en fait partie. Évidemment, de nos jours... la guerre totale, c'est comme l'art abstrait, je ne veux même pas en entendre parler. Il y a des siècles qu'il vaudrait mieux oublier.

Clara écouta Alexeï sans broncher. À son âge, il est normal d'avoir des idées bien arrêtées, se dit-elle. Est-ce qu'il improvisait ? récitait ? répétait ? En tout cas, il était sincère. On lui voyait l'âme, et pas n'importe laquelle : bien née, c'est-à-dire prête à mourir. Clara rougit et regarda ailleurs. Tout en parlant, Alexeï rangeait tranquillement ses pièces. Chaque compagnie regagnait sa boîte dans le plus grand calme, les gradés devant. Quand il eut fini, il invita sa chère confidente à un « petit dîner » pour le lendemain. Elle ne tourna même pas la tête. Elle n'avait pas besoin d'accepter, comme les généraux suédois.

D'ordinaire, lorsqu'il fallait se rendre à une réception, Clara ne changeait rien à elle-même. Les cocktails des designers, les mondanités de sa mère, les dîners où l'avait emmenée Luciano ne lui en imposaient pas ; elle s'y promenait avec aisance et pour le bonheur de tous. Mais là, pour aller chez les Russes, elle ne se plaisait plus assez. Elle voulut s'apprêter : elle lissa ses cheveux, les tira en arrière jusqu'à se faire mal et les monta tant bien que mal en chignon ; elle masqua son teint avec de la poudre de riz ; elle se sangla dans un affreux tailleur-pantalon gris sous lequel elle avait enfilé des collants de laine qui la démangeaient. Faute de s'être jamais pliée à aucune discipline, elle s'en fabriquait une à l'ancienne mode. On devait sortir les bouteilles au réfectoire du Goleto, pour fêter ce juste retour du sort. La pauvre pénitente enfila donc son manteau et se mit en route sans une hésitation. En la voyant partir ainsi habillée, Antonin ragaillardi par de furtives retrouvailles avec quelques présocratiques bien choisis lui demanda spirituellement si elle se rendait à une réunion pro-avortement. Elle le regarda de haut et ne répondit rien, suivant ses nouvelles habitudes.

Arrivée à la câblerie, Clara fut reçue par Igor, conformément à leur petit rituel. Il portait une queue-de-morue bien lustrée qui lui donnait l'air d'un gros poisson d'eau froide. Il arrondit la bouche en la voyant et émit un vague son aquatique. Clara se sentait anxieuse et respirait avec difficulté. Il lui fallait s'immerger de nuit dans la câblerie : réapprendre à son organisme un rythme plus lent, un souffle différent, toute une vie amphibie. Parler comme l'on fait des bulles, lentement, en lâchant chaque mot avec retenue. Igor la conduisit à travers les couloirs compliqués du bâtiment, en opérant de brusques changements de direction, et en remuant l'air avec les longues nageoires luisantes de sa jaquette. Elle se retrouva dans la salle à manger qui lui avait fait si forte impression le premier jour, sombre et chatoyante comme un fond marin. Cette fois, la blancheur des murs, les reflets entêtants des miroirs, les vingt-deux couverts inutilement disposés sur la table ne lui causèrent aucun malaise. Au contraire, elle y goûta une certaine paix. Elle rentrait dans son élément, reprenant petit à petit une respiration plus régulière. La pièce n'était éclairée que par trois chandeliers de cuivre qui donnaient aux moindres choses le léger tremblement des algues. On entendait des bruits d'eau en cuisine, qui envahissaient le grand espace vide. Quand toutes les horloges marquèrent huit heures précises et que la sonnerie réglementaire retentit, Alexeï arriva par une porte latérale. Igor lui tira sa chaise en bout de table. Il salua Clara et attendit. À peine une minute plus tard, Irina apporta une grande soupière de porcelaine toute fumante. Elle avait noué autour de sa taille le même tablier rouge avec le canard en fils d'or. Après avoir servi, elle s'assit à côté d'Igor, tandis que Clara leur faisait face. Les autres couverts restaient inutilisés. C'était la première fois que la jeune femme voyait les deux époux ainsi réunis : à vrai dire, ça ne changeait rien. Les rapports humains semblaient définitivement inexistants dans cette maison.

– Je vous ai fait une *solianka*, annonça Irina. Puis, se tournant vers son invitée : c'est une soupe à la viande assez épicée, ne soyez pas surprise. Mélange de câpres, de charcuterie fumée et de pulpe de citron. Je vous conseille de la manger avec du pain noir.

– Surtout ! Surtout avec du pain noir ! renchérit Igor.

Joignant le geste à la parole, il en rompit d'épais morceaux entre ses doigts, se servant de ses ongles pour bien les séparer. Puis il distribua les quignons tout effilochés aux convives.

– Jamais avec un couteau, précisa-t-il à l'intention de Clara. C'est tout de même le corps du Christ.

– Je vous préviens, ajouta Irina, qu'il n'y a pas d'autres plats. N'hésitez pas à vous resservir, j'en ai une pleine marmite à la cuisine.

– Oui, on mange la *proba* ici, l'ordinaire du soldat, intervint Alexeï. Donc pas de chichis, s'il vous plaît.

Clara n'en demandait pas moins, mais dès la première cuillerée de *solianka*, elle fut saisie d'un violent dégoût. Sa gorge la brûlait. Elle dut se retenir pour ne pas cracher. Était-ce possible que de simples câpres lui fissent cet effet ? Les trois autres mangeaient pourtant avec appétit ; Igor ne sortait plus la tête de sa soupe. Elle devait en plus soutenir la conversation d'Irina, qui jouait la voisine.

– Vous saviez que le numéro 32 allait être reconstruit ? lui demanda-t-elle très naturellement.

Clara n'en revenait pas. L'intrusion du monde extérieur dans ce bocal scintillant faisait l'effet des décors de mauvais goût, malles au trésor et rochers de plastique, que l'on place dans les aquariums et dont les poissons se moquent. Igor et Alexeï s'y mouvaient avec indifférence en avalant leur plancton à petites goulées. Elle jeta un coup d'œil à la ronde et murmura que oui, tout en se goinfrant de pain noir pour essayer de faire passer le goût.

– Rien de plus dangereux qu'un professeur de russe, grogna Igor.

Il pouffa dans sa cuiller et se barbouilla le menton de *solianka*. Clara tenta d'avaler une deuxième bouchée en retenant sa respiration, mais ce fut presque pire.

– Et quel hiver nous avons, n'est-ce pas ? poursuivit tranquillement Irina. C'était bien la peine de quitter Pavlovsk !

Alexeï s'était mis à rouler des boulettes de pain et les envoyait un peu partout en répétant : « C'est du polo ! C'est du polo ! » Igor se resservait sans rien dire. Irina papotait avec une application déplacée. Elle parlait des rondeurs de la boulangère adultère sur un ton froid et mécanique. Clara se forçait à manger et se sentait gagnée par une sorte d'ivresse écœurante. Les boulettes qui lui passaient sous le nez achevaient de l'étourdir. Si au moins elle avait pu garder le silence ! Soudain Alexeï éclata de rire. « Vous avez vu ? Vous avez vu ? Elle ne dit rien ! » brailla-t-il. Irina eut un demi-sourire gêné. Igor s'en fichait. « J'ai fait mettre de la vodka dans votre soupe », déclara-t-il fièrement à Clara. Trônant comme un prince seul à l'extrémité de la table, entouré de ses petits tas de mie de pain, hilare, il ressemblait à un démon de livre pour enfants. Irina changea sans un mot l'assiette de Clara.

– Connaissez-vous l'histoire de l'oiseau et de la vache ? poursuivit-il avec entrain. Eh bien voilà : un moujik se plaint d'avoir reçu une fiente d'oiseau sur ses vêtements du dimanche. Un autre moujik arrive et lui dit : « Tu sais quoi ? Réjouis-toi ! Remercie le Seigneur que les vaches ne volent pas ! »

Son fou rire résonna dans la pièce vide et entraîna Clara. Les deux I restèrent de glace.

– Que les vaches ne volent pas ! poursuivit-il en s'essuyant les yeux. Ah ! Que c'est beau ! Et il y a une morale, en plus : heureux homme, ce que tu as vaut toujours mieux que le pire.

Alexeï badina ainsi quelques minutes, très gaiement, puis s'arrêta net. Tout le monde se trouva pris de court. On n'entendit plus que le bruit des cuillères contre la faïence.

– Et donc, vous travaillez dans le puzzle ? demanda Irina.

– Comment le savez-vous ?

Igor marmonna quelques mots en russe qui semblaient constituer une réponse et qui le firent beaucoup rire. Il en perdit même un morceau de lard, qui glissa sur la table en laissant derrière lui une longue traînée graisseuse. Personne n'y prêta la moindre attention. Irina pinça les lèvres.

– Vous êtes bien curieuse, dit Alexeï, très sérieusement cette fois.

Clara s'excusa. Il y avait encore des choses qui lui échappaient.

– Nous connaissons bien l'entreprise qui vous

emploie, continua Irina. Danielle Watson n'est pas venue de nulle part, comme vous le savez sans doute. Elle a appris le métier chez Véra, une marque fondée en 1917 par un aristocrate russe en exil.

– Mikhaïl... commença Alexeï à voix basse.

– J'ignorais, répondit Clara. Comme quoi la Révolution n'a pas eu que du mauvais ! ajouta-t-elle pour faire de l'esprit.

Alexeï laissa retomber ses couverts et Igor interrompit brusquement son interminable mastication. Il retroussa sa lèvre supérieure et découvrit une rangée de dents aux couleurs de la viande.

– En dessert, nous aurons de la tarte aux mûres, annonça Irina.

– Vous me prenez pour Fédor III ?

Alexeï avait haussé le ton et battait le rassemblement en tapotant son couteau contre un verre. Igor se redressa et promena son regard sur les trois convives. Son plastron ensanglanté de *solianka* à la tomate ne disait rien qui vaille. Irina semblait hésiter sur la conduite à tenir. Elle essaya de rire : aucune réaction en bout de table. Elle continua alors plus librement, et Igor reprit sa bouchée. À l'adresse de Clara, il expliqua que Fédor III était mort après avoir mangé une tarte aux mûres. « Je suis désolée », bredouilla-t-elle, débordée par la situation. L'alarme cessa.

– Quel petit monstre ! Il est *terrible*, vous savez, dit Irina de manière affectueuse.

– Oui, parfois il me fait peur, confia Clara à voix basse.

– C'est normal. Dans notre langue, on appelle cela *groza* : la colère, l'orage, les tempêtes. Tout ce qu'il faut à un Russe. Alexeï a toujours été *grozny*. Enfant déjà, chez nous à Pavlovsk, il jetait les chiens par les fenêtres. Je me rappelle cet adorable épagneul... (elle pouffa) Et ce jour où il a fait pendre – mais attention : selon les règles de la justice militaire – un rat qui avait eu le malheur de manger deux de ses soldats en amidon... Igor a procédé à l'exécution avec beaucoup de doigté, je dois dire.

– Et les deux petites filles qui venaient pour la Fête de la révolution d'Octobre... ajouta celui-ci en s'essuyant mélancoliquement le menton.

– Ah ! c'était le bon temps, avant que nous ne devions partir !

Irina semblait absorbée dans ses souvenirs. Le visage d'Alexeï, éclairé par les trois bougies qui tremblaient face à lui, prenait des couleurs. L'ombre lui dessinait des moustaches, presque une barbe. Il parvint à prendre une voix assez grave.

– Le bon temps reviendra, Irina, et ce ne seront plus des rats que nous pendrons.

– Oui, je l'espère de tout mon cœur.

– Vous utilisez toujours le français entre vous ? interrogea Clara, que cette question préoccupait depuis un certain temps.

– Vous espérez ? Vous espérez !

– On n'est jamais sûr de rien, Alexeï Alexeïevitch.

– Ne vous gênez pas pour parler russe, en tout cas, glissa Clara.

– Oubliez-vous les paroles de mon arrière-grand-père ?

– Oubliez-vous qu'il est mort ?

– Tu m'agaces ! hurla-t-il soudain. Tu m'agaces, tu

m'agaces ! Qui t'a permis ce ton ? Sale paysanne ! On ne t'a pas demandé de réfléchir, idiote ! Bouseuse ! Je suis sûr que ça arrivera, tu entends ? J'en suis sûr, grosse vache ! Fourre-toi ça dans le crâne et récite-le avec tes prières. Tu peux toujours baisser les yeux, tu ne mériterais même pas de baiser le sol, mon sol ! Tu parles comme une femme de chambre, tu ressembles à un cochon aveugle, et moi, moi, Alexeï Alexeïevitch, je devrais te supporter ! Je te hais, je te crache dessus. Je le jure devant Dieu – que Ton nom soit sanctifié, que Ton règne vienne, délivre-nous du Mal – je t'empalerai, je te ferai cuire dans tes affreuses casseroles, et je te ferai donner un Requiem pour le plaisir, le Requiem pour une pute !

– Ivan IV, souffla Igor à Clara en profitant d'une interruption.

– Zgin' ! Crève, crève, crève devant moi !

Le reste fut encore plus fluide en russe : « Bliat', souka, vonioutchiy koziol ! Ossiol, borov, jirnaïa korova ! Skotina, zmieya ! Souka, sobaka ! Svolotch' !... » Les insultes imagées des langues slaves se prêtent avec bonheur aux longues humiliations. Irina se contentait de plier l'échine. Igor manifestait une sorte de satisfaction professorale. Alexeï criait et gesticulait mais sans exagération, en demeurant maître de ses gestes. Il tapait scrupuleusement du poing après chaque phrase et prit la peine de jeter son assiette de soupe sur le ciment afin de bien marquer le moment où, à court d'imagination, il opta pour sa langue maternelle. Les rondelles d'oignon se dispersèrent en bon ordre et tracèrent sur le sol des constellations originales, qu'Igor observa avec curiosité. Seule Clara s'impatienta de la *groza* de l'enfant chéri.

– Mais enfin, Alexeï ! Ça ne va pas, non ? Tu pourrais...

– Zamaltchi, nieznakomka ! interrompit Irina. Tais-toi ! Comprends-tu ? Sais-tu seulement à qui tu parles ?

On se mettait facilement au tutoiement pendant la soupe. Le visage d'Irina devait ressembler à celui de grand-maman au moment d'appuyer sur la détente. Clara ignorait à qui elle parlait mais on ne l'avait jamais dévisagée avec tant de haine. Tous se turent quelques instants, puis Irina reprit sa position de repentance et Alexeï poursuivit sa litanie en faisant semblant de rien. On aurait dit qu'il récitait un très long poème. Pendant une demi-douzaine de minutes, cet hymne chuintant s'éleva dans la grande pièce désolée. Il semblait s'adresser aux seize assiettes vides. Progressivement, la voix d'Alexeï baissa, son débit ralentit, ses gestes fatiguèrent, mais il ne s'arrêtait pas. Même Clara se laissait envoûter. Elle l'écoutait calmement, comme les deux autres. Irina avait enfoncé son menton dans la toile de sa blouse et Igor demeurait absorbé par les rondelles d'oignon. Alexeï attrapa alors une bouteille et la lança derrière lui, par goût du spectacle. Le verre se brisa. Igor s'arracha à sa stupeur, remarqua avec étonnement la présence de Clara, et se leva pour la raccompagner. Elle suivit sans protester. En cheminant mécaniquement à travers les couloirs, elle entendait cette litanie s'éteindre peu à peu, nasiller en rampant le long des barres de métal, puis revenir à ses oreilles par la grâce de l'écho.

La porte de la câblerie claqua finalement derrière elle. Le silence soudain de la cour lui parut insoutenable et elle se mit à marmonner une suite ininterrompue de mots imaginaires, en combinant les quelques sonorités qu'elle avait retenues. N'importe quoi pour combler le vide : elle raboutait des i à chaque voyelle, labialisant et mouillant les consonnes sans aucun discernement. Elle ne savait pas ce qu'elle disait, mais elle y mettait le ton. Elle modulait sa voix, ralentissait, s'emportait ou se faisait caressante. Elle chercha même à prendre un air méchant qui la rendait plus mignonne encore.

Quelques jours plus tard, Clara reçut une lettre portant des tampons inconnus. Elle l'ouvrit précipitamment, mais la signature de Luciano, dont elle n'avait aucune nouvelle depuis trois ans, hormis celles que l'on pouvait trouver dans la presse, lui causa une déception brutale. Elle compta dix pages d'une petite écriture vigoureuse, raturée par endroits, et refusant avec fierté de passer à la ligne. Elle les lut de manière machinale, sans un sourire. « Chère Mademoiselle Clara, était-il écrit en grosses majuscules bouclées, rien ne guérit. Les histoires de cicatrices, je n'y crois plus. On coud, on recoud, en se concentrant fort, et puis il suffit d'un faux mouvement pour que tout pète. C'est crevant. Je n'arrive pas à vivre pour moi, je n'y trouve aucun plaisir. J'ai maigri. Un chagrin d'amour en enlève les poignées, plus rien où se tenir, on se casse la gueule à chaque pas. J'ai tout essayé, tu sais, y compris les femmes légères, mais quand elles commencent là où tu n'as jamais fini, à genoux, je pense à toi, et pire encore. Tu vois, je te dis tout. Mes concerts sont sympas en ce moment. Mais le bonheur, je le connais. Je l'ai attrapé au vol dans un monastère de mon pays et maintenant il me suce le sang. J'ai mes petits succès. Je viens d'enregistrer le *Carnaval* de Schumann. Quelques jours, quelques semaines avec toi peuvent prendre toute une vie pour s'oublier. Je pense tellement à toi qu'il me semble vivre avec toi. Je me sens si proche, je me colle à toi en permanence, tu ne le sens pas ? Non bien sûr, tu vadrouilles comme d'habitude, pendant que moi je me tiens planté là avec un amour fou dont je ne sais que faire, où le mettre, où le poser, et qui me reste dans les bras comme un enfant mort que j'embrasse quand même. Quel con ! Dans mes rêves tu prends les formes des bestioles de mes contes, tu m'apparais en perroquet, en rat musqué, même en poisson-lune figure-toi, et en femme tout le temps. J'ai l'impression que tu me largues tous les matins. Clara... je t'aimais tant, Clara, comme dans cette chanson que je t'avais offerte. Ma lumière, mon illustre, *clara*, mon poème latin ! Il paraît que tu vas te marier. Clara Paval... quelle misère qu'il n'y ait que des a ; je t'aurais donné au moins un i. Mon ange, mon ange à qui l'on vole dans les plumes, toi qui dois rester la petite fille que j'ai connue, à rire et à gambader en jupes longues, comment comprendre que tu deviennes une bête, un monstre, une femme enfin, en faisant l'amour à un autre ? Et moi, et moi ! J'en veux aussi ! Qu'est-ce que je fais de ma beauté, de mon génie ? Qui me donnent finalement droit à quoi ? On me dit qu'une peine d'amour est le luxe de ceux qui réussissent. D'accord, mais quand on s'est habitué au luxe, il devient impossible d'y renoncer. Je sais que toi tu n'es pas des nôtres, tu passes à côté des beaux sentiments et des grands hôtels sans même les voir. J'aurais dû...

j'aurais dû arrêter de faire le fou, mais qu'est-ce que tu veux, je suis italien. Tu m'as demandé un jour si je te trouvais intelligente. Si tu l'étais, chérie, tu serais restée avec moi, mais c'est moi qui serais parti. »

Décidément cette lettre lui tombait des mains. Elle s'arrêta à la moitié et la rangea dans son tiroir à hommes.

Clara n'osait plus retourner à la câblerie, d'autant qu'Alexeï ne l'y avait pas conviée, comme il le faisait d'habitude. Elle ne se sentait pas le droit de sonner sans invitation officielle et craignait de subir à son tour la *groza*. Durant une demi-statue égyptienne, elle se priva de tout contact avec les Russes. Elle voulut oublier Alexeï, reprendre son ordinaire, et se consacra à diverses broutilles, découpant les tableaux et les catalogues de mariage en tâchant d'y mettre son ardeur passée. Elle y parvint, à ceci près qu'elle ne s'amusait plus. Le moindre accroc la mettait hors d'elle. Clara ne jouait plus aux marionnettes avec ses doigts badigeonnés de peinture : quelques jours lui suffirent pour devenir routinière. Ses mille gesticulations quotidiennes ne lui réchauffaient plus le cœur. Elle ne supportait plus les youyous de la pleureuse et évitait de croiser Antonin durant des jours entiers. Elle remettait machinalement en place ses affaires de toilette que son frère dérangeait sans cesse. Elle qui n'avait jamais eu besoin de truquer quoi que ce soit, elle improvisa toute une casuistique du décalage horaire pour échapper aux appels du petit docteur. Elle sentait glisser loin d'elle une partie indéfinissable de sa vie, qui ne concernait ni son métier, ni l'homme avec lequel elle n'avait plus qu'un mot à échanger : oui. Plus elle tentait d'attraper son âme, plus elle lui filait entre les doigts, comme un savon qui a beaucoup servi.

En dernier recours, elle se décida à refaire son Bouguereau. Au commencement, tout se déroula à merveille, elle reconnut sous ses doigts les formes familières, liées à tant d'heureux souvenirs de solitude. Elle assembla avec tendresse ces couleurs pâles et nostalgiques, redécouvrit sur les contours du bol bleu ses vieilles questions sur l'intérieur des choses, lissa pièce par pièce les longs cheveux paille, et attendit la toute fin pour poser les deux boucles d'oreilles rouges, comme des groseilles décoratives. Cette vieille recette l'avait mise en appétit. Elle se recula pour mieux savourer sa Petite fille, mais en croisant son regard elle éprouva une gêne étrange. Quelque chose avait changé dans le miroir. Elle ne se souvenait pas de ces immenses yeux verts, si peu expressifs. Elle se détourna quelques instants, avant de la fixer plus durement. Et elle dut se résoudre à l'évidence : sa Petite fille, sa Petite fille chérie, sa sœur d'adoption, sa folie new-yorkaise, la confidente de sa jeunesse, eh bien ! elle avait l'air tout à fait niaise. Clara resta un moment indécise, puis se jeta violemment sur elle, éparpillant le puzzle du plat de la main avec le même geste vengeur qu'Alexeï renversant ses soldats de plomb suédois. Les bouts de carton se répandirent par terre. Clara regarda à ses pieds ces débris qu'elle ne recollerait plus. Ainsi n'avait-elle jamais tenu entre ses mains qu'un bol vide que chacun venait remplir de ses passions.

Clara se résolut à vivre platement, se déplaçant avec lenteur, en poussant de temps en temps de grands soupirs de diva ennuyée, comme si tout avait toujours été aussi lugubre, l'appartement aussi gris, et son frère aussi mal luné. Elle cessa ses promenades quotidiennes. L'époque du nez en l'air était révolue ; Clara le fourrait maintenant dans de grosses écharpes, marchait dehors tout encapuchonnée, et se lançait avec un aplomb croissant dans des discours imaginaires aux accents slaves. Elle ne se gênait pas pour les passants. Croisé en face du numéro 71, où il était parvenu à se reloger après la catastrophe du numéro 32, le professeur de russe crut reconnaître dans ce monologue de schizophrène des mots qu'il n'avait guère l'habitude d'utiliser en cours. Il répondit vertement à Clara et la traita de folle. Oh ! il s'en méfiait depuis longtemps, à force de l'entendre chantonner aux moments les plus importuns. Ses soupçons s'étaient précisés le jour où, transporté par un pompier hors de son appartement en feu, il l'avait vue patauger dans la flaque de la bouche d'incendie avec un certain amusement. À présent, il n'avait plus de doute.

Clara avait perdu ses repères dans le monde qui l'entourait, de plus en plus sombre et étréci à mesure qu'elle se renfrognait dans des foulards. Elle ne regardait pas devant elle et trébuchait fréquemment sur les pavés mal ajustés de la rue. Elle fit même quelques chutes sans conséquence qui lui ôtèrent toute confiance en son pas de tricoteuse, ainsi que l'avait baptisé naguère Antonin. Le ciment de la câblerie lui manquait. Elle avait beau persister à ne pas songer à elle-même, en relisant par désœuvrement la lettre de Luciano, elle fut frappée par cette idée de « se casser la gueule », et elle se dit que dans Alexeï aussi il y avait un i, avec des trémas, en plus. Cet adolescent à moitié dément était bien le seul homme au monde qu'elle ne pouvait aimer. On comprenait qu'elle lui fût attachée plus qu'à tout autre.

Clara se désespérait de ne plus fréquenter son petit maître russe, mais pour rien au monde elle n'aurait manqué à l'étiquette de la câblerie. Sans invitation expresse, pas question d'y revenir. Elle se lança alors dans des recherches insensées. Elle voulut se renseigner sur ce « lycée pour génies des langues » que les deux I lui avaient mentionné d'un air détaché, et qui bien entendu n'avait jamais existé. Igor devait assurer à lui seul les « cours » dont lui parlait Alexeï. C'était vraiment l'homme à tout faire. Puis Clara recommença à errer *là-haut*. Alexeï devait bien sortir de temps en temps, il ne pouvait pas jouer à la bataille ou méditer sur des livres grecs toute la journée. Elle fit quelques rondes à ses heures perdues puis, agacée par l'absence de résultats, entama des tournées d'inspection plus systématiques, après et avant son travail. Rien ne bougeait. Même les enfants de la rue avaient déserté les lieux. L'usine semblait plus abandonnée que jamais. Le soir, quand elle se mettait aux barreaux de la grille, elle apercevait bien de vagues lumières, mais par ce ciel clair de fin d'hiver, elle les confondait avec des reflets de lune. Clara s'impatienta à tourner autour de ce mastodonte sans réaction. On ne l'avait jamais ignorée ainsi. Elle craignit même que les Russes aient regagné leur pays d'origine. Cette idée la terrorisa. Elle se serait retrouvée seule avec *la masse ignorante*, selon l'expression surprenante qui lui vint à l'esprit. Elle fit le siège du bâtiment, assise au début de l'impasse sur un rebord de fenêtre, fardée de poudre de riz, enveloppée comme une vieille femme dans un gros châle sombre, une bouteille thermos de café à ses pieds. Clara s'était noué un fichu autour de la tête et avait coiffé ses cheveux en nattes, pour imiter ceux de la poupée russe qu'elle avait ressortie de ses tiroirs.

Fredonnant les liturgies orthodoxes qu'elle écoutait chez elle en boucle, Clara demeurait ainsi prostrée des heures entières dans un froid vif, devant un long mur monotone, gris parpaing, dont les tagueurs eux-mêmes se désintéressaient. Elle attendait, sans impatience, la tête vide. Elle guettait sa proie recroquevillée comme un chat. Ces blocs de béton convenaient assez bien à ses états d'âme. Du coin de l'œil, elle apercevait les voitures qui descendaient la côte. Clara appréciait ces longues heures qui ne ressemblaient à rien et qui passaient aussi vite. Elle ne vivait plus que pour retrouver la tranquillité de cet ennui quotidien, qui lui tenait lieu de bonheur. Son visage travaillé par le froid devenait sévère.

Un beau matin enfin, Clara vit Igor pousser le portail. Il s'avança sur le trottoir, regarda à droite et à gauche, puis l'on entendit Alexeï qui donnait des ordres en s'égosillant. « Get out of my way, bloody idiot ! Durak ! » Igor obéit à regret et regarda son neveu partir seul de son pas de marche forcée. « Et faites attention de ne pas prendre le soleil ! » ajouta-t-il avant de disparaître derrière la grille. Clara resta sidérée. Alexeï passa tout près d'elle, en coup de vent. Elle se laissa emporter et le suivit à distance. Il n'y avait aucun risque qu'il l'aperçût, car il ne se retournait jamais et marchait droit devant lui sans accorder la moindre attention aux gens. Il traversait n'importe où, obligeant les voitures à s'arrêter. Pour une première filature, il représentait un gibier idéal. Les passants s'écartaient autour de lui et il suffisait de prendre son sillage. Alexeï dégageait une force physique sans rapport avec sa mince carrure, comme quelqu'un de très énervé. Il fonçait dans le tas.

Il s'engagea dans un dédale de rues qui semblait lui être familier et conduisit Clara encore plus avant dans les périphéries de la ville, là où échouent, comme des tankers au rebut, les entrepôts, les usines à gaz et les camions frigorifiques. Il n'y avait plus grand monde, Alexeï ralentit l'allure. Il entrait dans son domaine. Il se faufila par la brèche d'une palissade. Le passage semblait pratiqué depuis quelque temps déjà. Clara passa la tête par l'ouverture et découvrit la zone de manœuvre d'une gare de marchandises ; laquelle, elle n'aurait pu le dire, tant les tours et les détours d'Alexeï l'avaient égarée. Elle n'aurait jamais soupçonné l'existence de tels lieux, presque à sa porte. Le petit bonhomme savait où il allait. Il monta dans un poste d'aiguillage désaffecté et disparut. Au bout de quelques instants, elle devina sa silhouette au niveau des leviers de commande. De l'autre côté de la vitre crasseuse comme derrière un rideau de fumée, il apparaissait encore plus solitaire, fantomatique et tout-puissant. Voilà ce qu'il faisait de ses journées : il jouait au chef de gare, il dirigeait les trains en ressassant ses rêves d'absolu. Clara comprenait mieux à présent cet enthousiasme pour *Packing up*. Alexeï manœuvrait distraitement les leviers, tous déverrouillés depuis que la cabine avait été remplacée deux cents mètres plus haut par une autre, plus moderne, à boutons-poussoirs. Là, il était aux commandes. La géométrie mouvante des rails, hachurée de fils électriques et de pylônes, toutes ces droites et ces courbes qui ne cessaient de se chevaucher au gré des aiguillages lui ouvraient un univers fabuleux. Les convois postaux proprets, les wagons-citernes suants et pansus, les trains de fret exténués s'alignaient, dociles, aux pieds de l'enfant *autocrator*, et défilaient en mesure. Les bielles frappaient du talon ; les locomotives galonnées présentaient fièrement leurs bataillons et les entraînaient à travers le pays, en donnant des coups de trompe ; les sémaphores de l'état-major se mettaient au garde-à-vous devant chaque commandant de compagnie, puis baissaient le bras pour la revue. Le château d'eau bougonnait dans son coin, nostalgique, tandis que les clignotements rouge, vert et jaune des signaux d'approche faisaient flotter au vent les étendards impériaux. La Garde attendait son tour sur les voies de garage. La complexité des aiguillages, de bifurcation, de dédoublement, à deux et même à trois voies, qui se mouvaient avec une discipline exemplaire, apportait la satisfaction d'une armée en état de marche, aux ordres, où chacun connaissait sa feuille de route. Le tsarévitch Constantin avait été bien inspiré de parler de « science de la danse » à propos des régiments de son père. Les tiges d'acier obéissaient à une chorégraphie rudimentaire mais efficace, qui conférait aux lourdes colonnes des trains de marchandises une grâce serpentine. Clara voyait Alexeï dans sa tribune qui haranguait ses soldats et secouait la tête avec conviction. Est-ce qu'il jouait ? Est-ce qu'il délirait ? Est-ce qu'il s'exerçait ? Peut-être tout simplement vivait-il ce qu'il pensait être la vie, c'est-à-dire son devoir, et rien d'autre que son devoir. Sa personne entière, jusqu'aux moindres de ses mouvements, semblait régie par un système d'*interlocking* semblable à celui des gares. Tout était parfaitement réglé ; aucune erreur d'aiguillage possible. Clara partit de cette zone de manœuvre avec la chair de poule.

Une fois rentrée dans son appartement, elle trouva deux autres lettres. Elle craignit que Luciano n'abuse de son droit à la niaiserie épistolaire, mais non. La première lettre, stupidement signée « your little doctor », signalait comme un événement majeur l'arrivée de son auteur le 10 mars, à une semaine de là. Clara la laissa traîner dans le salon-cuisine pour agacer Antonin. La deuxième était une invitation pour un « grand dîner » en présence du *Naslednik*. Elle ne portait aucun paraphe, mais seulement une vignette à l'encre rouge représentant le même animal à bec qui ornait le tablier d'Irina. Au dos était reproduite une icône de saint Alexis, « troisième métropolite de Moscou », précisait la légende. Même en ignorant la traduction de *Naslednik*, son identité ne faisait aucun doute. « Forcément, pensa Clara, après le petit dîner, le grand... » Elle chercha avec tant de précipitation la date de cette soirée qu'elle mit bien une minute à trouver un chiffre parmi les trois lignes du carton. Ses yeux repassèrent plusieurs fois devant cet acronyme étrange, OTMA. Enfin ils s'arrêtèrent sur le 2 mars, c'est-à-dire la veille. Elle relut, vérifia l'année, confronta trois calendriers, téléphona même, malgré toute sa répugnance, à l'horloge parlante : rien n'y fit. Elle soupçonna volontiers Antonin, mais le tampon de la poste lui imposa à regret de renoncer à ses projets fratricides. Ah ! elle ne se posait pas tant de questions pour calculer le décalage horaire du petit docteur, tandis que de l'autre côté, à l'est, les cafouillages dans le cours du temps prenaient des dimensions pouchkiniennes. Elle demeura plusieurs heures prostrée avec son invitation pour le 2 mars, sombrant peu à peu dans une confusion de conte fantastique. Enfin elle s'arracha à ses sombres méditations et décida tout simplement d'aller demander à l'envoyeur ce qu'il fallait en penser.

Clara courut à la câblerie dès le lendemain, dévorée de curiosité. Sans trop savoir pourquoi, elle s'abstint de sonner. Elle tira elle-même la lourde porte coulissante que les Russes ne prenaient plus la précaution de fermer. Pour la première fois, elle pénétrait seule dans le vestibule égyptien, avec l'impression de violer un mastaba. Les statues regardaient droit devant elles, tout était silencieux. On l'ignorait. Elle fit quelques pas la gorge serrée : personne. Elle voulut appeler, mais qui ? Elle se sentit stupide. Toutes les portes étaient grandes ouvertes et elle ignorait si quelqu'un la voyait par une ruse de miroir. Elle n'osait repartir, par crainte du ridicule. Alors elle s'avança mécaniquement, faute d'autres idées, vers le cœur du sanctuaire. L'inconsciente ! elle monta seule l'escalier de fer. En arrivant à l'étage, elle entendit comme des piaillements étouffés. Des souris, ici ! Elles devaient se sentir à leur aise. Clara se dirigea vers la source du bruit et se perdit dans le dédale de l'étage. Les cris s'interrompaient, reprenaient, se rapprochaient et s'éloignaient à nouveau. Elle reconnut la salle italienne, qui la laissa indifférente. Elle trouva le rose du marbre assez fade. Enfin elle parvint devant la salle de la Paix où devait se terrer le petit rongeur. À bien prêter l'oreille, elle entendit, au milieu de ses piaillements aigus, lui échapper quelques expressions russes. Drôle de bestiole, pensa-t-elle de plus en plus écœurée. Elle distingua au bout d'un moment un clapotis régulier, comme si on suçait un os de poulet. Ce devait être un rat affamé. Enfin elle perçut nettement la voix d'Alexeï, en personne, avec son fameux *ton de pistonné* que Clara identifiait désormais à coup sûr.

– Ah ! ma génisse ! Continue ! Continue ma grosse génisse !

Clara fut saisie d'une frayeur instinctive. Elle tenta de fuir et s'embrouilla encore une fois dans toutes ces pièces de couleur, qui tournaient autour d'elle jusqu'à lui faire perdre la tête. La jaune, la verte, la bleue, la salle italienne, et encore la verte... Où qu'elle aille, les petits cris continuaient à résonner, de plus en plus fort. Elle ne trouvait pas la sortie et voyait son reflet affolé dans les innombrables miroirs. Elle paniqua. Trébuchant sur les rails des portes, revenant sur ses pas, regardant partout de peur d'être surprise, elle se sentait happée par la câblerie. Elle se mit à courir en tous sens dans cet immense kaléidoscope, pareille à l'un de ces quelconques fragments de verre qu'on agite au fond du tube pour se divertir.

Elle finit par dénicher l'escalier, le descendit précipitamment, avec des gestes désordonnés, et à la dernière marche, se cogna de plein fouet à une sorte d'épais mur blanc, dont le crépi grossier lui ripa le visage. Elle n'en avait pas le souvenir à cet endroit, mais il y avait longtemps que la multiplication miraculeuse des cloisons ne l'étonnait plus. Elle resta sonnée un instant, puis leva les yeux et aperçut les lunettes en acier fin, un peu de travers sous l'effet du choc. Elle en fut presque soulagée. Igor coulissa doucement, gentiment même, et la laissa se faufiler dans le vestibule. Il rajusta ses montures. Clara bredouilla quelques mots, sans y croire, au sujet d'une invitation antidatée, et se confondit en excuses. Faute de bien démêler la situation, Igor la pria de faire antichambre jusqu'à ce qu'Alexeï puisse la recevoir. Elle ne demandait pas mieux. Comme on ne lui proposa aucune chaise, elle marcha en rond. Elle se mit à réfléchir. Beaucoup de choses lui échappaient encore et elle voulait y voir plus clair. À ce moment, Irina apparut en haut de l'escalier et le descendit très dignement, sans un regard pour Clara, tout en remettant ses cheveux en place et en portant deux doigts à sa bouche comme pour en retirer quelque chose. Clara l'observa, se concentra, et rougit violemment. Quoi, cet enfant, lui aussi ! Tous, alors ? Et comment, elle qui avait tant aimé le plaisir, avait-elle pu le méconnaître à ce point ? Elle se souvint avec frayeur de son chevalier d'Orient et devina tout ou presque. Ses multiples amours, qu'elle avait si bien su faire, ne lui avaient donc servi à rien. Irina, voilà une femme, alors qu'elle, étrangement... Elle se sentit insignifiante et s'inspira à elle-même un violent dégoût. C'est là ce que les orthodoxes nomment *Métanoïa*.

Après quelques allers et retours, Irina vint lui

annoncer qu'Alexeï l'attendait dans sa baignoire. « Ben voyons ! » murmura-t-elle entre ses dents. Au moins, lui, elle ne l'aimait pas. Elle suivit tranquillement Irina et entra dans la salle de bains. L'air satisfait, le jeune homme s'enfonçait jusqu'au cou dans ce qu'elle prit d'abord pour de la mousse et qui se révéla être des morceaux de glace. Alexeï se trouvait prisonnier de cet éboulis bleuté sous lequel rien ne remuait. Il avait l'air de s'abandonner avec bonne grâce à une paralysie douce et sans souffrance, qui le laissait plus que jamais maître de son esprit. Ses cheveux blonds étincelaient de cristaux comme une icône à feuilles d'or. Sur ses épaules à demi émergées, Clara crut distinguer la fine chaînette d'un collier. Son visage, d'une pâleur très XVIIIe, très Paul Ier, semblait détaché du reste de son corps, dont elle entrapercevait vaguement les formes à travers l'épaisseur de glace. Il se tourna vers Clara sans aucune pudeur et la salua. Nu, frais et reposé comme un mort sous sa couverture blanche, il donnait l'impression d'appartenir à un autre monde.

– C'est conseillé pour son hémophilie, expliqua Irina, d'autant qu'il nous a fait un début de crise, et puis... c'est un peu une tradition de chez nous, aussi.

– Je... j'ai reçu votre invitation... enfin je crois que c'est vous... merci, merci, bredouilla Clara.

– Eh bien ?

Il ressemblait à une bouteille de château-d'yquem dans son seau à glaçons, en imaginant posée sur sa tête la couronne qui orne l'étiquette ; aussi précieux, enivrant et fragile. On le conservait à la bonne température, là où s'exprimait son arôme le plus pur.

– Eh bien le 2 mars, c'était avant-hier, n'est-ce pas ?
– Non.

Détenait-il également le pouvoir sur les jours de la semaine ? À le voir se prélasser comme un pacha dans ses coussins de glace, on pouvait se le demander. Clara s'empêtrait dans un bon sens vulgaire.

– C'est que nous sommes déjà le 4, selon... selon... beaucoup de gens !

Elle sentait bien que son raisonnement faisait fausse route. « Beaucoup de gens » ! Comme s'ils avaient la moindre importance !

– Qui donc ?

Clara ne pouvait plus articuler un mot sans se couvrir de ridicule. Elle se tourna vers Irina avec un regard honteux et suppliant.

– Peut-être parle-t-elle en grégorien, suggéra celle-ci à Alexeï comme s'ils avaient affaire à un langage barbare.

Il semblait ne pas comprendre.

– Po gregoriantsi, répéta-t-elle en haussant la voix.
– Ah ! oui, peut-être.

Irina s'adressa avec le plus grand mépris à l'autochtone désemparée :

– *Pour vous*, il faut ajouter treize jours. Nous nous reverrons donc le 15.

– C'est cela, le 15, marmonna Alexeï qui éprouvait de plus en plus de difficultés à bouger les lèvres. Je m'embrouille toujours avec votre calendrier.

Clara le contempla couché dans son lit d'apparat, accordant des faveurs à demi-mot, congédiant ses courtisanes. Elle lui aurait baisé la main, si celle-ci n'avait pas été enfouie sous un amas de cubes glacés. Elle se retira sur un signe de tête, observa en redescendant que la troisième statuette n'avait pas encore été placée dans l'entrée, et se jura, à partir de cet instant, de prendre en compte le calendrier julien dans sa vie sociale.

Le petit docteur se faisait annoncer avec insistance et devait arriver dans peu de jours. Cette perspective déplaisait fort à Clara, qui depuis la scène de la génisse n'avait nulle envie d'un homme. Elle voyait le vice partout. Bien qu'il en fût à l'origine, Alexeï ne figurait pas dans cette catégorie corrompue ; enfant, seigneur, idiot peut-être, modèle de pureté ou de folie, mais certainement pas homme. Clara en voulait aussi à son frère, dont le comportement devenait inquiétant. Depuis plusieurs mois, il n'avait touché ni un ordinateur ni une femme. Il ne lâchait plus ses haltères. Il cultivait seul dans sa chambre une humeur lourde et orageuse, ne desserrait plus les dents, et essayait chaque matin les produits de beauté de sa sœur. Clara le retrouva une après-midi debout dans la cuisine, avec juste un affreux short moulant pour souligner sa nudité, et du mascara maladroitement appliqué sous les paupières, comme du khôl. Son corps aux formes athlétiques ne trompait personne : épaissi par endroits, ridiculement creusé à d'autres, moucheté de petits boutons à la façon de piqûres d'abeille, il faisait malade. Antonin s'était dessiné un sourire au rouge à lèvres. Sa tête de clown efféminé prétendait de toute évidence se passer de la vertu commune. Clara le soupçonna même de s'être badigeonné d'huile. Son frère luisait de sales envies et ne prêtait pas à rire. Il ne contrôlait plus ni sa force ni ses pensées. Il mijotait un mauvais coup. Enfin il s'approcha de sa sœur en titubant comme un ivrogne. « Tu te rappelles, quand nous étions petits... » commença-t-il. Clara vit ou crut voir, en se forçant même un peu, une ombre monter le long de la culotte de cycliste. Au cas où, et pour toutes les fois où elle aurait dû le faire, avec lui ou avec d'autres, elle lui retourna une paire de gifles fort joliment frappées, dont elle fut la première surprise. Il partit comme il était venu, tête basse. Elle ne croisa plus son frère pendant plusieurs semaines, à son grand soulagement.

Little doc arriva donc dans des circonstances assez défavorables. Il ne se sentait pas attendu, ni par la ville qui allait à ses affaires comme avant, ni par Clara qui avait jugé préférable de ne pas alourdir par sa présence à l'aéroport la « charge émotionnelle » dont il l'avait longuement prévenue. Un excès de délicatesse lui inspira même, afin de rendre plus sensible à son fiancé la douceur des habitudes retrouvées, de lui téléphoner à son arrivée pour lui demander quelques courses. *Little doc* fit docilement la queue à la boulangerie de la rue des Trois-Médailles. Sa seule consolation fut d'agiter l'étiquette *JFK* de sa valise à roulettes sous le nez des clients indifférents. Clara accueillit le grand habitué de la nuit new-yorkaise en tablier de cuisine, le gratifia de quelques tours de langue rapides et lui tapota maternellement le gras des hanches. « Eh bien ! on ne dépérit pas, mon grand ! » Il se vexa et jeta la baguette sur la table sans cacher sa déception. Clara n'y prêta pas attention. Elle aurait dû : *Little doc* se

précipita sur elle avec une tendresse redoublée. Il s'en
flammait déjà mais elle plaça agilement entre eux u
bol de mayonnaise qu'elle faisait monter à la fou
chette. Il crut spirituel de glisser là-dessus quelque
allusions impardonnables. Au dîner, il s'enthousiasm
sur la mode des bottes *ugg* en daim, intérieur de fou
rure, tout en s'interrogeant gravement sur l'opportu
nité de les porter en rose. « Cameron Diaz l'a fait »
expliqua-t-il avec une légère ironie, comme lorsqu'
compliquait exprès les diagnostics de ses patients
Cela faisait partie de ses bons côtés. Clara en ava
même été séduite autrefois.

Little doc n'en finissait pas de vanter sa nouvell
ville, comme tous ces Français qui ne sont pas grand
chose en France et qui, *downtown*, sont au moins fran
çais. Ah ! Manhattan ! Les *French Tuesdays* ! *Baltha
zar* ! *Le Bilboquet* ! *La Goulue* ! *Pastis* ! Les nuit
folles de *Frederik's* ! Les dimanches après-midi d
Félix ! Les soirées musicales du *Florence Gould Hall*
Et tout cela *à New York*, au rythme des taxis ! Pui
vint l'inévitable quart d'heure de sérieux où il parlai
métier en se grattant les tempes. Il lardait habilemen
d'expressions américaines ses histoires de bistouri, c
qui lui semblait du meilleur ton : comment une opéra
tion avait été *postponée*, que tel patient souffrait d'un
dislocation, terme il est vrai bien plus évocateur, bie
plus alléchant que sa traduction française. Cette chro
nique new-yorkaise, qu'il avait savourée longtemps
l'avance, dura moins que prévu. Il ne savait plus quo
dire pour impressionner Clara, qui restait muette. I
voulut la faire participer au jeu. « Tu vois, c'est u
peu comme pour toi, dans le puzzle, on découpe et o

recoud », ajouta-t-il gentiment. « Ah oui, le puzzle... » Elle battit des paupières. *Little doc* en resta abasourdi. Il n'avait encore jamais entendu de points de suspension dans la bouche de Clara.

Quand ils entrèrent tous deux dans la chambre à coucher, il pressentait le pire. Clara boutonna scrupuleusement son pyjama à carreaux de petite fille et il n'osa lui imposer une nudité totale. Ils s'allongèrent l'un à côté de l'autre. *Little doc*, assez inquiet, fut pris d'une poussée verbale irrépressible et disserta avec rage sur l'installation des *Gates* de Christo dans le *Park*. Il essaya même d'être poétique, pour plaire. « Quand on y avance à la nuit tombante, sous ces drapeaux bien alignés qui claquent au vent, on se sent empereur. » Clara sourit à ces mots. Il le prit comme un encouragement et s'aventura dans de nouvelles comparaisons. Il lui fallait à tout prix maintenir le rythme. Tout en discourant, il promenait ses doigts dans les entrebâillements du pyjama. Rien ne bougea. Ça ne le changeait pas beaucoup des corps endormis qu'il palpait à longueur de journée ; il sentait les côtes flottantes qui allaient et venaient avec la respiration, l'hypogastre quand il se risquait plus bas, le fémur de la cuisse, et même le foie en appuyant un peu. Pour la première fois depuis des mois, il ne portait pas de gants. Quelle drôle de différence, se dit-il. *Little doc* tenta une approche scientifique du problème. Il titilla les aréoles, qui finirent par réagir conformément au protocole. La partie s'engageait. Il entendit même un soupir mal retenu. Il s'enhardit, laissa en plan les problèmes de coût et la gestion financière du *Park*, et se lança sur la bête de tout son poids. Elle sembla terrassée. Il glissa effrontément sa main vers la partie antérieure des os iliaques. Les reins se soulevèrent. Tout se passait bien.

– Non, dit Clara avec effort.

On se doute que *Little doc* ne s'en tint pas là. Quel chirurgien d'expérience, quel beau gosse un peu crétin, semblable à ceux qu'il enviait dans son cher *Meat-pack'*, quel intellectuel raffiné pourrait s'en tenir là ? *Little doc* mit Clara à la question en la serrant davantage entre ses bras. Elle s'obstina dans sa réponse. Elle n'avait rien à ajouter. Il eut beau protester, marchander, argumenter, supplier, Clara demeura inflexible. Sans cesser son bavardage, il continuait à se dandiner sur le corps de la jeune femme. Elle y était sensible et réitérait ses refus d'une voix de plus en plus traînante. Elle disait non de la même manière qu'elle disait oui autrefois, avec une fermeté, une confiance en soi identiques ; sauf qu'au lieu de se faire plaisir, elle se répugnait. Elle sentait venir une jouissance qui ne la concernait pas et qu'elle ne voulait devoir à personne. Elle en avait assez de se faire gruger. *Little doc* s'était tu et se contentait de grogner. Ils n'étaient séparés que par deux pauvres épaisseurs de coton blanc qui se moulaient honteusement à leurs entrejambes, et profitaient l'un de l'autre comme des voleurs. Ils ressemblaient aux grenouilles de Spallanzani, copulant à travers de minuscules caleçons pour les besoins de la science. Ce genre d'expérience ne s'oublie pas. Ils auraient beau se mettre ensemble un jour, même se marier, et pourquoi pas vivre heureux, ils trouveraient toujours entre eux un tissu de cette finesse, presque rien, et assez cependant pour ne pas s'appartenir. *Little doc* eut un frisson avant-coureur qu'elle reconnut et qui lui rappela de bons souvenirs, d'un passé proche et révolu. Elle lui sourit tendrement et ferma les yeux pour ne pas voir.

L'amant dépité, honteux, haineux, ne manqua pas de réveiller sa compagne de lit au beau milieu de la nuit, en proie à de grandes interrogations. Elle sortit avec humeur de son sommeil, puis le regarda d'un air inexpressif qu'il ne lui connaissait pas et qui acheva de l'angoisser.

– Tu m'aimes ?

Elle choisit la réponse la plus courte, pour elle comme pour lui. Il insista faute d'esprit de repartie.

– Tu n'as pas rencontré quelqu'un d'autre ?

– Bien sûr que non.

Quelle question stupide ! Qui aurait-elle pu rencontrer, voyons ? Par acquit de conscience, elle se remémora rapidement les derniers mois de sa vie, ternes et solitaires. Elle ne voyait vraiment personne. L'homme au diable, qui la bousculait dans la descente de la rue des Trois-Médailles avec une fréquence suspecte, constituait moins une rencontre qu'une collision ; quant au jeune artiste-designer à mèches orange qui lui avait proposé de collaborer sur « un ambitieux projet de puzzle grandeur nature, façon *land art* », elle lui avait clairement dit sa façon de sentir.

– Ah si, attends ! s'écria-t-elle joyeusement alors que son fiancé tranquillisé se rendormait.

Comment n'y avait-elle pas pensé plus tôt ? C'est qu'elle le plaçait si loin, si haut, juché comme un diable sur sa câblerie ensorcelée ! Bien plus loin que New York, bien plus haut que ses gratte-ciel, dans un espace-temps hors du commun, mystérieux, impéné-trable. Aller *là-haut*, ce n'était pas l'affaire d'un billet d'avion. Et puis, elle n'aurait jamais prétendu l'avoir rencontré. Elle se contentait de suivre sa route à lui avec soumission, sans se permettre de la croiser. Elle aurait eu trop peur de gêner sa destinée.

– Qui ça ?

Elle se mordit les lèvres. Elle n'avait nulle intention de partager son privilège, surtout avec un chirurgien *trendy* qui ne possédait pas grand sens des valeurs.

– Oh ! rien, un Russe...

– Alexeï ?

– Comment tu sais ?

– Mon remplaçant m'en a parlé. Mais il est tout petit, non ? ajouta-t-il, rassuré.

– Pas tant que ça.

Elle n'avait pas pu résister. Il fallut tout dire. *Little doc* la pressait et elle lui révéla ses aventures de l'hiver, de manière aussi plate que possible, comme si rien n'était plus naturel que de prendre le thé dans une câblerie désaffectée. Elle en retira une insupportable sensation de trahison ; lui aussi. Rien de plus troublant que ces secrets qui n'en étaient pas. Ainsi elle jouait aux soldats de plomb... Elle faisait pire que de lui être infidèle, elle le doublait, comme une espionne. *Little doc* était désarçonné. Il cherchait désespérément un objet à sa jalousie. Quelle humiliation pour lui, finalement, que de ne pas être trompé ! Ce qui l'inquiétait le plus, c'était le ton de Clara, sa froideur. Comment rivaliser avec un gosse silencieux et autoritaire, sans éducation, sans parents, sans avenir ? Par où le prendre ? Quelle absurdité ! *Little doc* ne voulait pas y croire. Dans son métier, on se méfiait des complications, et encore plus des états d'âme. On intervenait. Les chirurgiens de *Saint Luke's* avaient l'habitude de dire que « rien ne se perd, rien ne se crée, tout se diagnostique ». *Little doc* tenta donc une dernière fois de remettre les choses en ordre, par scrupule professionnel autant que par faiblesse amoureuse.

– Tu vois chérie, ton petit Russe, il me paraît souffrir de tout un faisceau de pathologies. D'abord l'hémophilie provoque des saignements internes répétés, suite au manque de facteur de Willebrand. Du coup, l'amplitude de ses mouvements est réduite de manière significative ; le malade éprouve une sensation de compression et ressent des douleurs aiguës à chaque flexion/extension. Ce qui explique cette attitude renfermée, cette raideur permanente. En plus, il ne doit pas se faire suivre très sérieusement ; la desmopressine, c'est bien, mais pas suffisant, surtout s'il ne se force pas à pratiquer un peu de sport, du vélo, de la natation... Et puis pour tout t'avouer, sans vouloir sortir de ma spécialité, il a l'air assez dérangé. Je ne suis pas psychiatre, mais n'importe qui pourrait reconnaître une schizophrénie, disons de type catatonique : idées délirantes – ses histoires d'art de la guerre ; hallucinations ; discours désorganisé, incohérent, alternant avec un mutisme total, si j'en crois ce que tu m'as raconté du dîner ; pour ce qui est de l'émoussement affectif, le mot paraît faible. Je pencherais plutôt pour une catatonie que pour une paranoïa, mais je peux me tromper. Outre évidemment la catalepsie ambiante, même si elle n'est pas avérée à cent pour cent, il y a ce négativisme extrême, qui le rend, à ce qu'il semble, peu enclin à changer ses positions, ces mouvements stéréotypés, maniérés, cette absence d'expression du visage si caractéristique... Il ne manque que l'écholalie, mais on n'est pas obligé de réunir tous les symptômes pour repérer un cas, heureusement. Si un jour tu l'entends répéter *Votre Altesse* après toi, votre compte est bon, ajouta-t-il en ricanant, on vous enferme tous les deux. Non, je plaisante ma chérie. Enfin bref c'est un paumé, murmura-t-il en retrouvant au dernier moment l'usage de ses nouvelles catégories.

Clara dormait. Dommage : *Little doc* était assez content de son diagnostic. Le métier commençait à rentrer.

Ils répétèrent cette scène deux ou trois fois, avec quelques variantes sans intérêt, puis se lassèrent l'un et l'autre. Pour se distraire, ils reprirent les préparatifs du mariage. C'était encore là qu'ils s'entendaient le mieux. Il y eut un bref moment de tension quand il fallut rédiger la liste des invités, mais Clara se montra raisonnable. De son côté, *Little doc* s'était fait une raison quant à son supplice nocturne, passait de longs moments dans la salle de bains, ce qui n'allait pas, dans de telles circonstances, sans une certaine délicatesse, et, puisqu'on peut difficilement renoncer à ses rêves, surtout érotiques, plaçait tous ses espoirs dans la nuit de noces, à l'ancienne. De temps en temps, de plus en plus souvent même, il songeait aux bars du *Meatpack'*. « Au fond, se disait-il alors pour calmer son ressentiment, ces lenteurs prénuptiales conviennent à merveille au tempérament italien de ma fiancée. » Mais face à un soutien-gorge bonnet 90 D sagement plié sur un dossier de chaise, ce raisonnenent perdait de son corps, et *Little doc* ne fut pas âché de reprendre l'avion pour y fabuler plus à son ise. À plusieurs milliers de kilomètres de Clara, il se rouvait enfin en pleine possession de son amour, u'elle lui démentait à chaque regard quand il se trou-ait en face d'elle. Son célibat outre-Atlantique favo-isa ses bons sentiments, renforcés par l'espacement rogressif, puis l'arrêt volontaire des coups de télé-hone. Il préférait se concentrer sur son mariage, défi-itivement fixé au solstice d'été, qu'entendre cette oix dure et inconnue. Il comptait vaguement sur le égel.

En convertissant les dates du billet Air France au calendrier julien, Clara constata avec soulagement qu'elle serait libre pour le 2. La perspective du « grand dîner » lui réchauffait le cœur chaque matin. Elle comptait les jours et même les heures. Elle acheta un fer électrique en céramique et, quand le fameux soir arriva, tira ses cheveux avec application pour que plus une seule boucle ne dépasse. À force de poudre de riz, ses jolis traits avaient presque disparu sous une pâte blanchâtre, comme ces personnages de carnaval qui parviennent, avec juste un peu de crème, à se faire un visage neutre de cours de dessin, ouvert à toutes les personnalités et n'en revendiquant aucune. Clara s'engagea ainsi dans la rue des Trois-Médailles. À la moitié du chemin, elle fut interpellée par le vieux professeur de russe. « Vous allez là-haut ? » lui demanda-t-il avec crainte. *Là-haut* ! Décidément, tout le monde s'y mettait. Il regarda le sommet de la côte, où un petit attroupement s'était formé. « Bonne soirée », ricana-t-il. Clara accéléra le pas. Devant la grille de la câblerie piétinait une foule excitée par le remue-ménage des voitures. On parlait d'un tournage de film et on attendait la star. Clara reconnut les gosses de la rue, et même le chef avec sa canne, qui voulaient leur part du gâteau. Elle fendit la masse avec une autorité angélique. Au premier rang se trouvait la pleureuse. Elle venait chercher là le drame qu'elle avait tant attendu et qu'elle refusait de laisser échapper. La vieille dévisagea Clara avec dégoût, semblant dire : « Tu ne vas pas tout gâcher, toi, avec ton sourire et tes bonnes manières ! » Clara brandit son carton d'invitation avec un air hautain qui rassura la pleureuse.

La jeune femme se présenta à la grille et crut apercevoir Igor. Elle fut déçue. Même brosse, mais pas de lunettes. D'autres cerbères identiques, en complet noir, se tenaient derrière. Elle montra son invitation. Pendant qu'on la fouillait, un garde inspecta le petit canard rouge qui figurait sur le carton comme s'il s'agissait d'un filigrane de billet de banque. Puis on la fit entrer dans la cour. Elle n'éprouva aucune surprise devant les Safrane et les Cadillac noires garées de guingois, qui portaient pour la plupart des plaques d'immatriculation *CD*. Une vieille Tchaïka aux jantes couvertes de boue était arrêtée juste devant l'entrée. Il lui semblait que ces voitures avaient toujours été là, tant elles allaient bien dans le décor. Clara dépassa tranquillement cette cohorte de cafards. Il en arrivait encore quelques-uns, qui venaient s'agglutiner aux autres. Des hommes habillés de noir envahissaient peu à peu les lieux, sans qu'on sache trop d'où ils sortaient. Ils s'observaient entre eux et scrutaient la cour, les murs, les fenêtres en de longs regards circulaires.

Parvenue à l'intérieur du bâtiment, Clara comprit qu'il n'y aurait pas de femmes. Les brosses alternaient à présent avec les chauves, les demi-chauves et les raies au côté. Elle remarqua quelques fracs dans une mer de costumes sombres. Une poignée d'originaux portaient des rayures, mais personne ne s'était permis ces fantaisies de faux chic qui viennent souvent dépareiller les réunions au sommet ; pas de mafieux en complet rouge, pas de politicien en sandales de croco, pas de gros marchand avec des pingouins dessinés sur la cravate. Tous se tenaient sur leurs gardes. L'escalier de l'étage avait été rabattu comme une passerelle de bateau, rendant insoupçonnables les appartements du haut. Par contre, les grandes salles du rez-de-chaussée trouvaient enfin leur raison d'être. Elles étaient emplies de buffets, d'ombres mouvantes, de serveurs habillés de blanc, de conversations de couloir, tenues dans toutes les langues de la vieille Europe. On entendait une rumeur assez bruyante, mais nette et précise, disciplinée ; pas de brouhaha. L'écho emmêlait souplement les paroles et donnait à la câblerie une allure de Babel réussie, où l'on se comprend à demi-mot, sans hausser le ton. Avec ses recoins, ses passages labyrinthiques, ses jeux de couleur, ses tuyaux qui ramenaient les sons là où on ne les attendait pas, l'ancienne usine constituait un lieu idéal pour les conciliabules de haute volée. Les salonnards occupaient les salons, tout rentrait dans l'ordre. La salle de musique disposait même d'un orchestre de musique de chambre. Le cabinet-lanterne de l'aile sud, avec sa petite véranda qui bombait le ventre sur un charmant mur de barbelés, débordait de cadeaux en tout genre : tables de malachite, coffrets de nacre, lustres de bronze, rubis, pièces d'or de l'époque tsariste, valises de devises en petites coupures, et même cinq montres japonaises, trois caisses de cognac cinq étoiles, plus deux toiles déjà endommagées, l'une de Benois et l'autre d'Aïvazovski. Il ne manquait que l'Akhal-Téké. Ces maigres trésors s'entassaient pêle-mêle comme dans un magasin d'antiquités. Dans le vestiaire central, les cintres portaient « les vestes et les pardessus de nos amis », ainsi que l'avait annoncé Alexeï. Maintenant ils ne se balançaient plus, ils demeuraient immobiles et savouraient leur heure.

Tout ce beau monde n'était pas venu jusqu'ici pour jouer les figurants. Leur démarche tranquille d'habitués de la maison ne trompait pas. Ils avaient des affaires à régler. Il régnait de pièce en pièce une atmosphère badine de coup d'État qui finit par impressionner Clara. Ces vêtements noirs lui imposaient le respect. Elle se faisait discrète. À sa grande surprise, elle croisa le consul polonais rencontré naguère avec Luciano. Il se taisait avec d'autres, regroupés en cercle dans un coin de la salle de danse. Le quintette à cordes qui jouait à côté ne parvenait pas à troubler leur profond silence. En voyant Clara, il fit à peine semblant de ne pas la reconnaître. Elle se demanda comment elle avait pu un jour lui adresser la parole. Et Luciano !... Elle ne pensait jamais sans honte à son existence passée. Ce temps lui paraissait si loin, si enfantin. Elle trembla à l'idée de tomber sur le chevalier d'Orient, qui se serait trouvé là tout à fait à son aise. Elle se promenait ainsi au centre d'un dispositif qui lui échappait. Tous ces hommes se jaugeaient les uns les autres et pesaient leurs mots. Ils ne craignaient rien de plus qu'une erreur d'évaluation. Ils ne cessaient de recomposer leurs formations, circulant sans se heurter à travers les pièces, cherchant partout des indices à interpréter. Au bout d'une heure environ, alors que Clara mangeait distraitement des petits-fours, un imperceptible remue-ménage se produisit. Les hommes tendaient le cou, aux aguets. Clara fut violemment poussée, et entraînée vers le fond du bâtiment. Elle connaissait bien cette sensation de mur qui avance. Elle n'avait pas intérêt à trébucher. Igor la conduisit ainsi dans la salle à manger et la posa sur un tabouret, à l'écart, aux côtés de lui et d'Irina.

De là, placée en biais et légèrement surélevée, elle vit tout. Autour de la grande table avaient pris place vingt dignitaires. Des bouteilles de *posol'skaïa*, une vieille vodka qui avait fait ses preuves, étaient rassemblées au centre, en faisceau. À une extrémité se trouvait le beau vieillard haineux de la plaine de S***, inchangé depuis dix ans, vêtu du même uniforme de général de division. Il avait atteint l'âge fort rare où l'on ne vieillit plus sans mourir. Son visage de pâte feuilletée semblait près de tomber en miettes. Tout le monde regardait, pour le plaisir, ce vétéran impérieux avec sa longue barbe mal taillée. Il demeurait assis sans fléchir, donnant aux autres le droit de fabuler, et leur apportant cette nuance de poésie que s'accordent les stratèges les plus austères quand il s'agit de décider. Il tenait finalement le rôle de la belle femme dans les entreprises incertaines. Au moment imprévisible où chacun des vingt dignitaires, l'un après l'autre, se mettrait à penser brutalement : « Tout ceci est absurde, débrouillez-vous sans moi », sa présence deviendrait indispensable. Quand on a en face de soi une centaine d'années résumées en un homme, où sont passés les révolutions les plus imprévisibles et les complots les plus sordides, la moindre des choses consiste à se dire : « Pourquoi pas ? », et surtout : « On lui doit bien ça, à ce pauvre vieux. » Quant au siècle lui-même, pour se tenir encore aussi droit sur sa chaise, il s'appuyait sur une idée intangible, une lubie de jeunesse qui maintenait son organisme en activité. Il paraissait indifférent à tout et marmonnait sans cesse les mêmes phrases, comme s'il craignait de les oublier. Il n'avait gardé de toute sa vie que son uniforme et son loyalisme ; le reste, fumée ! Les chauffeurs de la Tchaïka, qui s'étaient relayés pour cette longue route, ne lui avaient vu emporter que ses médailles pour tout bagage. Une seule ambition le guidait, dont il parlait avec beaucoup d'éloquence. Il avait fait le tri. Clara ne comprit pas les quelques mots en russe qu'il articula pendant ce « grand dîner » où aucun plat ne fut servi. Elle remarqua néanmoins sa voix, si claire, aigrelette comme celle d'un enfant, mais lente et assurée. On se demandait si c'était bien lui qui parlait, ou déjà la postérité.

Alexeï déboucha par une porte latérale, vêtu pour l'occasion de l'uniforme du Preobrajenski que Clara avait vu dans le garage, le grand cordon bleu passé en travers de la veste, les croix de sainte Anne et de saint Stanislas accrochées à la hauteur du cœur. Il portait sur son avant-bras gauche le shako à plumet blanc réglementaire. À la grande stupeur de Clara, il avait abandonné la coupe au bol pour une raie au côté. Cette coiffure, plus encore que les décorations et les épaulettes, lui donnait un air très officiel. Il semblait incroyablement grandi. À son arrivée, tous se levèrent dans un raffut de chaises raclées, y compris le général trois étoiles. Clara se tenait la plus droite possible. « Zdorovo bratsy ! » Salut frères ! dit Alexeï selon la formule d'usage. « Zdravïa Jelaem ! » Nous vous souhaitons la santé ! répondirent-ils tous ensemble. Alexeï passa lentement devant ses hommes alignés, qui le dépassaient pour la plupart d'une tête ou deux. Il tapotait une épaule, corrigeait un pli de veste, remettait un bouton, lançait une plaisanterie à tel ou tel. Quand il fut parvenu au bout de la table, Igor cria « Nasdelnikou hourra ! », repris immédiatement par les vingt autres. Alexeï rougit à sa manière habituelle, mais ne sourcilla pas. « Hourra ! Hourra ! » Le chœur des invités produisit une sorte d'aboiement indistinct, surmonté d'un discret filet de haute-contre, comme dans les passages parlés des opéras. D'un geste de la main, Alexeï fit rasseoir l'assistance. Lui resta debout, le buste penché en avant, les poings posés sur la table. Il attendit un moment, puis récita avec conviction le discours qu'Igor lui avait préparé. Le français faisait office de langue commune.

– Je sais gré à tous les membres d'OTMA d'être présents ce soir pour célébrer le quatre-vingt-huitième anniversaire de ce funeste jour où abdiqua notre Père bien-aimé. Nous parlons aussi au nom de nos quatre sœurs, qui aimaient signer leurs lettres de ce sigle, aux initiales de leurs prénoms. Elles auraient été fières de ratifier une aussi juste cause. Avec l'aide de Dieu, nous ferons...

– J'ignorais qu'Alexeï avait des sœurs, murmura à Igor Clara jalouse, et qui même ici, même maintenant, supportait mal l'ennui d'un discours officiel. Je croyais que nous... que vous étiez son unique famille ?

– Effectivement, Dieu ne lui a laissé qu'Irina et moi-même pour prendre soin de lui.

– Ah.

– Prêtez donc un peu attention aux pronoms utilisés.

Quel professeur, celui-là, décidément ! Il restait un mur en toutes circonstances. Clara s'en agaça et refusa de se prêter à ces énigmes grammaticales.

– ... de toutes les Russies. Cet avènement, nous l'espérons proche. Les conditions morales et historiques sont réunies. Le peuple est de notre côté. Quant à nous, dans notre conscience et devant Celui qui nous a désignés, nous sommes désormais prêts à recevoir cet honneur suprême. OTMA a traversé des périodes difficiles, dont elle est ressortie plus forte que jamais. Le jour approche. Notre nation, cette Russie éternelle que nous n'avons jamais cessé d'aimer, n'attend que cela pour redevenir elle-même. Quant à vous, les fers de lance de la restauration, nous comptons sur votre fidélité jamais démentie. Votre parole nous suffit. Vous connaissez tous votre mission, votre devoir, et ce que l'honneur vous commande. Il vous faudra garder l'incognito, mentir à vos enfants, sacrifier des amis, affronter la solitude et les trahisons. Les profiteurs qui depuis plusieurs générations pillent notre héritage chercheront à vous éliminer. Pas un instant il ne faudra relâcher votre vigilance. Méfiez-vous de tous. Ce sera dur, mais n'oubliez pas ce mot de Souvorov à La Trebbia : Proigrannoe srajenie to, kotoroe my chchitali proigrannym. Une bataille perdue est celle que l'on croit perdue. Le temps venu, pas un de vous ne sera oublié dans les...

– De quoi parle-t-il ? hein ? demanda Clara qui se sentait désagréablement tenue à l'écart.

Elle n'aimait pas que d'autres partagent les secrets d'Alexeï, fussent-ils d'État. Igor lui intima l'ordre de se taire et Irina lui lança son regard de tueuse. Elle rumina en silence et se désintéressa de la suite, qu'elle jugea un peu terre à terre.

L'allocution fut saluée par de bruyants applaudissements. Même le général trouva la force de taper deux ou trois fois dans ses mains. Alexeï put se rasseoir. Quand les derniers bravos se furent éteints, il encouragea l'assistance à prendre la parole. Le silence n'aurait gêné personne, il aurait même constitué un témoignage d'obéissance apprécié. Pourtant l'un des invités se leva. Il portait un costume noir sans rien de notable, sinon une épingle de cravate à tête rouge assez élégamment assortie à son visage rond et congestionné de petit propriétaire terrien. Clara s'en méfia sur-le-champ. Jouer ainsi à l'original ! Quelle désinvolture ! Combien de milliers d'hommes contrôlait-il, de quels puissants amis disposait-il, quels terribles dessous de cartes avait-il retournés, pour ajuster tranquillement devant sa glace une telle chose ? Sans compter qu'avec cette tige de métal démouchetée, un assassin dégourdi aurait pu faire du beau travail. On ne l'avait pas fouillé à la grille, lui ? Jusqu'à la fin de la réunion, Clara épia chacun de ses mouvements, sursautant chaque fois qu'il rajustait sa cravate, craignant pour la vie d'Alexeï, et surveillant avec vigilance qu'Igor ne s'endormait pas. Elle se blottissait à moitié contre lui, en l'incitant à coups de genoux timides mais décidés à ouvrir l'œil. Elle ne lui en voulait plus de ses airs pontifiants.

Le potentat à tête d'épingle commença à parler en russe. Au bout de quelques phrases, Igor se mit en devoir de traduire ses propos en allemand, anglais et italien. L'autre attendit une brève seconde, mais on ne lui fit pas l'honneur du français. Il lissa sa cravate du plat de la main et poursuivit. En saisissant un mot de-ci de-là, Clara parvint à reconstituer quelques bribes de phrases. Il fut question d'une histoire de sous-marin turc au large de Guelendjik, du problème de réacteurs d'un vieux Tupolev 154, d'un mystérieux wagon 5555 placé sur une voie de garage de la gare de Riga, et d'une sorte de retraite protégée à la frontière géorgienne, une villa entourée d'une haute clôture et enfouie sous les palmiers. Ça semblait assez technique. Néanmoins Clara comprit l'essentiel, à savoir que la tête d'épingle contrôlait en sous-main l'ensemble d'OTMA. Il en parlait comme de son propre jouet. Depuis son belvédère de Sotchi, avec d'un côté le Caucase et de l'autre la mer Noire, il veillait inlassablement sur les activités de la câblerie, distribuait l'argent au compte-gouttes, correspondait avec Igor grâce aux bécanes du Nouveau cabinet, bref administrait le destin d'Alexeï. Et derrière lui, encore d'autres têtes d'épingle, plus grosses, plus brillantes, de véritables boutons de porte, qui ouvraient sur quelles intrigues de couloir, sur quels bureaux avec vue sur la place Rouge ? Clara préférait ne pas y penser, par tendresse pour Alexeï. Dieu que le monde pouvait se montrer trop bien fait parfois... Elle chassa ces idées noires et se rappela les images de Saint-Pétersbourg qu'elle avait trouvées dans ses livres, une immense place enneigée piquée en son centre d'une colonne de granit, qui n'attendait qu'Alexeï pour tourner rond. Sur le côté, le Palais vert et blanc sortirait de sa longue bouderie et, s'ébrouant, enverrait valdinguer les cordons qui barrent l'accès de ses salons, les vitrines trop propres où l'on se cogne les doigts en voulant prendre la moindre soupière, les panneaux fléchés rallongeant inutilement le chemin des toilettes, bref tous ces accessoires de musée qui rendent les lieux parfaitement inhabitables. Alexeï rentrerait chez les siens et n'aurait qu'à continuer comme avant, avec ce même art de vivre qu'il avait cultivé, à la dure, durant son séjour à la câblerie.

À table, la discussion était lancée. On avait ouvert la *posol'skaïa*. Les invités intervenaient dans n'importe quelle langue, et Igor transposait au petit bonheur de l'une à l'autre, en espérant que quelqu'un s'y retrouve. Certains haussaient la voix, d'autres se renfrognaient, les plus habiles souriaient bêtement. La tête d'épingle, qui avait exigé d'Irina qu'elle ne serve pas à manger, prenait frénétiquement des notes. Igor observait tous ses gestes avec attention. Ce grand chef se contentait de lancer quelques piques assez inoffensives, pour titiller. Il connaissait bien son terrain et maniait le point d'honneur à merveille. De temps en temps, le général faisait une courte déclaration qui interrompait toutes les conversations. La tablée s'autorisait un court moment d'héroïsme, puis on trinquait et les pourparlers reprenaient, un ton au-dessus. La tête d'épingle avait le goût du risque ; avec le général, ils formaient un duo imbattable. Alexeï fermait la combinaison en imposant ce que ni l'un ni l'autre ne pouvaient obtenir, le respect. Il avait vidé son premier verre comme un homme et décliné le second comme un prince. Il répondait à chacun dans sa langue. Tous semblaient très attentifs non à ce qu'il disait, mais à la manière dont il le disait. Il leur donna entière satisfaction : cela faisait seize ans qu'il s'entraînait sans relâche. Il commençait ses phrases avec bienveillance et les arrêtait à temps, juste avant l'ultime complément circonstanciel qui leur aurait donné un sens. Il n'hésitait jamais. Igor le regardait avec fierté.

La vodka aidant, tout le monde s'était mis au russe. Quelques-uns entonnaient *Les Bateliers de la Volga* ou *Stenka Razine*. S'efforçant malgré tout de faire bonne impression devant le Naslednik, d'autres épongeaient soigneusement la vodka renversée à l'aide de leurs documents confidentiels. La tête d'épingle s'était elle aussi enivrée et n'arrivait plus à retenir son sourire. Le petit homme rentrait désespérément le menton, mais sa joie transparaissait ailleurs, dans ses yeux brillants, ses mains qui frétillaient, ou ses épaules soudain redressées. Il rassembla ses feuilles et les rangea dans sa serviette. Alexeï se leva alors et prit un ton emphatique tout à fait bienvenu dans l'ivresse générale. « Messieurs, je vous remercie. Vous savez que, la veille de Borodino, nos vaillantes troupes russes, conscientes de l'importance historique de cette bataille, et prêtes à donner leur vie pour la patrie, ont refusé leur ration de vodka. » Un ou deux versèrent une larme. « Je vous invite à les imiter le moment venu, mais en attendant, puissiez-vous tous (il insista sur ce *tous* pour punir la tête d'épingle qui s'apprêtait à décamper) profiter de ma table. Je me retire. Bonne soirée, Messieurs. Jelaïou vam priïatnogo vetchera. » Alexeï partit au milieu des acclamations, en entraînant avec lui le général. « Vessilites' ! » ajouta-t-il plus gentiment, ce qui en fit rire quelques-uns. Il leur avait paru à tous très convenable. Arrivant au niveau de Clara, il s'arrêta.

– Clara, je voulais vous présenter notre plus précieux soutien, le général T***, qui dans sa jeunesse, à peine sorti du palais Menchikov, s'engagea comme sous-lieutenant dans l'Armée blanche. Pardon, le palais Menchikov, c'est là où loge le corps des Cadets, précisa-t-il à Clara en croyant lui éclaircir les choses. Le général est notre mémoire ; de plus, malgré ses réticences, il parle un excellent français. Il a connu mon père, mon grand-père et surtout mon arrière-grand-père. Général, voici Clara, notre... notre... le témoin de notre âme.

– Votre... balbutia le vieillard.

Il ne semblait pas apprécier la nouvelle.

– Le témoin de notre âme, répéta fermement Alexeï, content d'avoir trouvé cette expression. Le général se détourna. « Eto mojet byt' opasnym. » Ce n'est peut-être pas prudent, murmura-t-il.

– Bonjour, *mon général* ! s'exclama Clara qui, excitée par sa promotion, faisait du zèle à partir de ses lointains souvenirs de *Guerre et Paix*. Elle n'eut pas le succès escompté.

– Je vous rappelle que vous êtes une femme, lui glissa Igor sans rire, et avec presque un regret dans la voix. À ce titre, vous pouvez vous dispenser de l'adjectif possessif.

Il recommençait, cet instituteur maniaque ! Et Alexeï, était-il une femme lui aussi ? Elle avait pourtant bien entendu : « *Général*, voici Clara. » À qui se fier, alors ? Elle se remit à la tâche avec application.

– Bonjour, général.

– Bonjour, Madame, se résolut-il finalement à dire.

Tout ce qui lui vint à l'esprit, ce fut Koutousov obéissant contre son gré aux manœuvres d'Alexandre. Il ne craignait rien de plus qu'Austerlitz.

– Connaissez-vous cet amusant jeu de cartes, « Plus tu vas lentement, plus tu iras loin », général ? demanda Alexeï.

– Qui ne l'a pas pratiqué en Russie, Vashe Imperatorskoe Velitchestvo ?

– Eh bien ! Cette jeune femme y excelle.

Le vieux demeura interdit.

– Et d'ailleurs, je l'invite à venir faire une partie dans l'après-midi de demain, si cela lui convient, ajouta-t-il sans un regard pour Clara.

Cela lui convenait. Elle en apprendrait peut-être plus sur cette histoire de *témoin de l'âme*. Alexeï serra la main du général, si fragile, si rêche, si étrange au toucher, puis il présenta la sienne blanche et douce à Clara, qui la baisa. En partant, il emmêla son sabre de cavalerie dans la jupe de la jeune femme. Le fourreau en cuir lui battit les cuisses. Elle sentit le poids du fer et l'épaisseur de la lame. Il se dégagea d'un coup de reins, sans se retourner. Clara sursauta. Devant elle, les vingt braillards tapaient du poing sur la table, sauf la tête d'épingle qui attendait patiemment la fin de son supplice. Quand il ne s'agissait plus de finasser, il peinait à tenir la distance. Sa babiole de courtisan, sa rosette de pacotille, qui lui avait été si utile à jeun, n'importe qui aurait pu la lui rentrer dans la gorge à présent qu'on buvait cul sec. Il serrait les coudes et encaissait les tapes dans le dos sans un mot. Il se sentait très à l'étroit et regrettait de ne pas avoir profité de son dernier séjour à Sotchi pour prendre un peu de ventre. « On ne peut pas tout prévoir », pensa-t-il. Clara le dévisagea avec inquiétude, puis tourna les talons et sortit de la pièce. Elle retraversa les salles précédentes, où l'on servait à manger en abondance, mais presque rien à boire. Les invités paraissaient bien ralentis. Ils dodelinaient à droite à gauche comme de gros culbutos, les mains dans les poches, ou bien se cachaient derrière des bouts de papier en éventail. Ils les inspectaient, les comptaient, les échangeaient, les reprenaient, les signaient et les contresignaient avec une inlassable attention. Ils s'occupaient tant bien que mal en attendant une alarme, un bruit de moteur, un ordre pressant, comme des sous-officiers qui tapent le carton en salle de garde. La câblerie bruissait de petites mises au point sans intérêt. Seul importait l'art du flou auquel leurs chefs s'adonnaient dans la salle du fond. Ils remarquèrent à peine le passage de Clara. Ils évoluaient dans un univers où, fondamentalement, les choses n'étaient pas à leur place. Tout leur métier consistait à leur en trouver une. Pour elle, on verrait bien assez tôt si on en faisait une souveraine ou une pute.

Moins de vingt-quatre heures après, la jeune femme grimpait à nouveau la rue des Trois-Médailles. Il neigeait depuis le matin, par un de ces caprices de fin d'hiver qui incitent aux amours impossibles. Sous son nouvel enduit blanc, la câblerie prenait des airs de château endormi, et les grues au-dessus se perdaient dans le brouillard comme de grands pins sylvestres au tronc orangé. Les ornières des voitures avaient disparu sous la neige et rien ne rappelait les événements de la veille. Au beau milieu de la cour, Clara aperçut un tas de neige de la hauteur d'un homme. Igor, tout encapuchonné, y versait consciencieusement de l'eau à l'aide d'un vieil arrosoir rouillé. Alexeï rôdait autour en s'ébattant sous ces gros flocons enfantins.

– Vous croyez que ça va pousser tout seul ? demanda-t-elle joyeusement.

Igor essuya la buée de ses lunettes avec sa main gantée et la regarda avec dépit.

– Mais non, c'est une montagne de glace ! cria Alexeï. Je vais vous montrer.

– Alexeï, faites attention, je vous en prie, grogna Igor en balançant mélancoliquement son arrosoir vide.

Il escalada sa montagne par une sorte d'escalier découpé à la pelle, se dressa au sommet, les bras en V, et se laissa glisser en riant. Puis recommença. Seule trace de sa majesté, il avait gardé sa raie au côté et la remettait mécaniquement en place. Ses cheveux étincelaient.

– Enfin on s'amuse dans ce sacré pays ! dit-il en donnant des coups de pied dans la neige, qui retombait en poussière devant lui.

– On ne joue plus à « plus tu vas lentement, plus tu iras loin », alors ?

– Hé non ! On va se promener !

Il fit encore une ou deux descentes sur la montagne

de glace, s'épousseta, congédia d'un geste de la main Igor qui revenait avec un arrosoir plein, s'avança vers Clara et lui proposa le bras. Elle s'abandonna avec confiance et se laissa guider. Ils sortirent ensemble de la câblerie comme un couple bourgeois. Les passants regardaient attendris cette jolie paire de santons marbrés, tête nue, marchant d'un pas égal. Un jeune homme les salua sans raison. Eux ne desserraient pas les dents. Clara n'avait plus besoin de consignes, elle trouvait d'elle-même la bonne attitude ; en l'occurrence, il fallait imaginer tous ces gens rassemblés entre deux rangs de hallebardiers, bousculés dans la plus grande panique, et exécutés à la va-vite, comme les *strelitz* qui avaient parlé d'un peu près à Pierre le Grand. Les mères de famille retrouvaient leur tête au bout d'une pique, la langue pendue, les amants heureux subissaient le knout, les costauds avaient le choix entre l'estrapade et le supplice des tenailles. Les deux santons laissèrent sur leur chemin, dans le doux silence de la neige fraîche, un vrai massacre à l'ancienne, une sorte de tuerie heureuse, pour le plaisir de manier l'arme blanche. Saigner la racaille, quelle occupation de seigneur ! Comme la chasse, en somme. Alexeï bombait le torse et Clara baissait les yeux, un peu honteuse.

Ils parvinrent à l'entrée d'un des grands parcs extérieurs de la ville. Le temps s'était encore dégradé et les flocons tombaient de biais, en rafales. Tous deux s'abandonnaient au froid et laissaient se former sur leurs visages de légères croûtes de neige. En passant devant un lac encore gelé, autour duquel des bouquets de roseaux émergeaient comme sur un crâne de chauve,

Alexeï marmonna quelques phrases inintelligibles au sujet de la guerre contre la Suède et du golfe de Botnie. Ils avançaient entre les squelettes lustrés des arbres. Le sol craquait sous leurs pas. Arrivé au pied d'un monticule dénudé, Alexeï sortit du sentier. Évidemment ! Il lui fallait gravir sa colline, contre le vent, de préférence. Clara se plaça juste derrière lui et attaqua la montée. Il la distança bientôt. Elle s'enfonçait jusqu'à mi-mollets dans la neige et devait lutter pour la moindre foulée, en poussant de l'épaule comme si elle portait un barda sur son dos. Elle peinait à prendre sa respiration et tourna sa tête sur le côté comme une nageuse de crawl. Elle aperçut alors, plantées le long du chemin principal, dos tourné et fesses à l'air, une dizaine de cariatides de pierre qui soutenaient le blanc du ciel. Ces statues prenaient de l'allure par mauvais temps. Elles se déhanchaient exagérément, en danseuse, en offrande, en poseuse, et la neige venait souligner leurs courbes. Sur la pointe des seins, dans le creux de la nuque ou posée sur les fesses, elle leur imprimait une grâce toute stoïcienne. À moitié déshabillées dans ces lambeaux de drap blanc, solitaires, débarrassées de leurs parures de moineaux, elles devenaient même désirables. Clara sentait ses cuisses qui la lançaient et le vent qui la fouettait inlassablement. Ils devaient se trouver à mi-pente. Son courage faiblissait. La sueur se mêlait sur son corps à l'humidité glacée de la neige. Elle avait froid, elle avait chaud, elle ne savait même plus. Ses gros lainages lui collaient à la peau. Elle trottina pour rejoindre Alexeï et marcha dans ses traces.

Ainsi protégée par son vaillant petit homme, ses pas

lui semblaient plus aisés. Peu à peu, tout en avançant, elle perçut un léger murmure autour d'elle. C'était la voix d'Alexeï qui l'enveloppait par rafales. Elle prêta l'oreille. Le vent sifflant, grondant de plus belle, n'en lâchait que quelques bribes. « Par la gauche ! par la gauche, idiot ! Brigadier, ramenez... À nous deux, Davout !... Qu'est-ce qu'il fout là avec ses fantassins ? Tant pis pour lui ! k pouchkam ! À vos canons !... Chrapnelnyï snariad sprava ! À obus à mitraille, par la droite ! Piervaïa cherenga, ogon' ! Première pièce, feu ! Feu sur Auguereau !... ce carnage, Seigneur !... Ah, Bennigsen ! Bennigsen ! pourquoi ne pas avoir profité de la brèche ouverte dans les escadrons de Murat ? Incapable !... Faites donner le troisième cuirassiers ! Chachki natchalo ! Cavaliers, sabre au clair ! Lavinka kazakov, po moemou prikazou ! En lava cosaque, à mon commandement !... En avant, pour la patrie !... Napoléon est là ! à côté du cimetière ! Repoussez la Garde ! Napoléon razboïnik, lje imperator ! Napoléon, gredin ! Imposteur !... » Alexeï se rejouait Eylau. Clara avait assez étudié l'histoire militaire russe, à ses heures perdues, pour être à même d'apprécier. Et puis la météo s'y prêtait : avec une visibilité limitée à quarante mètres et cent quarante mille hommes lancés à l'aveuglette, quelle bataille ! Clara se sentait en confiance sous l'autorité d'Alexeï, à donner l'assaut de la colline. Elle courba les épaules pour éviter les balles. L'objectif se rapprochait. Ils étaient près de l'atteindre quand, à côté d'eux, un gamin sorti du brouillard fila sur sa luge rouge. Ils le suivirent des yeux comme une trace de sang sur la neige.

Parvenus au sommet, ils se mirent à l'abri dans un kiosque à musique désert. Ils prenaient position. Leurs cheveux blanchis ressemblaient à des perruques poudrées un peu défaites, ayant perdu boucles et queues. Ils pouvaient être fiers ; pas une égratignure ! Ils profitaient du calme provisoire et de la vue panoramique sur le champ de bataille. « Coup d'œil, rapidité, choc », pensa Clara. Devant eux se dessinaient en pointillés blancs, comme sur une carte, le lac, les bois où les hommes s'étaient mis à couvert, les postes de guet, les redoutes en forme de toilettes publiques, tous ces chemins pleins de détours et d'embûches... La ville fumait au loin et gardait le silence. Les escadrons de uhlans piaffaient à côté. Clara résolut de tenter sa chance.

– *Alexeï Alexeïevitch*, c'est parce que votre père s'appelait Alexeï, n'est-ce pas ?

– Mon père, mon grand-père et mon arrière-grand-père, oui. Tous hémophiles, d'ailleurs. Quel miracle d'être arrivé jusque-là, jusqu'à moi ! Remarquez, l'histoire nous devait bien une petite chance.

– Et avant ?

– Avant... avant, ils portaient des numéros, dit-il sans y prêter attention.

Il mit sa main en visière et observa les mouvements de troupe suspects d'un groupe d'écoliers apparemment décidés à ne pas respecter le cessez-le-feu. Le froid devenait plus sensible avec l'immobilité.

– Il faut se méfier de ces têtes brûlées toujours prêtes à se faire décimer, ajouta-t-il en poursuivant à voix haute le cours de ses pensées. Rappelez-vous ce pauvre Popov à Silistrie, se précipitant à l'assaut comme un furieux avec ses quatre bataillons de réserve, sans que personne ne lui ait rien demandé. Massacrés, évidemment !

Cette affaire de numéros impressionna Clara.

– Évidemment. Et votre arrière-grand-père, vous... vous ne l'avez pas connu ?

– Il paraît qu'il est venu me voir avant de mourir, en 88. Il a posé sa main sur ma tête et il a murmuré notre prénom, comme il avait déjà fait pour son fils et son petit-fils, mais avec un espoir nouveau, parce que j'arrivais à un meilleur moment. Je n'étais âgé que de quelques mois, lui de quatre-vingt-quatre ans, dont soixante et un d'incognito, sous l'identité de Vassili Filatov. Vous savez, c'est un brave cordonnier qui l'a recueilli quand il a réchappé au massacre de ma famille. Il vécut, lui ! une existence quelconque de professeur de géographie, quelque part dans la région de Tioumen, en Sibérie occidentale. Il cultivait ses souvenirs avec obstination, il s'y consacrait comme d'autres à leur métier ou à leur femme, et tout porte à croire qu'ils ne perdirent rien de leur vivacité en un demi-siècle. Il refusa d'oublier, fût-ce une petite minute ; il refusa de laisser passer le temps. Il revécut son enfance en boucle. Les planches de la salle de classe lui évoquaient le pont du *Schtandart* ; les charrettes de bois, son petit poney de *Tsarskoe Selo* ; un bruit de couvert, le cliquetis des présentations d'armes, et ainsi pour tout le reste... Son plus grand courage, la leçon qu'il nous laissa, davantage encore que le goût de la vengeance, consista à ne jamais consentir au bonheur. On commence avec une petite joie, et puis on finit par se plaire dans le monde, et là, quelle trahison ! plutôt la mort !

« Loutche smert' ! » répéta-t-il en regardant au large. Comme ils se ressemblaient ! Surtout maintenant, les joues vermeilles et le menton levé pour ne pas claquer des dents. Le vent s'entêtait, grossissait encore, et tourbillonnait autour d'eux par rafales. Le chignon de Clara s'était défait et ses cheveux lui battaient la figure ; quant à Alexeï, il devait parler de plus en plus fort, presque crier, pour couvrir le raffut. Ils étaient tous deux très excités. Des bourrasques rinçaient les dalles du sol à grandes trombes, puis balayaient aussitôt les copeaux de neige.

– Il ne m'a pas vu grandir. Mes parents sont morts rapidement, et je ne m'en rappelle rien ; de toute façon, ce ne sont pas eux qui comptent. Igor et Irina, l'un et l'autre d'une fidélité irréprochable, se sont dévoués à mon éducation, mais vous comprenez, je ne pouvais pas vraiment avoir de rapports avec eux. Je me suis rendu compte trop tôt du poids de la solitude, et des responsabilités qui étaient les miennes. Je ne me plains pas. Je suis résigné à me passer d'amour. Ma vie n'a pas été drôle ; il ne me reste plus qu'à la faire grandiose. Je l'ai mérité et je suis prêt, je bous d'impatience. Nous sommes restés longtemps orphelins, sans parents et sans recevoir de quelque côté un traitement humain. Lorsque nous avons atteint la quinzième année de notre âge, nous nous sommes dit que le temps était venu de mettre en ordre nos affaires.

Alexeï avait repris sur la fin son *ton de pistonné*, plus haut que d'ordinaire. Il s'agitait, battait des bras et faisait le tour du kiosque à grandes enjambées. Pivotant au centre, Clara aurait pu se croire dans un manège. Les flocons ruisselaient tout autour et brouillaient le paysage comme depuis une plate-forme en mouvement. Elle en avait le tournis. Alexeï se rapprocha encore du bord du kiosque et épousseta du plat de la main la neige de la balustrade, qui s'envolait autour de lui en l'emprisonnant dans une sorte de petit nuage. Elle avait encore droit à une question.

– Et avec... votre oncle et votre tante... vous habitiez Pavlovsk, dit-on ?

– Quelque part dans le coin, oui. C'est joli, Pavlovsk. Le dimanche, on allait toujours se promener dans le parc du château, sous les chênes de Finlande et les tilleuls de Lübeck, entre les statues et la *Slavianka* qui serpente doucement. Il y a une colline de la taille de celle-ci, et dessus un château, où s'était installée Maria Fédorovna. Enfin qu'importe, tout cela est révolu...

Il s'interrompit, ralentit son pas, puis s'arrêta et entreprit de nettoyer minutieusement la balustrade de fer. Il avait fini son tour de manège et ne savait plus bien comment reprendre pied. Il hésitait. Il lui suffisait de tendre la main à l'extérieur pour constater que le temps ne s'améliorait pas. La neige tombait si dru qu'elle anéantissait son travail de déblayage presque sur-le-champ. Cela le décida à abandonner ses scrupules. À quoi bon, finalement, s'acharner à garder tant de secrets ? Tant de peine inutile !

– Et ce château... il est intéressant, ce château... construit par Cameron... et...

Il murmurait à présent. Il reprit sa respiration et se rapprocha de Clara, vers le milieu du kiosque.

– ... et à l'entrée, on trouve... un merveilleux vestibule... décoré à l'égyptienne.

Il sourit. Elle soupira et ferma les yeux à demi.

Tous deux passèrent un long moment à observer le ciel qui s'éclaircissait peu à peu. Ils aperçurent même quelques pans de bleu. Ils semblaient soulagés, détendus, et grelottaient à cause de leurs vêtements humides. De longs frissons leur parcouraient le dos. Ils se sentaient soudain très fatigués et s'engourdissaient tranquillement l'un à côté de l'autre. Clara ne voulait rien entendre de plus et Alexeï, les poings sur les hanches, soufflait bruyamment, encore sonné d'être parvenu si vite à ses fins. Fier, aussi, d'avoir su mener Clara jusque-là. Il s'était mis à nu devant elle et il avait été comblé. Quel chemin parcouru, depuis la cour d'Alceste misanthrope et le premier « Coucou ! ». Le *témoin de son âme* ! Une simple fille de la rue des Trois-Médailles ! Après tout, il n'y a pas si longtemps, Marthe la servante était devenue impératrice et personne n'avait trouvé à y redire. Alexeï se retourna vers Clara échevelée, calmée, plus belle que jamais dans la lumière de l'éclaircie, qui s'accoudait à la rambarde comme à un bastingage, le regard dans le vague. « Tu peux m'appeler Sixela, lui dit-il. C'est mon surnom. » Clara ne bougea pas. La vue s'était dégagée et les jeunes merles luttant pour leur territoire entamaient déjà leur chant de conquête. Ils sonnaient le clairon parmi les bancs de brume effilochés. Alexeï pensa à son triomphe si proche. Il était aussi confiant qu'un homme aimé.

Il remarqua une baraque en bois à une cinquantaine

de mètres du kiosque. Un marchand de glaces avait cru bon d'anticiper de quelques jours l'annonce officielle du printemps. Il pensait faire un bon coup en vendant les premières glaces de la saison aux idéalistes de passage, séduits par quelques rayons de soleil dérisoires. La tempête l'avait pris au dépourvu, mais il s'obstinait. En voyant Alexeï se diriger vers lui, il enleva précipitamment ses moufles dans un sursaut d'orgueil. Il lui aurait presque donné l'ensemble de ses cônes chocolat blanc.

– Et alors, *mon prince*, on se décide pour le printemps ?

Alexeï se rengorgea. L'auvent *Miko* s'affaissait sous le poids de la neige, et il s'y avança comme sous un dais. Le marchand tira la cuillère à glace de son bac rempli d'eau et la brandit devant lui, ruisselante, étincelante dans l'éclairage de la cabane.

– Deux glaces à l'italienne, une vanille-pistache, et une à l'orange, demanda Alexeï. Le marchand laissa retomber sa cuillère avec dépit. Il baissa la manette de la machine à glace, qui moula toute seule deux cônes parfaitement réguliers. Déçu par tant de facilité, il se consola en effilant les pointes le plus haut possible. Alexeï le remercia avec emphase et partit sans attendre sa monnaie, en le laissant affreusement vexé.

Revenu sous le kiosque avec ses deux cornets, Alexeï se posta à côté de Clara, devant la rambarde, et les tendit devant lui, la spirale vert et blanc placée en haut à droite, et le dôme cuivré plus en retrait. « Il n'y a plus qu'à vous représenter, lui dit-il à l'oreille, les bulbes de l'église de la Résurrection-de-Notre-Sauveur, à Pétersbourg. On la surnomme l'église du sang versé. Je vous laisse imaginer le reste. » Clara soupira et pensa un instant à son premier 1 800 pièces, à ce puzzle inachevé qu'il lui fallait désormais terminer coûte que coûte. Elle regarda les deux chapiteaux crémeux si typiques des églises orthodoxes et se concentra sur sa tâche. Le sang versé, ça ne manquait pas après ce petit Eylau, surtout dans cette neige si fraîche ; il coulait en rigoles et dessinait sur fond blanc des formes monstrueuses, il se jetait dans des mares grasses et pourpres, il se ramifiait en damiers pour divertir les enfants gâtés. Clara tentait d'imaginer l'église dressée dans le parc, avec ses plaques d'émail, ses marbres d'Estonie et ses mosaïques sacrées. Autour d'elle, le lac gelé minaudait ; il s'emmitouflait dans des fourrures de renard argenté aux reflets lents et gris, papillonnait soudain à la moindre éclaircie, et vous invitait avec perversité à lui passer dessus. Là où la glace n'avait pas pris, il clignait de son bel œil sombre et mouillé. Il vous faisait des avances de garce, pour le plaisir de rompre et de vous couler, comme la Neva aux endroits où elle tient ses quartiers d'hiver. Mais à part une église et de vagues étendues gelées, Clara se sentait à court d'idées. Quelles merveilles de palais bariolés, de façades sculptées et de statues de bronze Alexeï devait-il construire entre les fourches et les rameaux de ces arbres dénudés ! Et dans le balancement de leurs branches, quelle promesse d'insurrection, et à la place du vieux hêtre solitaire, quelle colonne de victoire, et sur ces allées rectilignes, quelles avenues enflammées... Saint-Pétersbourg entière couchée à ses pieds... Alexeï y promenait son regard impassible et Clara se tenait fièrement à son côté.

Quand les glaces italiennes commencèrent à dégouliner, il les jeta par-dessus la rambarde. Il regarda attentivement Clara. « Vous en savez assez à présent, lui assura-t-il. Vous pouvez continuer toute seule. Je vous ferai chercher quand le temps sera venu. » Elle s'inclina gauchement. Bien mal lui en prit. En se relevant, elle reçut de plein fouet une boule de neige bien tassée. Le temps pour elle de s'essuyer le visage, Alexeï dévalait déjà la pente à toutes jambes. Elle essaya de l'atteindre à son tour, mais manqua son tir de plusieurs mètres. Il se retourna alors avec un grand sourire : « Même pas eu ! » lui lança-t-il. Il continua sa descente d'un pas plus lent. Elle entendit son rire d'enfant suraigu résonner dans le parc. Elle ne songea même pas à le suivre. « Adieu Sixela ! Tant que les vaches ne volent pas ! » cria-t-elle. Elle pleurait calmement, sans bruit. Elle le suivit du regard tant qu'elle put. Il rapetissait vite. Il traversa en ligne droite les faubourgs de sa chère capitale, puis se perdit dans les dédales du centre-ville, disparaissant de longs moments, revenant par surprise au coin d'un orme, longeant le lac à découvert, exposé à tous les mauvais coups, et plongeant définitivement dans son château de haute futaie. Clara resta longtemps ainsi, transie, immobile dans ce kiosque ouvert à tous les vents, espérant le voir resurgir quelque part. Petit gaillard au pas militaire, pétri de bonnes intentions et d'images surannées, minuscule tache d'or empoussiérée de neige, circulant à son aise parmi ce faste passé, et qui s'effaçait peu à peu dans un parc municipal.

Clara avait attrapé un sérieux chaud et froid. « Depuis le temps que ça devait arriver... » se dit-elle avec humour. Un chaud et froid ! Somme toute, son corps ne faisait que suivre ses états d'âme. Elle passa les jours suivants alitée, crachotante, fiévreuse, dans un état de bonheur extrême. La fièvre lui donnait des visions de batailles et de grandes cérémonies. Alexeï y était incomparable. Quant à elle, il ne lui restait qu'à l'attendre. Demain, dans un an, ou même jamais si OTMA flanchait, qu'importe ! Elle tenait son rôle et son existence en était réglée une fois pour toutes. Elle aussi vivait *incognito*, maintenant, et quel délice ! Petit à petit, elle retrouva son entrain passé. Elle replongea dans les graphismes de puzzle et dans ses histoires de cœur avec l'ardent souci de bien faire que procure l'anonymat. À présent qu'elle possédait pour cela une raison d'État, elle aurait aimé n'importe qui. Elle rappela le petit docteur avec une tendresse débordante. Il s'y laissa prendre : elle s'imitait elle-même à la perfection, classant ses médicaments par coloris, riant à l'idée d'avaler les trois couleurs primaires au petit déjeuner, ou utilisant son spray contre la toux pour se rafraîchir les tempes. *Little doc*, fou de joie, dévala fièrement *Madison Avenue* à la recherche d'un cadeau hors de prix. Ce fut sa meilleure après-midi à New York, celle où il ressembla le plus à ce qu'il rêvait d'être, un vrai New-Yorkais. Ils reprirent leurs conversations téléphoniques. Clara poussa le double jeu jusqu'à s'intéresser au nouveau classement des bars dévoilé dans *Time Out*, alors qu'au fond d'elle-même, elle avait perdu toute bienveillance envers cette partie du monde qui ignorait encore Alexeï.

Elle ne se trahit qu'une fois. À propos de certains problèmes d'anesthésie et de patients à risque, le petit docteur lui avait appris que l'hémophilie se transmettait par la mère. « Répète un peu ! » lui dit-elle alors d'un ton menaçant. Il s'exécuta gentiment : « L'hémophilie se transmet par la mère, ma chérie. » Elle balbutia quelques vaines protestations. Elle semblait l'en tenir personnellement responsable. « Mais ce n'est pas possible, tu inventes ! » finit-elle par hurler. Or il n'y pouvait rien, il était désolé, mais les gènes responsables de la fabrication des facteurs VIII et IX se logeaient stupidement sur le chromosome X. Clara demeura muette. Pris au dépourvu, il raconta précipitamment sa dernière opération, une banale résection de la région du pylore, en tâchant d'inventer quelques complications amusantes. Elle raccrocha froidement en pleine hémorragie stomacale. Elle ne voulait pas y croire, et elle s'arrangea pour ne pas y croire. Imaginait-on sérieusement Alexeï porter un chromosome, ou quoi que ce soit d'autre qu'un uniforme de la Garde ?

Clara resta néanmoins assez troublée. Elle en conçut presque des soupçons, qui lui gâtaient sa joie de tous les jours. Heureusement, on vint la chercher plus vite qu'elle ne s'y attendait. C'était une de ces premières après-midi de printemps, aux alentours de l'Annonciation. Elle entamait un grand ménage quand la sonnette de l'appartement retentit, ce qui ne s'était pas produit de tout l'hiver. Clara ouvrit la porte et Antonin pointa le nez hors de sa chambre, un livre à la main. Apparemment, il s'était remis à la philo. Les deux I entrèrent à leur manière habituelle, un bouclier blindé qui avançait devant deux yeux en viseur, comme un affût d'artillerie légère. Ils pointèrent Antonin qui se claquemura dans sa chambre après un bref salut. Clara avec son balai ne faisait pas le poids. Elle dénoua son tablier à carreaux, retira ses gants, et se livra ainsi. Il régnait une atmosphère chaude et sale, propice au désenchantement. La lumière butait contre les vitres crasseuses et la poussière voletait dans la pièce. Le yucca jauni s'avachissait en pelure de banane. De l'autre côté de la cour, installée à ses fenêtres, la vieille Berbère observait la scène. Les deux I avancèrent leur batterie et vinrent se poster devant Clara. Elle remarqua alors les valises que portait Igor. Les yeux d'Irina étaient mouillés de larmes et leur anneau blanc avait pâli. Dépouillée de sa lueur de haine, cette femme devenait terriblement attirante. Plus rien n'entravait sa beauté. Elle gesticulait avec maladresse, cherchant par tous les moyens à se débarrasser de ce charme inattendu dont elle ne voulait pas.

– Nous sommes venus vous voir, annonça-t-elle d'un air gêné, pour vous dire adieu. Les... certaines choses ont changé, et notre présence ici...

– Et Alexeï ? demanda Clara.

Irina se tourna vers Igor, qui grinça sur ses gonds de manière affirmative.

– Alexeï n'est pas celui que nous pensions et qu'il pense toujours être, continua Irina. Nous venons de l'apprendre. C'est cet homme si élégant, vous vous rappelez, avec cette jolie épingle de cravate, c'est celui-là qui a tout manigancé depuis le début, depuis la chute du régime, en 91... Il avait de grandes idées, à l'époque, et il n'était pas le seul en Russie. Bref, il est venu nous voir hier. OTMA dissoute. Oui ma chère, dissoute ! Ils... la politique, l'économie, des chiffres, des analyses, des conclusions ! Qu'ils se trouvent à court d'argent, que l'armée n'a plus l'air de suivre, que leurs alliés à l'étranger se débinent, et ceci, et cela... bref, ils n'estiment plus possible de... enfin... Il nous a tout dit, ça, on peut le lui reconnaître ! Ils avaient pris le plus ressemblant dans un orphelinat de Tobolsk, hémophile pour frapper les imaginations, et ils nous l'ont mis entre les mains. Et voilà, c'est tout. Personne n'a survécu à la fusillade de 17, évidemment ! Mais si nous on y croyait, tout le monde y aurait cru, le peuple entier y aurait cru ! On a tout fait, tout, vous comprenez, pendant près de quinze ans, avec la même soumission que nos aïeux, comme si ce petit bonhomme... et puis... ils avaient de bonnes raisons, c'est sûr, mais enfin de là à mentir, vous ne croyez pas ? Qu'allons-nous devenir, maintenant ? Ils nous ont juste donné assez de roubles pour le retour. Dieu tout-puissant !

Était-ce tout ce qu'il lui restait, cette beauté, ce ton, ces larmes de paysanne ?

– Et Alexeï ? demanda Clara plus durement.

– Gavionny moujik ! Ce bouseux ! hurla Igor. Cet enfant des rues ! Cet imposteur ! Je ne veux plus jamais entendre son nom. Vous ne voudriez pas qu'on continue à le couvrir, quand même ! Notre pays en a connu, des charlatans à sa manière ! Ostrepiev, les deux faux Dimitri du temps des troubles, Pougatchev qui se faisait passer pour Pierre III ! Tous les mêmes ! Qu'il s'estime heureux de ne pas finir comme eux, dans une cage, décapité ! Enfant de pute, enfant de rien ! Quand je pense à tout mon travail pour l'éduquer, ce moujik ! Et croyez-moi, il n'était pas doué. Vaurien ! Va-nu-pieds ! Bosonogiï ! Qu'il crève, vous entendez, qu'il crève !

Clara ne se laissa pas démonter. Elle aussi avait bien retenu ses leçons. Elle planta son regard dans les deux cercles d'acier fin et répéta pour la troisième fois sa question. Igor retira ses lunettes comme on rend son tablier. Il renonçait à ses attributions professorales et retrouvait pleine et entière sa liberté de brute.

– Eh bien, où voulez-vous qu'il soit, votre soi-disant Alexeï ? Demandez à Irina ! Dans ses appartements, en train de contempler sa bite, comme d'habitude ! Vous n'avez qu'à aller lui annoncer la bonne nouvelle, ça lui fera de l'effet. Je suis sûr qu'il ne vous croira même pas, ce crétin. Je ne voudrais pas être à votre place. On s'est assez humiliés comme ça, et pour rien en plus, pour rien ! My eto sdelali zria !

Clara remercia pour le conseil. Irina n'osa pas ajouter un seul mot, mais l'encouragea avec une petite moue. Entre femmes, on peut se rendre certains services.

Clara attendit un bon quart d'heure après le départ

des deux I, hébétée, incapable de prendre aucune décision. Elle passa sa fébrilité sur Antonin, qui traînait par là. Elle rangea la vaisselle et nettoya une moitié de vitre. La vieille se tenait toujours à son poste. Clara abandonna finalement son chiffon, mit la tête entre ses mains, puis se précipita dehors. Les dernières plaques de neige s'étaient transformées en dentelle de boue et habillaient la rue d'un horrible jupon kaki, comme ceux que l'on ressort à la va-vite pour les beaux jours. Les arbres des trottoirs exhibaient leurs bourgeons nains, qui leur donnaient un air boutonneux, maladif, et qui crèveraient de toute façon au premier retour de gel. Sur les vitrines des magasins, sur les jantes des voitures, sur les visages des femmes se découvrait trop tard la saleté déposée par les mois précédents. Des ménagères battaient rageusement les tapis à leur fenêtre, l'air lui-même semblait crasseux. Clara remontait la rue d'un pas pressé. Elle transpirait et ses habits lui collaient au corps. Elle était écœurée par ce jour de printemps crotté, tiédasse. Elle eut l'impression qu'une grande ombre noire la suivait. Elle fut sur le point de renoncer et de laisser en plan toutes ces fables, mais continua son chemin. Il fallait bien que quelqu'un aille au bout de l'impasse, et depuis que les deux I étaient partis, il ne restait plus qu'elle.

Arrivée *là-haut*, Clara poussa le portail avec difficulté. La câblerie lui apparut plus morne que jamais. Qu'était-ce d'autre, maintenant, qu'une usine désaffectée, aussi triste qu'un vieux jouet cassé, où languissait l'enfant-roi déchu, un orphelin, un pauvre gosse abandonné ? À l'intérieur, l'électricité avait été coupée, et toutes les pendules arrêtées à la même heure. Sans l'éclairage des néons, les salles paraissaient décolorées. Ce lieu quelconque de tôle et de ciment avait accueilli tant de rêves, vrais et faux, depuis le premier ouvrier jusqu'à ce petit prince à moitié réel, à moitié inventé ; cet aventurier malgré lui, ce héros jamais sûr d'exister, si russe finalement ! Clara se souvint de ces câbles emmêlés, inextricables, qui l'avaient hantée au tout début. Quel décor ! À présent, elle le parcourait au hasard, sans précaution, et il lui semblait bien dérisoire. C'était cela, Pavlovsk ? dont elle avait failli devenir folle ? Elle haussa les épaules et monta l'escalier, pour voir. Elle lui dirait tout, puis si possible s'en tiendrait là. En finir au plus vite ! Elle ne jeta même pas un regard à la salle italienne. Elle chercha un peu partout, mais ne trouva pas trace d'Alexeï. Sa chambre était aussi vide que d'ordinaire. Enfin, en s'aventurant dans une aile où elle ne s'était jamais rendue, elle le découvrit dans l'ombre, assis sur un simple tabouret, au milieu d'une pièce entièrement blanche et nue, sans fenêtre, pleine de gravats. Il portait le même uniforme qu'à la réunion d'OTMA, et toujours sa mèche de jeune homme.

– Je suis contenté... commença-t-il.

On ne voyait pas grand-chose de son visage livide, sinon deux pupilles d'un noir très vif. Il saignait abondamment du nez. Du côté opposé à l'étoile de saint André, la popeline sombre de sa veste était ceinte d'une sorte de long ruban rouge vermillon, un peu de travers, dont les plis faisaient de petites vagues. Clara s'arrêta net. Même abandonné et blessé, il avait attaché sa bavette en argent et son menton surplombait fièrement l'aigle impériale. Une ombre lui dessinait sous le nez la fine moustache de Pierre le Grand. Il ne changerait pas. Lui ne se laissait pas abattre par une tête d'épingle et un printemps en avance. Il se moquait des manigances des deux I. Il n'interrogeait que son âme et accomplissait froidement, sans hésiter, ce que son devoir lui commandait. Cette salle encore plus poussiéreuse que les autres, Clara dut admettre que c'était celle du trône : la dernière pièce ! fin du puzzle.

– Igor et Irina, ces deux ignobles rats, que leurs cendres soient expédiées dans les profondeurs de la Baltique, se sont enfuis ce matin. Ils m'ont témoigné le plus grand irrespect. Igor m'a bousculé et c'est tout juste s'il ne m'a pas arraché mes pattes d'épaule. On se dirait revenu au temps de l'ordre numéro 1. Qui se trouve derrière toute cette machination ? D'où le complot est-il parti ? mystère. Je n'arrive pas à stopper ce maudit saignement de nez, de plus, je n'ai aucune nouvelle d'OTMA ni des troupes restées fidèles. Les ordinateurs sont sabotés. Les traîtres subiront un juste châtiment, mais je ne vous cache pas que nous traversons des heures pénibles. Nous sommes seuls. Et je le répète : il ne nous appartient pas de gagner la confiance du peuple, car c'est à lui de mériter la nôtre. Vokroug menia ya vijou tol'ko predatel'stvo, prodajnost' i loj'. Autour de moi, je ne vois que trahison, lâcheté, mensonge.

Ce ton ! Ralenti, épuisé, agonisant presque, mais toujours la même arrogance. Le *ton de pistonné* ! Clara savait à quoi s'en tenir maintenant. Allait-elle le lui dire ? Et pourquoi elle ? Ce genre de commission ne lui plaisait guère. Elle hésitait. Elle ouvrit la bouche plusieurs fois, peine perdue. Pourtant elle avait les mots en tête, rassemblés dans le bon ordre, à peu près celui qu'Irina avait suivi. Il ne lui restait qu'à les prononcer, mais quelque chose la retenait, peut-être tout simplement la peur du ridicule. Elle demeurait muette auprès de ce jeune garçon que ses forces abandonnaient peu à peu. Avec les morceaux de plâtre entassés là pêle-mêle, la pièce ressemblait à un quartier général dévasté. Enfin Clara parvint à dire un mot, le dernier auquel elle se serait attendue.

– Sire...

La première stupeur passée, elle sentit couler sur ses joues des larmes de joie, comme après une déclaration d'amour qu'on imaginait ne jamais pouvoir faire. Elle pensa une fois encore à OTMA, à l'orphelinat de Tobolsk, à cette invraisemblable histoire fabriquée de toutes pièces, et décida que cela n'avait aucune importance. Une situation comme celle-ci requérait davantage que le bon sens d'Irina ou l'expérience d'Igor. Clara avait choisi son grand-duc et lui devait les honneurs attachés à son rang, d'où qu'il le tienne. Alexeï méritait d'exister plus que tout autre. Prince de sang ! ne le prouvait-il pas suffisamment, avec son nez qui pissait depuis des heures, et qu'il n'aurait pas condescendu à pencher en arrière ?

– Viens là, lui ordonna-t-il doucement.

Elle s'avança jusqu'au tabouret et mit instinctivement un genou à terre. Cela lui parut aussi naturel qu'autrefois les gestes des passions. Alexeï la releva et, au prix d'un effort extrême, se mit debout à son tour. Ils se trouvèrent l'un en face de l'autre. Il saisit sa tête entre ses deux mains gantées de pécari, la regarda dans les yeux, et lui donna un baiser lèvre à lèvre, un baiser à la russe. Ils n'avaient pas besoin de mêler leurs langues, ils allaient à l'essentiel. Le roi se promène partout chez lui et Alexeï baladait à bon droit ses lèvres sur celles de la jeune femme. Jamais elle n'aurait cru possible une telle nuance dans l'art d'embrasser. Elle sentit avec délices sa chair froide et le goût âcre de son sang. Elle pouvait même le boire, à toutes petites goulées, comme du sirop. Soudain, elle éprouva une gêne à la poitrine, comme une tige de métal qui lui courait entre les deux seins. Alexeï devait porter sous sa chemise la lourde croix orthodoxe à huit branches. Elle la pressa davantage, presque jusqu'à se faire mal. Elle gardait les yeux grands ouverts pour ne pas perdre les siens. Elle pensa à la phrase de Custine : « Cherchez-vous l'homme ? Vous trouverez toujours l'empereur. Il fait son métier en toute circonstance. »

Alexeï s'assit à bout de forces. Sous le tabouret, Clara aperçut une large flaque rouge. Elle comprit sans aucune émotion que son petit prince mourait. Il ne se plaignait pas, une agonie en uniforme appartient à l'ordre des choses. Clara regardait Alexeï sans faire un geste. Il restait droit, sans desserrer son col rouge et or. Il se tenait prêt pour la galerie de portraits de ses ancêtres. Il passait directement à la postérité, avec une sobriété exemplaire, à peine quelques spasmes discrets. Cette mort ressemblait au reste ; soignée, impeccable, irréelle. Alexeï finissait sa partie comme un grand.

Tous deux attendaient que la vie ait fini de s'écouler. Alexeï reniflait par moments, à cause de cette désagréable sensation de nez qui coule. Clara commençait à s'apaiser quand elle entendit, venant de l'extérieur, un hurlement sinistre, aigu et modulé, qui ne s'arrêtait pas. L'ombre noire ! La pleureuse ! Elle s'intéressait depuis longtemps à Clara, au nom de cette vieille superstition qui veut que les coucous annoncent le malheur, et l'avait suivie. Elle youyoutait à gorge déployée dans la cour de la câblerie. Après tant d'années passées à répéter, elle jouait enfin sa grande première, dans le décor de ses rêves. Son cri lancinant résonnait dans le bâtiment vide. Il faisait inlassablement le tour de la salle du trône et revenait par vagues aux oreilles de Clara. Alexeï semblait apprécier.

– Ça me rappelle, articula-t-il lentement, il y a tout juste dix ans, ce jour où nous avions passé nos troupes en revue dans la plaine de S***. Un chien hurlait à la mort, un peu comme maintenant. C'était sinistre et beau. On avait envie de vaincre ou de périr.

À ses pieds, la flaque rouge continuait à s'étendre. Il se mit à réfléchir, puis se décida. Il porta la main à la poignée de son sabre et le tira avec une lenteur extrême, par à-coups, en suivant le rythme des youyous. La bouterolle de son fourreau tintait par terre. Il tremblait de tout son corps et claquait des dents. Il lui fallut une bonne dizaine de minutes pour dégager le sabre entier. Clara patientait. Il abaissa enfin la lame au sol et la laissa tremper dans la flaque. Sur son tranchant, des restes de morfil témoignaient qu'elle avait été affûtée de frais.

– Écarte-toi, lui ordonna-t-il en lui poussant le mollet avec le plat de son arme.

Le bas de Clara s'en trouva filé de sang. Alexeï leva la tête vers elle et se laissa envahir par une curieuse torpeur, une sorte d'ensommeillement doux et paisible. Il ne bougeait presque plus, mais son œil brillait. Il bâilla à deux reprises. Puis il remonta son sabre sous la jupe de Clara, jusqu'à mi-cuisse. Pendant un court moment, son visage prit une légère teinte rose pâle, et même un semblant d'expression, un vague air de bonheur. Mais il ne rêvait pas, *il regardait quelque chose*, comme s'il lui venait des regrets. Clara se sentait mal à l'aise. Elle n'aurait pas dû. Il l'observait moins elle que quelque chose derrière elle, en transparence ; quelque chose dans les tons bleus, par exemple le bout d'une flamme.

– C'était un grand feu, un feu de joie, murmura-t-il.

Il soupira. Avec le sang qui lui bâillonnait une moitié de la bouche, le bruit de son souffle couvert par les youyous entêtants de la pleureuse, seul en face de cette jeune femme immobile, il soupira ! Puis il s'arracha à son feu et revint en lui-même, dans son corps déjà froid. Il baissa son regard, ramena la lame vers lui, et traça avec la pointe des petits carrés rouges sur le sol, à la façon d'un damier. Il reprit le cours de son agonie avec gravité. Sa pâleur était devenue extraordinaire, presque lumineuse, diamantine. Atteignit-il les cent cases ? Peu importe, de toute façon, il avait perdu. Les Dames iraient se battre ailleurs. Il se contentait, comme ultime plaisir, de faire crisser son sabre de cavalerie sur le ciment. « *Packing up...* » murmura-t-il tristement. Fidèle aux très vieux usages, il prononça ses dernières paroles en slavon. La langue liturgique des slaves orthodoxes s'éleva dans la câblerie abandonnée comme sous une voûte d'église. Ainsi il ne serait entendu que par Dieu, duquel il se méfiait autant que ses prédécesseurs. Il pria longuement, sur le même ton menaçant que pour donner ses ordres. Clara se recula de quelques pas et se remit dans son coin. Avait-elle espéré davantage ? Alexeï se tut brusquement, comme un enfant fâché. Cela dura le temps infini d'une bouderie. On l'entendait à peine respirer. Dehors, un agréable soir de printemps descendait petit à petit, mais dans cette pièce sans ouverture, l'obscurité s'installa très vite. Alexeï y disparut sans mot dire, le menton maintenu bien droit par le col rigide de sa veste, les deux mains posées sur les cuisses et cramponnées à sa latte. La nuit le couvrit comme un drap mortuaire. Les crissements du sabre sur le sol s'interrompirent progressivement. Tout s'éteignit. Clara ne devinait plus qu'une ombre aux contours imprécis et, par moments, voyait luire ici une décoration, là un reflet ensanglanté. Quand les youyous cessèrent eux aussi, elle tourna les talons et s'en alla, sans vérifier si Alexeï vivait encore ou déjà plus. Il serait bien le premier membre de la famille à mourir l'arme au poing.

Épilogue

Le corps ne put être identifié. Alexeï quittait le monde comme il y était arrivé, sans même un nom. Clara se remit modestement à découper ses tableaux, en s'abstenant de penser à lui. Elle restait fort tard à Sauvy-le-Grand, bien après que tout le monde était parti, tournant et retournant sa scie dans le bois jusqu'à la nuit tombée. Elle rentrait avec des copeaux dans les cheveux. Ses puzzles finis, elle préférait désormais les encadrer et les accrocher sagement à son mur. Elle se sentait moins jeune. Elle devint frileuse, et se constitua toute une collection de châles, d'écharpes, d'étoffes en tout genre. Il est vrai qu'avec une âme en plus, récupérée dans une vieille usine parmi des bouts de ferraille inutilisables, elle devait prendre soin d'elle-même. Elle se ménageait comme une femme enceinte.

Un an après le fameux soir, elle éprouva le besoin de se recueillir. Il lui fallait une tombe, une plaque au moins, un peu de lecture. Alors elle prit la même décision que dix ans auparavant, quand elle s'était rendue à New York pour la vente aux enchères de *Christie's*. Elle monta dans le premier avion pour Saint-Pétersbourg, avec un seul but en tête : la cathédrale Pierre-et-Paul, où reposait toute la dynastie Romanov, et où avaient été récemment déposés, en grande pompe, les restes de Nicolas II et de sa famille. Elle y arriva avec les dernières neiges et ne regarda ni les reflets de la Neva, ni les murs de la forteresse, ni la flèche d'or qui flambait au-dessus du dôme. Un taxi l'arrêta devant la porte Saint-Jean et elle se précipita sans perdre un instant. En s'approchant du parvis, elle trouva que le carillon de la cathédrale manquait de solennité. Elle hésita une seconde. Puis elle se décida à entrer, baissant la tête comme un parent en deuil, parmi les touristes nez en l'air et les Russes en promenade. Elle déchanta vite. Les tombeaux s'alignaient tous pareils dans un décor assez gai, autour de colonnes corinthiennes en sucre d'orge, vertes et roses. On aurait dit une grande réunion de famille bourgeoise. Clara s'acharna tout de même à déchiffrer chaque plaque en espérant toujours tomber sur la bonne. Elle s'écorcha les yeux sur l'alphabet cyrillique, compliqué de caractères gothiques. Les vieux empereurs étaient solidement barricadés derrière cette écriture en fer forgé. Clara balbutiait leurs noms comme une petite écolière. Elle les connaissait maintenant, ces tsars et tsarinettes, incultes, baiseurs, ivrognes, colériques, incapables de se tenir ! Ils pouvaient bien se pavaner en grande tenue sur le mur de la câblerie, mais ici, sous ces dorures de mauvais goût et ces christs crucifiés, ils reprenaient leurs bas instincts. Elle ne trouva même pas le sien, remisé sur le côté, dans une petite chapelle interdite au public. Elle sortit dépitée, humiliée.

Clara s'avança machinalement dans la petite boutique de souvenirs qui faisait face à la cathédrale. Pleurnichant au milieu des colifichets et des chocolats Romanov, elle découvrit par hasard un paquet de cartes postales représentant le dernier tsarévitch de la Russie impériale, Alexeï Nikolaevitch. Elle resta stupéfaite devant l'image en médaillon. « Son portrait craché... », pensa-t-elle. La même dureté mélancolique, la même pâleur maladive. Mais que faisait-il ici, lui, avec une étiquette de prix collée sur ses bottes ? Un jeune Français à la mine ahurie, coiffé d'une de ces chapkas de pacotille avec marteau et faucille, lorgnait dessus. Elle ne put souffrir cet outrage. Il fallait qu'elle le sorte de là. Elle paya les cent roubles et partit dehors contempler ses petites icônes, assise sur un banc enneigé, bien au froid. On voyait Alexeï à tous les âges, tenant tête à l'objectif avec un indéniable sens de la majesté, resplendissant dans ses couleurs naturelles, noir et blanc. Elle pensa avec fierté que cet enfant commandait le régiment de Finlande de la Garde, le cinquante et unième régiment d'infanterie de Lituanie et le douzième régiment de tirailleurs de la Sibérie orientale ; qu'il était incorporé dans tous les régiments et corps de troupe détachés de la Garde de l'Empereur, dans les régiments de cuirassiers et de lanciers de la Garde de l'Impératrice Alexandra Féodorovna, ainsi que dans le treizième régiment d'infanterie ; et qu'il assumait la charge suprême d'ataman de toutes les troupes cosaques. Il posait en pied, à poney, à cheval, sur fond de jardin, de moutons ou de yacht impérial. Les dernières photos le montraient en costume marin de la Garde, avec déjà la raie sur le côté, prêt à régner. Clara reconnut les quatre petits uniformes du garage, parfaitement coupés et portés avec un grand naturel. Il lui vint à l'esprit la seule phrase qu'elle avait retenue du premier cours magistral d'Antonin en Sorbonne : « la fonction crée l'organe ». Alors, Alexeï, ce sang, qu'il soit ou non Romanov... Alexeï ! Elle le tenait dans ses mains. À présent, enfin seule, elle pouvait se recueillir. Elle ne pleurait plus. Elle prenait l'air. Elle passa un long moment à regarder la neige. De ses doigts gourds, elle disposa les douze cartes en éventail et se jura d'en faire des puzzles. Puis, avec un soin de mère, elle les replaça dans leur étui cartonné. Elle rangea son trésor dans sa poche intérieure, contre son sein. Elle aimait le sentir palpiter là. Elle jeta un coup d'œil méprisant à la cathédrale, qui s'élevait dans le ciel bleu avec le sans-gêne des Romanov. Vraiment, sa famille ne le méritait pas.

Clara s'était mariée au solstice d'été, comme prévu, mais elle n'eut pas d'enfants.

Gaspard Kœnig dans Le Livre de Poche

Octave avait vingt ans n° 30492

Octave est un personnage méconnu d'*À la recherche du temps perdu.* On le voit apparaître furtivement à Balbec, partageant son temps entre le tennis et le casino. Jeune homme effronté, avide de femmes et dépensier, il incarne un monde indifférent aux choses de l'esprit et semble bien éloigné de l'élégance à laquelle il prétend. À la fin du roman de Proust, il devient de manière surprenante un écrivain de génie. Se pourrait-il que son talent soit directement issu « de la fréquentation des pesages et des grands bars » ? La jeunesse dorée peut-elle avoir un destin ? Gaspard Kœnig transporte Octave de nos jours et lui invente une histoire. Fils d'un riche homme d'affaires surnommé El Torero, qui achète des Goya comme des voitures de luxe et des Pléiade pour décorer ses murs, le séduisant Octave s'entoure de princesses, de chefs d'orchestre, de croupiers, d'escrimeurs et d'amoureuses, suivi du cortège frivole de ses amis. Voici leur premier rival, leur dernier rêve, leur héros inaccessible.

Du même auteur :

OCTAVE AVAIT VINGT ANS, *roman*, Grasset, 2004 (prix Jean-Freustié).

Composition réalisée par NORD COMPO

Achevé d'imprimer en septembre 2007 en Espagne par
LIBERDUPLEX
Sant Llorenç d'Hortons (08791)
Dépôt légal 1re publication : septembre 2007
N° d'éditeur : 89865
LIBRAIRIE GÉNÉRALE FRANÇAISE - 31, rue de Fleurus - 75278 Paris Cedex 06